上好的青春，尚好的我们

PERFECT YOUTH, PERFECT US

慕夏

知識出版社

图书在版编目（CIP）数据

上好的青春，尚好的我们 / 慕夏著. —北京：知识出版社，2015.11
（魅丽优品系列）
ISBN 978-7-5015-8852-7

Ⅰ. ①上… Ⅱ. ①慕… Ⅲ. ①长篇小说—中国—当代 Ⅳ. ①I247.5

中国版本图书馆CIP数据核字（2015）第257288号

责任编辑：马　跃
责任印制：魏　婷
装帧设计：小名鼎鼎　赖　婷

出版发行：知识出版社
地　　址：北京市西城区阜成门北大街17号
邮政编码：100037
电　　话：010-88390732
网　　址：http://www.ecph.com.cn
印　　刷：湖南省众鑫印务有限公司
经　　销：新华书店经销
开　　本：710 mm × 1000 mm　1/16
印　　张：16
字　　数：190千字
版　　次：2016年2月第1版　2016年2月第1次印刷

ISBN 978-7-5015-8852-7　定价：29.80元
本书如有印装质量问题，可与出版社联系调换警告：

以下文字存在轻微剧透；

以下文字不宜空腹阅读……

如果你之前接触过慕夏的小说，那么接下来的这个故事绝对会让你惊到下巴落地。

以往慕夏的小说就像是一片吐司，你可以抹上黄油，涂上果酱变换出咸的、甜的各种可口的味道，但你改变不了面包的本质。它是轻松的，它愉悦你、满足你，却不会给你带来任何负担。

而接下来，呈现在大家面前的这个故事，仿佛来自于另一个完全不同的慕夏。

它是一份淋上了黑椒汁的牛排大餐。不仅仅是有营养有嚼劲，它在喂饱你的同时，那独特的辛辣口感，也刺激着你的味蕾和感官。

这一次，不再是纯净水般通透的校园故事，它是激烈而尖锐的。读它的时候，胸口常常燃烧着一把火。在火中灼烧的是五味杂陈的愤怒、温暖、同情和不甘……

我忽然明白，这不是诗人口中吟诵的那个洁白的象牙塔，这才是我们经历过的那个校园的真正模样。

选择缅怀青春，还是正视现实？因人而异。

想要一份简单的阅读乐趣？还是希望在读完故事之后，心里能留下点什么？取决于你。

简单美好的慕夏，敏感理性的慕夏，究竟哪一个更好？我说不上来。

我只觉得荣幸，荣幸地作为第一读者见证了慕夏的一次漂亮转身。

欢迎你，慕夏，王者般归来的慕夏！

常常催稿，但这一次被你折服的又又

目录
CONTENTS

上好的青春，尚好的我们

第一章

PERFECT YOUTH, PERFECT US

冬天的阳光把影子拉得很长，我站在大仓库门口，感受着头顶的温暖不肯向前多走一步，我总觉得多跨一步，影子就会陷进仓库里的黑暗中。

仓库是货运公司废弃的，好像在我很小的时候，仓库就变成了菜市场。

大铁池子横在门口左边，水池里翻涌着气泡，半条手臂长的鲤鱼摆动着尾巴弄出声响。我讨厌鱼，那股子腥气总往鼻子里钻。混合着腥臭与鸡毛的液体流淌到铁池子前边，我压下眼底的不耐烦，挪开了视线，略微偏头，好像可以避开那股气味。

“卖鸡的，水又流到我这里来了！”

“嘿嘿，下水道堵了，怪不得我嘛！等会儿给你弄干净。”

腐烂的菜叶在地面堆成山，带着腥臭的水把凹凸不平的地面染成黑色。踩在黑色地面上，在拥挤的过道里穿梭的大爷大妈，为了两毛钱喋喋不休。我熟悉这里，却又本能地抗拒这里。

“姐。”

有人拍我的胳膊，回头，表弟咬着面包看着我。

“进去啊，姐，你站在门口干什么？”表弟笑得和煦。

我点头跟着表弟往里走。

从门口到猪肉档有六个摊子，这条小道我走了很多遍。上了年纪的老太太猛然撞了我一下，从我和菜档之间快速蹿过。我趔趄了两步，就见老太太蹿到了一个小摊前。老太太指着两把青菜，中气十足地喊道："唉哟，最后两把小菜了，我五块钱买了算了！"

"娭毑，五块钱卖不得，卖不得……"

老太太还在与小贩争论不休，隔着一个摊位，两个卖菜的大婶正在闲聊："猪肉档老成家的侄女要考大学了，你知道吗？"

"呵，大学，她姑姑天天吆喝说他们家要出个女大学生了，生怕谁不知道似的。"忙着找钱的大婶，手里忙，嘴巴也不闲着。

大婶的嗓门大，闲聊也像是在喊话，菜市场里和我一样大的孩子不少，今年要毕业考的也不少，但菜市场里卖猪肉的只有我姑父一个。我脚步没停继续朝里走，像什么也没听到一样。

另一个穿着枣红色棉袄、带着碎花袖套的大婶背对着过道，声音大得惊人："六中那地方，成绩能好到哪儿去？要我说，妹子读那么多书干什么，还不是要嫁人的！"

找钱的大婶送走了客人，一抬头正好与我对视，大婶讪讪地笑着："媛媛，来找你姑姑啊？你姑姑上班去了吧？"

穿枣红色棉袄的大婶迅速地转身，脸上却没有一丝难堪，她说："媛媛，你来得可真是时候，成哥刚进完货回来呢！"大婶的嘴角有道浅浅的疤，笑起来的时候，那道疤被拉成奇怪的弧度，看起来有点吓人。

我点了点头含糊地打了声招呼，心里却十分佩服。

"姐。"表弟拽着我的衣袖低声说，"她们刚刚说你坏话！"

12岁的表弟都能明白，怎么能不佩服这些讲坏话被当场抓到，却还能若无其事笑着跟我打招呼的中年女人？

"嗯，不理她们。"摸了摸表弟的头，我在猪肉档前站定，"你快上去拿书包。"

“姐，你等我一会儿，我昨天忘记清书包了。”说罢，表弟麻利地绕过台子，走进猪肉档后面的铺子，噔噔上楼去了。

猪肉档前面站着两个客人，猪肉档里穿着绿色军大衣的男人正忙着剁排骨。

“姑父。”

我突然记起自己第一次来猪肉档的时候只有7岁，我也是这么站在猪肉档的台子外边，怯怯地喊：“姑父。”那时候我只比台子高一点点，从挂在铁杆上的大块猪肉之下，踮着脚往里面看。一个男人侧身对着我，菜刀把案板剁得砰砰响。隔壁的大婶提醒他，说你侄女来了。男人回过头看了我一眼，从铁杆上削了一块肉扔在案板上。那块瘦肉“砰”地砸在木板上，连带着挂在铁杆上的肉也颤了颤。

男人说：“小丫头片子，又嘴欠了吧？喏，拿块肉回去吃！”

我盯着那块离我鼻尖只有十几厘米的肉，不断地吞咽着口水。爸爸买肉从来只买肥肉，肥肉可以煎油，辣椒炒油渣可以吃上很久。可我想吃肉，瘦肉，就像我眼前这块。

7岁的孩子还不懂嘴欠的意思，我扯了一个塑料袋包住那块肉，小心地裹在胸前，仰着头冲着那个男人咧开嘴笑，从漏风的牙齿渗进丝丝凉意，我说：“谢谢姑父。”

随之而来的却是男人从鼻腔里挤出来的笑声以及咯咯笑着的女人们的话语：“哟，这么小就嘴欠了。呵呵，到底是小孩子。”“媛媛是想吃肉了，才来找你姑父的吧。”

没人知道，那个时候的我只是想来找表弟玩，我不是嘴欠，我不是死乞白赖上姑父的猪肉档讨肉吃……但那句“嘴欠”和那些阴阳怪气的笑声，我一直没法忘记。

我做了到今天还在后悔的事。

这么多年重复地做着难以启齿的事。

“姑父。”

姑父穿着绿色军大衣，嘴里叼着一根烟，手里拿着一把刀，他说：“哦，什么事？”

有人要买排骨，姑父站在案板前，挥着菜刀往一整块排骨上剁。几大块肉吊在铁杆上，红红白白，菜刀落下，跟着摇晃。

“咚，咚，咚。”

“姑父。”早上忘了喝水，此时我喉咙有些干，咽了咽唾沫，我压下心悸，张嘴就说，“姑父，姑姑说她把补课费放在你这儿，要我找你……”

“找我干什么？”像是被惊醒的人发出的震怒，一刀砍下，肉渣飞溅到我的衣服上。

“找你拿钱。”我垂着眼帘，说出钱字时，脸上一片火辣。

找你拿钱，这四个字我什么时候说，都带着一种羞耻感，我没法名正言顺，没法理直气壮。姑姑说，越是女孩越要读书，你爸没钱，不是还有我吗？姑姑说，你小看你姑姑了，这点补课费我难道出不起？

姑姑和父亲是一母同胞的血亲。但姑父不是。

男人沉默了很久，像是反射弧特别长，半晌，他沉着嗓子说：“又是补课费？”

“咚，咚，咚。”

好像一刀比一刀凶狠了。

我踌躇着，想要解释六中的补课费不算多，却无从开口。

“成哥，你家侄女妹子快毕业了吧？”隔壁摊子的大婶粗着嗓子喊，“这可正是要交钱的时候呀!”

我缩了缩脖子，不知道要不要回答大婶的话，她说的是我，却不是跟我说。

姑父从鼻腔里发出一个声音，算是应和了那位大婶。

“要得啦，供出一个女大学生！”大婶得到了回应，眉飞色舞地说起了自己的儿子，“这人啊，还是要多读点书。你看我儿子，到北京去读书……”

“咚。”砍下去的力道有点重，刀卡在排骨里了。姑父顿了顿，想把刀拔出来。

枣红棉袄的大婶隔着几米远大喊了一句：“你以为北京的大学这么容易考啊！”

“呵。”姑父笑了一下。

我猛地看过去，之前没拔出来的刀终于拔出来了。我悻悻地垂下头，我多么怕姑父是在赞同枣红棉袄的话。

“咚，咚，咚……”砍排骨的声音又开始了，姑父好像不记得要给我钱了。

我搓了搓手，菜市场冷得很，我犹豫着要不要再说一遍。

几个大婶聊了起来。

“我儿子当初考大学可努力了……”

“媛媛，你想考哪所学校啊？听你姑姑说你在学校成绩不错。”

好像有人在问我，我扯了扯嘴角，却什么也不能说。有的人发问最终只是想绕回自己的话题，踩着你去捧自己。

“还能想考哪里考哪里？现在的学生，考得上就读，考不上就……不过媛媛，我看还是能考个好学校的，就是六中学习风气不好，汽车站那头老看见有六中学生打架。”

六中有学生打架，不代表六中所有学生都打架。

“快毕业了还说什么风气。我看，还不如初中毕业就去读中专，我儿子就是，现在日子过得好着呢！”

儿子的日子如果真的过得舒坦，怎么还会让自己的妈妈起早贪黑出来卖菜呢？

“哪有你这样讲的，多读点书有什么问题，能读就读。媛媛，别搭理李婶，她没读过书，不会讲话。”

我勉强地扯出一丝笑。

“你还站在这儿干吗？”

也许是听到我的名字，姑父一刀狠狠剁下去，然后偏过头，眼里带着血丝，直直地瞪着我。

我愣住了，姑父瞧不上我们家，但从未表现得如此直白。

“我，我还没拿钱。”我是不愿意说出这样的话的，如果可以，我恨不得立马就走。但，如同捧着那块肉的我一样，我一直在做着让自己后悔的事。我还站在那儿。

姑父撸了一把头发，发出轻笑声。他从口袋里掏出一小沓钱扔在我面前的桌板上：“喏，拿去吧！”

喏，拿去吧！

我还呆呆地站着，从余光里看到那一小沓钱正好是补课费要缴纳的数目。其实那些钱是一早就准备好了的吧？却偏偏要让我在大妈大婶的调笑声里尴尬地站着，叫整个菜市场的人都知道。我动了动手指，却觉得抬不起手来。

“姐，你干吗呢？拿钱走啊，要迟到了！”表弟拎着书包下了楼。

“明明，别忘了拿牛奶。”姑父说完这句话，扭头继续称肉。

“我不爱吃那个！”表弟不耐烦地回答。

“不爱吃也得吃，一个季度几百块的给你订，你说不爱吃就不吃。还有你那什么报纸，订一年几百块，你看都不看拿去折纸飞机……”

“好好好，我拿我拿，你别废话了！”

那一小沓钞票静静地躺着台子上。

我缓缓地伸出手，触碰到台子上的钱，迅速地收拢。我把钱攥在手心里，就像当初捧着那块肉，但我已说不出谢谢。

表弟说走，我恍恍惚惚地跟着走。身后的大婶们还在交谈，隐隐约约传来几句：“考上也不是姓成的，老成何必供着她呢！”“刚刚问老成要钱的那个样子看见没有，哟，真是今世债。”“老成当初高高兴兴娶了个漂亮媳妇，哪知道是挂上了一串拖油瓶。”

我走到菜市场门口，看着外头灿烂的冬阳。菜市场里的声音听起来很远，仿佛我已经摆脱了它。这一刻阳光普照，而我觉得寒冷已经浸透了全身。

菜市场前面50米，支着一个修自行车配钥匙的摊子，一个秃头男人盘腿坐在小板凳上。他在鼓捣一把钥匙。男人穿着一件藏青色的棉袄，手肘部位不知在哪儿蹭了灰。男人身边立着一辆绿色的自行车，刷了漆，才不显得那么旧。

我走过去，蹲下，给他拍了拍手肘的灰。

他吓了一跳，看了看手肘，随即对着我一笑，露出黄黄的牙齿：“补课费拿了？”

“嗯。”我看着男人带着褶子的脸，再过几年也许会添上斑点，“爸，我去上学了。”

“嗯，好。”爸爸笑着，突然想起了什么，撑着矮柜站起来，“媛媛，等等。”

我回过头，看着他一瘸一拐地走了两步，从另一个矮柜里掏出一个热水袋。

他说：“你不是一直念叨教室冷吗？喏，热水袋，灌点热水就行，你们教室里不是有饮水机吗？”

我接过那个红色的橡胶热水袋，把它压在胸口，闷声说：“好，谢谢爸。”

“谢啥，傻妹子。”

爸好像心情很好，唱着曲儿坐回小板凳继续干活去了。

我把热水袋塞进书包的夹层，没法告诉爸，同学们用的都是插电的。

“谁的热水袋？充好电了，我给拔了啊，我要充了！”拎着哆啦A梦热水袋的女生在教室里大喊，不过此刻教室里吵吵嚷嚷，显然没几个人听清她说的话。

“我的，我的！你帮我拿过来吧！”

我打开书包就看到了那个红色的橡胶热水袋，红得碍眼。

“你们说下节英语课是胡老师过来，还是‘中原一点红’？”

男生说的“中原一点红”，是代课的英语老师，老师的额头有一颗硕大的红痣，就被他们取了个“中原一点红”的外号。

“我可不想‘中原一点红’来，她口音那么重，我忍了这么久已经够不错的了，连现在完成时与现在完成进行时的区别都讲不清楚，还当老师？真是看着她就烦！”

我抓着书包，把英语书抽出来。

“真搞不懂学校怎么会调她过来上课，讲课磨磨蹭蹭，废话也多！她没来代课的时候，我还考了九十几分，她来了之后，我连及格都困难，再这样下去，毕业考时英语会害死我！”旁边的女生凑到我跟前，“学霸，要是你选，你会选哪个老师来上课？”

我的手还在书包里，书包口大敞着，我把政治书拿出来，挡住红色的橡胶热水袋：“当然是胡老师。”我学英语，是靠死记才能勉强及格，好不容易遇上胡老师，英语有了点起色，上课的老师却突然换成了“中原一点红”。英语在毕业考中有多重要！老师们常说“毕业考是人生的分水岭”，这话我从不怀疑，我一直想用毕业考来改变我的生活，但如今却像打了一个死结，“中原一点红”横亘在绳子的中央。

“看吧！我就说吧，这种老师，连学霸都嫌弃！”女生像是得了什么大不了的消息，四处嚷嚷。

我把书包拉链拉好，塞到抽屉里面去了。

“‘中原一点红’来了！”

这句话像报警，教室里刚刚还在骂骂咧咧说老师坏话的同学都住了嘴。

女老师踩着高跟鞋走过来，看到她站在门口，同学们异口同声发出哀叹声。

“怎么，一个个都唉声叹气的，不想面对自己的真实成绩吗？”

女老师那蓬乱的头发好像从来没打理过，任由它们散乱着，像金毛狮王。女老师走到讲台上，放下手里的卷子：“考试前要你们多看书、多练习，上课跟着我来，你们不听，现在成绩出来了就唉声叹气。呵呵，谁要你们不跟着我来呢？不过要我说，你们也别放弃，现在开始跟着我来，好好上课，到时候毕业考还是……”

“刘老师。”英语课代表突兀地站了起来，“这卷子要不要发？”

被打断讲话的女老师不耐烦地抽动着嘴角，从分成两摞的卷子中挑出一摞，塞给课代表：“发，发。着什么急！”

“你不急着上课，我们急。”教室里有人小声辩驳。

我眼睛盯着单词表，手里抓着笔，无意识地画着字母，n-u-i-s-a-n-c-e，名词。

“余娇，离及格还差几分，啧啧。”刘老师展开一张卷子，“老师我呢，实在是只想发及了格的卷子，但是没办法，太少了。所以你们这些离及格也算近的，我拜托你们用点心，多考几分。”

“谢天成，90。”

接过卷子的余娇转过身就歪眼睛斜嘴巴，惹得台下哄笑。

“怎么了？笑什么啊？谢天成得90分是人家努力换来的，你们笑什么笑？”刘老师不明真相，台下还是一片吵闹，“不是老师我想要及格率，都这个时候了，你们及格不是为了我好看，而是为了你们考个好学校。”

谢天成扯过卷子就走下讲台，背对着老师做了一个不屑的表情，教室里更热闹了。

“你们笑什么笑？这有什么好笑的！我不晓得你们到底笑什么，别人考得好，你们就要笑吗？”

n-u-i-s-a-n-c-e，名词，我在心中默念着，nuisance，名词，损害、妨碍、讨厌，握笔的手越来越用力，笔尖刮花了单词本。我抬头看了看挂在黑板上面的钟，上课5分钟了，心中的烦闷越来越难以压制，我想我再不说些什么就要按捺不住了。

“没笑你！”英语课代表压着火气喊道，也许是发现自己态度不对，又立马补充，“刘老师，你快点发卷子吧，我着急看我的分数呢！”

我惊诧地看着英语课代表，我是无法用亲昵的语气和任何一个老师沟通的，哪怕是那样喜欢我的胡老师，我也只能拘谨地说谢谢。

“班长，你倒是管下纪律啊，老师都要生气了，你们都安静一下。”

我也无法这样娇嗔地劝说同学，感觉到英语课代表投在我脸上的目光，我紧了紧手指，“啪”地把笔放下：“都不要吵了，安静点！”

“哟，学霸发话了，小的们快安静啊！”

“喳，谨遵圣旨！”

同学们还在嘻嘻哈哈，但比起之前，声音已经小了不少。我并没有什么威信，不过是凭着成绩好才被班主任安上一个班长的名头，可我一点也不会处理班上的这些事，也不想为了当一个哪儿都不讨好，哪儿都惹人嫌的“班长”，白白耽误学习的时间。

讲台上的刘老师似乎满意了一点，开始继续发卷子。

我动了动手腕，开始记下一个单词。被镜子反射过来的光斑突然照到我的眼睛上，我烦躁地别开头，那光斑溜走了。应该是对面那栋楼的低年级学生在用镜子反射阳光。那光斑在墙上动来动去，看得我越加烦闷。

刘老师还在絮絮叨叨，我突然听到两声咳嗽，随之而来的是那种喉咙里的“咳咳”的清痰的声音。我抬头就看见讲台上的女人捋着自己干枯的头发，用力地咳嗽。

“咦，好恶心！”

“太不讲卫生了！”

“好邋遢，会有细菌的！”

教室里又开始闹哄哄了。

我极力往椅背上靠，但这样丝毫不能减少我犯恶心的感觉。我尽量把桌子往后移，想远离讲台旁边的那块空地……

“这怎么了？我又不是故意的！”讲台上的女人一副理所应当的样子，“我又不是故意的，下次注意点就是了！”

“怎么了怎么了？”后排的同学不清楚刚刚发生的事情，有人在细细碎碎做解释，胖子的声音很粗，我坐在第一排也能听出来。胖子在绘声绘色地表演，表演刚刚女老师在讲台上毫不遮掩用力咳嗽的一幕，女生们娇嗔地说：“胖子，你真恶心。”

胖子却不以为丑，更起劲地学了起来。教室的后方乱成一团，女老师拍着讲台吼着“安静”。我知道我应该站起来管纪律，但鬼使神差般，我就是没有动弹。

胖子的笑声在整个班的吵嚷中显得不突出但很明显，女老师的叫嚷被台下的学生有意无意地忽视。突然一声巨响，胖子那夸张的笑声中断了，接着是“啪”的一声闷响。

我回头，大魔王顾跃前面的男生一脸怯怯地把自己的椅子往前挪，显然刚刚的一声巨响是顾跃一脚踹在了自己的桌子上，连带着冲击了前面的男生。

同学们起先是被巨大的声响镇住了，回过头，才被顾跃震慑住了。顾跃不是纪律委员，他是个刺儿头，或者说问题少年。关于他的传闻几乎都带着暴力情节。

胖子一手拿着一本漫画书，一手揉着脑袋，发现始作俑者是顾跃之后，原本要发飙的他立马变得唯唯诺诺。

始作俑者冷着脸说：“砸到你了？不好意思，一时失手。”

刚刚还吵吵嚷嚷的教室现在静得没声音，本应该看着黑板的同学们全都眼睛一眨不眨地盯着顾跃。

胖子揉揉脑袋，觍着脸笑：“没事，没事。”他离开座位把书给顾跃送过去。

顾跃没有伸手接，他目光清冷地盯着胖子：“我不喜欢被人俯视。”

一百五十多斤的胖子听到这话，哆哆嗦嗦地蹲在了过道里。

顾跃漫不经心地接过漫画书，抓着书轻轻地在胖子头上敲了两下："上课就好好上课。"

语气很温柔，话却着实诡异。顾跃是上学期才转到这个学校来的，平时不是混日子就是打架生事端，现在居然教育别人好好上课？

顾跃放下书，摸了摸胖子的脑袋："要是上课再嘻嘻哈哈打扰我看书……"顾跃顿了顿，抬起头环视四周，对上其他同学的眼睛，那目光有一刻和我对上了，我莫名地觉得森寒，"那就别怪我……"

顾跃话没说完，但众人已经领会他的意思。他让胖子走开，站起来就往后门走。

"顾跃！你去哪里？"见顾跃要离开教室，女老师呵斥道，"还没下课，你想去哪里？"

我回过头看着台上义正词严的女老师，心头涌上一阵奇怪的感觉，刚刚教室闹成那样，她也不见得真的生气、发飙，也并没有真正要整治我们，现在却呵斥顾跃？

然而更奇怪的是，顾跃居然停下了脚步，不耐烦地抓了抓头发："吃早饭！"

女老师的喋喋不休还在继续："平时上课不听课，课后不做作业，考试只得几十分，你还好意思逃课去吃早饭？上课之前不知道吃早饭吗？坐回去！"

女老师虎着一张脸的样子，说实话并不吓人，她没什么威慑性，连胖子也不怕她。我以为顾跃会不耐烦地顶嘴，或者干脆夺门而出，但他没有。

顾跃的那两个"手下"，或者说是他的朋友，急急忙忙蹿过来又拉又哄地把顾跃弄回座位去了。

女老师像是什么事都没发生过一般，手一挥继续发卷子。

时钟显示已经上课10分钟了，女老师终于叫到我的名字了。我站都懒得站起来，稍稍欠身，伸直了手，食指与中指夹着那张试卷猛地一抽，也顾不上听女老师的点评，直接翻看卷子。112（满分150），算不上多高，但比起上一次还是高出了几分，我心中窃喜。

“张媛媛啊，考得好也不能太骄傲，还是要继续……”

女老师在我的头顶发出带着浓厚“关心”的谆谆教诲，我心中的烦闷跟火一样地在烧，我不能开口说话，我怕我一开口就要爆炸。我要怎么说呢？向这个真正阻碍我提高英语成绩的人说“谢谢关心”？如果不是她，我早就……我憋闷的心要把那条打了死结的绳子越拽越紧了。

可我的默不作声并没有换来女老师的放过，她可能面容慈祥地看着我，也可能面带讥讽地看着我。我没有看到她的表情，但我可以分辨出她语气里的轻视。

“呵，到底还是小孩子。”

我低着头检查卷子，眼睛瞥到斜后方有个身影一直鬼鬼祟祟想要凑过来看我的卷子。我见不得这样偷偷摸摸想要偷看人家成绩的，有什么大不了，为什么就不能直接问呢？

“呵。”我发出来的声音，像是从鼻子里挤出来的。我往后坐了坐，给斜后方的田甜腾出视线，想了想也许还不够，便拽着卷子把打着分数的那一页往斜后方挪了挪。

“媛媛你考得这么好！这回肯定又是全年级第一。”

让我始料未及的是，田甜却因为这个成绩变得格外激动，抓着我问长问短。

“天啊，你是怎么考的，居然可以考到一百一，我一直都在及格线下面……”

“这分数很高吗？我觉得也就一般吧。”六中并不是多么好的学校，在六中称王称霸，出去了可能什么都不是。况且，我要的从来都不是在六中当个年级第一。

田甜的表情变得很奇怪，但很快，她就好像刚刚没有和我说过话一般，和她的同桌交谈起来：“怎么办，我的英语成绩，从‘中原一点红’来教我们起就再也没及过格。”

“她根本就没能力，别说语法，拿一个单词让她读，她都会拼错。不过，还好我请了家教。”

我拿着几本书，看着讲台上的女老师，她还有几张卷子没发完，已经上课15分钟了，我想这张卷子估计又要讲两节课了。

“不请家教哪行？我告诉你，这张卷子两节课都不知道讲不讲得完！”坐在我后面的女生信誓旦旦地说。

她说的确实没错，女老师讲课不仅差劲而且慢。

“听她讲课简直就是浪费生命，还不如请家教。”女生说，然后像突然想到了什么似的，“媛媛，你也请家教了吧？每次都考这么好！”

我心里一跳，书撞翻了桌上的水杯，惊得我立即放下书去扶水杯。水杯还是倒了，却没有水流出来——我早上忘记装水了。我抿了抿嘴唇，扯了扯因尴尬而变得有些僵硬的嘴角，然后我开口了，我听见自己不屑地说：“家教？呵呵，没请。家教有几个是有真本事的？”

“也是，张媛媛用得着请家教吗？媛媛可是万年年级第一呢！”田甜附和道。

田甜的语气里还带着些什么，我没来得及计较，我只想尽快带过这个话题。

我凭着自学能在六中拿年级第一，但如果请了家教，大概能带给我无限的可能吧。但“家教”这个词，一开口就会折损在一个“钱”字上，我不能讲，我也不能想。

女老师开始讲课了，应该说，女老师终于开始讲课了。

分针指向9就会下课。

“选择题十一题。”女老师坐在讲台后面，手里举着卷子，她连题目都没有念，报了一下题目序号就等台下的人报答案。

“D，下一题。”我提高声音喊，离下课只有8分钟了。

“十二题。”

“A。”

“十三题。”

“C。”其实以这样的速度，八分钟讲完选择题还是有可能的，我迫不及待地报出答案。

有不喜欢英语却被班主任要求要更正答案的同学跟在我话音后边一个劲地喊：“下一题，下一题！”

女老师脸色有些难看：“张媛媛你报这么快干什么？难道你都知道？”

“我选择题全对。”我直视着女老师，毫不避让。

女老师有些恼怒，却也不好说什么：“你对了，别的同学还是要听一下讲解的。”

我点了点头。

女老师见我没有顶嘴，像是有气无处撒，只能继续讲课。

“十三题没有做错的吗？这道题不要讲吗？”女老师不甘心地问，得到的回复却是一片摇头。

“好吧，你们不要讲，那我就不讲，到时候又……”

“十四题选C！”有人不愿听女老师念叨，直接报出下一个答案。

女老师朝喊话的那个方向瞪了一眼，隔了片刻才继续讲题：“十五题，这道题目……”女老师咋舌，挑高的眉毛显示着她的自得，“这道题目，上张卷子有道一模一样的，你们自己看，我要你们自己说说看，我讲没讲过，我讲没讲过？这道题做错了，那就不应该。”

“B！”我掐着女老师话音刚落的那个点喊出了答案，跟着的是此起彼伏报答案的声音。

“选B，选B！”

“下一题，下一题！”

女老师把试卷往讲台上一拍，想要造出一丝气势来，然而水泥台子没有发出丝毫声音。就在女老师酝酿怒气，不说话的时候，底下的同学嚷嚷着下一题的答案，答案已经报到第二十题了。

“张媛媛，你搞什么鬼？选择题全对了不起是吧？可以打满分了是吧？课堂又不是你一个人的，你不听，其他同学要听！”

突然被女老师点名，我惊愕了，明明大声报答案的不止我一个，怎么偏偏怪到我头上：“又不是我一个人报，你怪我干什么？而且明明是你自己讲课慢！”

“我讲课慢？我讲课很慢吗？”女老师反问底下的同学。

“一堂课才讲了十几道选择题，你说慢不慢！”我带着火气把实话说了出来，女老师的表情一下子就变了。

还没等女老师反应过来，台下的抱怨声就海啸跟着来了：“上课拖拖拉拉。”“光发卷子就要半节课！”“上5分钟课就要讲10分钟闲话！”

女老师气乐了："我教了十几二十年书，头一次看到你们这样的学生。"女老师狠狠地瞪着我，"成绩好的以为自己能飞；成绩不好的，老师仔细讲还被嫌讲课慢！讲得快，你们也就知道一个答案，下次不还是错？好，那我现在问你们，你们到底要我加快速度，还是仔仔细细一题一题讲清楚？"女老师气得头发一抖一抖的。

我确定这不是个需要我们回答的问题，但偏偏有人回答了。

"讲快点！"

"呵呵。"女老师笑了，"你要快点就快点，你要慢点就慢点，你讲还是我讲！"

刚刚多嘴喊出声来的女生被噎得脸通红，我以为不会有人再挑起女老师的怒火了，再等上几分钟就能顺利下课，但并没这么简单，我听到了胖子那自以为是、自作聪明的声音："让张媛媛讲！张媛媛是年级第一！"

其他不怕死的趁着秋风，也来瞎凑热闹："对啊，让张媛媛来，怎么说张媛媛也是年级第一！""再不然就抄答案！""刘老师，要不然你把答案发给我们好了！""隔壁班一节课就讲完卷子了，而且他们进度比我们快……"

我像是身处一锅沸水之中。我动了动手指，笔杆在我的手指间悠然转动。

眼前的女老师无法让这个越来越沸腾的教室安静下来。

我抿了抿嘴角，再等几分钟，用不着我管纪律，整个班就会在一片沸腾中下课。

"吵死了！"

我猛然向后看，又是顾跃！

顾跃应该是刚刚睡醒，脸上还带着被手臂压出来的印子，但这丝毫无损他的威慑力。

他只说了一句话，便令让女老师束手无策的沸水立马平静。

他的头上还有一小撮因没睡好而翘起来的头发，他怒视着整个教室，也许因为被吵醒，他整个人都散发着低沉的气息。

顾跃突然推开桌子，桌子摩擦地板的咯吱声让人心里一颤。

他想干什么？他仅仅只是因为被吵醒而发脾气吗？我心里积压着疑问，我和顾跃不熟，却知道他不能再生事端了。他本来就是因为在原来的学校出了事才转来六中的，已经快毕业了，学校为了升学率，一旦出什么问题就会将“问题分子”劝退。

但他只是想站起来。一米八几的大个子，从逼仄的空间里起身，撞击着桌椅发出声响。

教室里的人都被这声响惊动，如同受了惊吓的兔子。

顾跃掏出一块口香糖，塞进嘴里，咀嚼着，往后门走去。就在全班都以为，或者只是我以为他会有什么惊人举动的时候，他迈着步子向后门走去。

也许他只是想平静过完这段日子吧。

“你给我站住！”

我第一次发现女老师的声音如此尖锐。

“还没下课，你又要往哪里去？”

只能在电影里出现的女老师苦劝学生的场面居然能在现实中见到。但这一幕实在是诡异，刚刚女老师也算是扯着喉咙在与全班斗争，声音却没有此刻尖锐，如同候鸟发出的带着颤抖的叫声。女老师能够容忍整班学生声讨她，怎么就忍不了一个顾跃逃课呢？我看着女老师那布满正气的面容，想从中找出不同寻常的蛛丝马迹。

顾跃没有像往常一样不予理睬直接离开，而是直挺挺地站在教室后方的空地，一边嚼口香糖一边伸出五根手指头：“5、4、3、2、1！”每数一个数，就弯下一根手指头。

只剩下一根手指头的时候，下课铃响了。顾跃似笑非笑地盯着女老师，口气十分无赖：“我可以走了吗，刘老师？”

讲台上的刘老师张张嘴，却什么也没说。

顾跃把手插进口袋，大摇大摆地走了。

“喂，学霸，外面有人找！”

我顺着声音看过去，表弟在门口偷偷往里瞧，对上我的视线，他笑了一下，张嘴就要说话。我抢在他说话之前赶过去，拉着他往走廊的另一头走去。

这栋教学楼两端各有楼梯，但左边楼梯的门常年关着，因此左边楼梯几乎没什么人走。

“你怎么来了？”我看着表弟手里拎着的雨衣，答案不言而喻，“我爸没来吧？”

“来了啊！”

表弟说得简单，我却愕然地接过他塞过来的雨衣：“什么？”

“在操场那边呢。看见我在打球，非要我给你送过来，说是不知道你在哪个教室。”表弟一脸的不甘愿，想必之前打篮球玩得正开心，“哪里有那么难找，都说了高三在最顶层。”

“哦。”我安下心来，敷衍地对表弟笑笑。

“姐，”表弟突然一脸八卦地看着我，“你昨天上晚自习的时候，舅来我家了。”

“哦，是吗？”我有些恍惚。

“你不是想找个英语家教吗？舅昨晚跟我妈提了一下。”

我转动脖子，不敢相信我那个只会埋头修自行车，人家多给五块都要追出几百米的爸，会去跟姑姑提找家教的事：“那姑姑怎么说？”我隐藏着小小的希冀，尽量放缓语速，好像我只是随口一问。

“我妈说没必要找家教，她说想给咱俩买复读机呢，嘿嘿，买了复读机以后还能听歌！”

“哦，这样啊。”对，就是这样，我连补课费都是姑姑不顾姑父的不情愿替我掏的，哪里还敢想请家教的事？

可那是家教啊！六中只算得上一所二流学校，跟那些读好的学校，有好的老师教学的学生相比，我完全没有可比性。但如果我能请家教呢？是不是可以把距离拉近一点？我有些不甘心：“姑姑还说什么了？”

表弟想了下，说：“我妈说要不就让我们家那个考上大学的亲戚给你补补课，好歹人家也是大学生，给你补课也不会差到哪儿去。”

我黯然地垂下眼帘，果然，家教就不是我能想的。

表弟说的那人，应该是早两年考上经济学院的那个远房亲戚，我嗤笑：“他？他考上大学的时候他妈多嘚瑟啊，也不过是个‘三本’，他能教我什么！”

“不过他这样的，让我感觉上大学挺容易的。上次他跟我说，只要成绩不太烂，基本都能上大学，他还说要不是我太小可以把我弄到他们学校去。”表弟像是突然想到了什么，“姐，他还说你们同学要是有考得一般又想念大学的，他帮忙弄进他们学校去。”

呵呵，这都是些什么学校？读这样的学校有什么前途，花了几年钱，让父母人前人后地宣扬自己孩子上了大学，进了社会什么都不是。

我戳着表弟的额头，一字一顿地说："你想也不要想！"表弟想反驳，被我按住脑袋，我跟他对视，"那都是一些乱七八糟的学校，你上那种学校不叫能耐，叫丢人！"

"姐！"

"你看看你住的什么地方，乌七八糟，你每天闻着那些死鸡死鸭的气味难道过得很舒服？"我眼睛一眨不眨地盯着弟弟的眼睛，"你要是过得舒服，真心喜欢那个菜市场，你怎么不敢带同学回家玩？你怎么不敢告诉同学你家住在菜市场？"

表弟垂着眼帘，像是不赞同。

"成明，你别忘了，你第一次带朋友回家被人家嫌弃，哭得上气不接下气的样子。"我劝诫着表弟，声音里却带着只有自己才明白的僵硬。

这样的事情我也经历过，高高兴兴地带着说要做一辈子朋友的小伙伴回家。对方当时玩得好好的，第二天就把我家住在菜市场的消息传遍了全班。明明大家都穿着一样的干干净净的校服，她们却嫌我身上脏。明明是被爸爸用苹果味洗衣液洗过的校服，她们却捂着鼻子说我身上带着鸡屎味。

我怎样也忘不了，扎着两个小辫子，本应该活泼可爱的小姑娘，一把将我推到地上，做出万分嫌恶的表情，那副嘴脸我怎样也忘不了，她说："张媛媛身上都是鸡屎味，谁和她玩，谁也会沾上鸡屎味，大家快离她远一点。"

大家不都是平等的吗？为什么仅仅是因为我家住在菜市场，就要待在被人贬低的位置呢？我不服气。

"我们住在这样的地方，是没有办法的事。"我劝说着表弟，也在一遍遍告诉自己，"但这些都是我们可以改变的，现在我们唯一能做的，就是好好读书，考上好学校，离开这里。不要跟我说随便念个大专也不错，你要是随随便便怎样过都可以，那你现在就可以不念书了！”

“成明。”表弟还是不服气，却又像妥协，我咬着牙一个字一个字地说，“学习是我们目前抓得住的，改变命运的唯一机会，你听明白了没有？”

我不知道表弟有没有听进去，但我听进去了。很多时候人们把一件事反复地说给别人听，其实并不是为了让别人理解或者说服别人，他们只是像洗脑一样，一遍一遍地，把那些话强加给自己。

对，你只有靠读书才能离开这个菜市场，你只有毕业考上重点学校才能去上海，你只有……

但我现在只有一个英语很差劲的英语老师。

一整个上午我好像分裂成两半，一半在维持清醒，理智地学习；一半却好像在冷漠地看着自己做这一切。这样糟糕的情况导致我在放学时走到一楼，才恍然发现下雨了而自己手里没有雨衣。

我折回五楼，离教室还有几米远就听见里面有人在说话。

“刘老师，下雨我难道不知道叫外卖？有这么多闲心管我不如管管你自己，反正我也不是你……”

顾跃坐在桌子上背靠着墙，见到我进来立马挂断了电话。我径直走去第一排拿雨衣，转身往外走的时候，顾跃突然堵住了我离开的路。

“张媛媛！”

我打算绕开他，没想到他开口了。

“以后别在英语课上闹事！”

这话让我想笑，我以为顾跃只是在若无其事地说一个段子，等我看向他的脸时才发现他脸上没有一丝玩笑，他是认真的。

我犹豫地开口："你是不是认错人了，是我在英语课上闹事？"

顾跃有些烦闷，右手的食指、中指不自觉地弯曲："没认错人，就是你，张媛媛。"

我笑了，不打算搭理他，想绕过去离开教室。

"别以为我不知道，哪次英语老师管不住纪律不是你挑起来的？哪次闹得不可开交的时候不是你坐视不理，班长？"

"班长怎么了？"我被说中了心思，恼羞成怒，"班长就一定要管这些破事？谁规定当得了班长就一定管得了这些事？我没威信，管不住他们，你能你怎么不来？"

顾跃有些怒了："我为什么要管，我又不是班长。你给我记住了，下次再让我看见你在英语课上闹事，我……"

"你怎么样？"我不明白他怎么会来出这个头，我与他往日无冤近日无仇，根本不熟，"你管这么多干什么？谁在英语课上闹事关你什么事？我没听错吧，顾跃管纪律？"

顾跃这两个字和课堂纪律摆在一起本身就是一种嘲讽。

"你，你们上课那么吵，还让不让人好好睡觉？"

一米八几的大个子，被我仰视，却显出了一丝尴尬，我不禁有些好奇："顾跃，你没事吧？平时你不跟老师们作对，老师们都要烧香拜佛了，你现在竟然管起课堂纪律来，你嫌上课太吵？我没听错吧？"

顾跃额前的头发被风吹开，把他那带着薄怒与羞赧的眼睛暴露出来："你管我那么多？你不是好学生吗，好学生怎么还扰乱课堂秩序？"

"我想想。"我的思路没有跟着他的话走，我突然知道上课时我觉得奇怪的地方是什么了，"说起来今天上英语课时，你管了两次纪律吧？难道真的是因为被吵得睡不着？”

“要你管！”

顾跃眼神凶狠，我却没有搭理他，继续说：“就刘老师那样的，班里没谁受得了她，也没谁真正喜欢她，你为什么要帮她管纪律？”

“谁帮了！”

“难道不是吗，今天教室里两次刘老师管不下来，都是你出声制止的，你这不就是在帮刘老师吗？”

我直视着顾跃的眼睛，他却不敢与我对视，恼羞成怒般踹翻了旁边的椅子，大声喊着：“你别瞎说，以后再闹事，别怪我对你不客气！”说罢便骂骂咧咧地转身走了。

我拽着雨衣好奇地想，难不成顾跃还是个纯良的好孩子？

我找到自行车，刚刚骑出校门，一辆的士从我身边开过，里面坐着的就是刚刚色厉内荏的顾跃。我轻叹了一口气，继续蹬着自行车回家。

大雨带着寒气肆无忌惮地打在我身上，即使穿着棉袄也还是难以抵御寒风。自行车的轮子在水里快速滚过，溅起的水花全落在了裤子上，裤脚越来越重。我还在回想着刚刚的事，一脚蹬空，重心不稳，车子歪歪斜斜，眼看就要摔倒，我一脚踩进了一摊泥水里。

是个下水道的进水口，黄水没过我的鞋子，半截裤脚都湿透了。我弯着腰，盯着下方。被泥水打湿的裤脚正贴在我的腿上，寒气顺着我本就冰凉的肌肤往上爬。我还仔仔细细地盯着与小腿有一拳之隔的自行车，链条断了，搭着链条的齿轮也弯曲得不成形。

车，坏了。

我的心紧锣密鼓地敲打起来，我用手拨了拨链条，断了！我压着跳得欢快的心又戳了戳齿轮，弯得也快断了！

车坏了！

迎着凛冽的风，我的脸莫名地红了起来。哈，车坏了！脑子好像被热气填满了，这车坏了，我，我可以换新车了！

像是得了巨大的好处，也不管腿上冰凉的感觉，我推着车子就往家跑。跑到家门口我才慢下来，喘匀了气，抿了抿要翘起来的嘴角。

修自行车的摊子一般下雨不出摊，但菜市场外头有一个巨大的棚子，除非风太大会把雨吹进来，一般爸都会出摊。

我推着车子踱过去。

“爸。”我清了清嗓子，尽量不让自己高兴得那么明显，“车坏了。”

“什么？坏了？”爸立即放下手中的活，凑上来看自行车。

“我看过了，链条断了，连齿轮也弯了，只怕……爸，我……”

“媛媛。”爸还蹲着，他回头认真地看了我一眼，说，“没事，媛媛，不怪你，这车子用的时间太久。”

“嗯嗯。”我绷着嘴唇，强压着笑，等着爸的下一句。

“爸能修好的。”

“爸肯定能修好，你先上去换衣服吧。”

“爸肯定能修好！”

想起这句话，我就忍不住把电饭煲的内胆狠狠地往水泥台子上一砸。

“咣！”

听着这声音，我下意识地迅速抱起内胆查看它的底部，还好没坏。我松了口气。等我发现自己居然松了一口气时，脸上一阵热一阵冷。

是的，即使爸爸说过“这车要是再坏了，爸爸就给你买辆新的”这样的话，可是如今几百块的补课费都是让姑姑掏钱，爸哪里抠得出钱让我买新车？

我叹了口气，手下意识地放在了胸口：“还要过多久呢，这样的日子？我还要在这里待多久才能离开呢？”

我环视着这破旧的筒子楼，木楼房处处露出腐木，共用的公共水池因堵塞发出难闻的气味，我快抑制不住那股疯长的颓败的念头了，我拍了拍胸口：“没事的，张媛媛，不要多久了。”我强逼自己打起精神来，“只要毕业考之后，一切就可以解决了！对，就是这样，到时候就可以去上海！”

上好的青春，尚好的我们

第二章

PERFECT YOUTH, PERFECT US

我提着垃圾筐往教室走，从走廊看东边天空，还是阴沉沉的。我边走边盯着，猝不及防地就听到了几个女孩子叽叽喳喳的声音。

“不是总分又怎么样，光是单科第一就能杀杀她的威风了！”声音是田甜，“我早看不惯她那副盛气凌人的样子了，好像年级第一就了不起似的。”

原来是在说我。我提着垃圾筐，犹豫着要不要进去，另一个声音出现了：“其实只比张媛媛高两分啦，侥幸而已。也许是刘老师看错分了呢？”

“错？什么错，怎么会错，这么大的字写着呢，邓一，英语，114。”

英语？英语！怎么回事，怎么会是英语？我脑子快速运转着，心里却相信了。英语114？比我高两分，怎么会？怎么会！

我难以置信地冲进去，丢下垃圾筐就想抢邓一的试卷：“邓一，邓一，借我看一下你的试卷好不好？”

“你、你干吗？”

田甜气急败坏。

“哦，哦，好啊，你拿……”

还没等邓一说完，我就急切地翻看起来，114，真的是114。我带着这张卷子冲到自己的座位上，一题一题地对比。

“年级第一，你干吗呀，不会这么输不起吧？”田甜在我身后讥讽道，“这可是邓一自己考出来的，你别不是……”

“你少说两句。”

“少说什么？被挤下第一就变成这样了，至于吗？读书读多了，脑子都坏了吧？”

我仔细比对每一题的分数，我在查证什么我自己也不清楚，我脑子里回响的都是胡老师说的话：“你要是明年也能参加这个竞赛就好了，这个英语全国竞赛，明年的决赛是在上海呢！能去上海顺便看看学校，老师也可以带你去我家玩。”

“虽然今年是在本市举办，不过你拿了一等奖，也算不错了！明年就要毕业考了。”

“你说你想去上海？为什么那么想去上海？已经拿了一等奖了啊！”

“那你给我立军令状，要是你一模二模单科英语都能考第一，我就去跟学校说，让他们给个名额！”

卷子被我翻得哗啦哗啦响，然而我越翻就越清楚，这是个铁一般的事实。

“要是你一模二模单科英语都能考第一，我就去跟学校说，让他们给个名额！”

这回我不是第一，第一并不重要，但，我不能去上海了。

我瘫坐在椅子上。田甜还在喋喋不休地嘲讽着我，说些什么我也没办法听清，我的世界好像失真了。我盯着眼前的卷子，密密麻麻的英文字母一会儿聚拢，一会儿分散。

我不能去上海了。

我心里只有这几个字。

窗外狂风呼啸，乌云用肉眼可见的速度快速叠加，堆满了整个天空。还是早上，天却黑得如同夜晚。教学楼里爆发出阵阵尖叫声，许是哪个班级把灯关了，想吓一吓胆小的女生。

我听着这些鲜活的声音，却感觉万念俱灰。

一块黑板刷画过抛物线，擦过讲台边缘，落在我的课桌上。我听见有人向我道歉，然而我的全部视线都集中在了黑板刷压着的位置。

一样的答案，只是表述方式不一样，却给我打叉，给邓一打钩？这是老师看错了吧？

热气不断地往我脸上、头顶升腾。我仿佛枯木复苏，一点一点活动我僵硬的身躯，手指颤抖地摸到卷子上的那块地方，是真的！

我压抑着激动，小心翼翼地去翻阅这一题的分数，三分，我知道是三分，但我像捧着一个彩色的泡泡，稍有不慎就会破碎。我经不起任何波折了，我一点一点地掀开前一页，得出每题三分的结果。哈！

我要去找老师改分数，只要我能保住这一次的单科第一，我就能去上海了，上海！

“看了那么久还不是少两分！”田甜对着空气说。

我回头，凝视着她：“不是，有一题老师看错了，是我比邓一高一分。”

田甜脸上泛青，憋了半天，骂了一句：“神经病！”

我没搭理她，我盘算着去办公室找老师改分数。

我敲门进办公室的时候，刘老师跷着二郎腿面对着电烤炉，跷着的那只脚没有穿鞋，正凑在电烤炉前边烤火。办公室里只有她和另一名政治老师。

“刘老师，有一道题……”

她抓了一下袜子，然后回头看着站在她身后的我，懒洋洋地说：“什么题目，你不是全对，还需要我告诉你做吗？”

我试图辩驳，但刘老师没给我这个机会，她瞥了我一眼：“拿来我看看——啊——”

我以为她是伸手接我的卷子，赶忙送过去。刘老师却伸展手臂画了一个圆弧，伸了一个懒腰。我举着卷子，高不是，低也不是。

“第几题？”

大概是戏耍够了，她坐正，把脚放下来，伸手准备接我的卷子。

“第六十三题。”我连忙把卷子往她手边递。

她一听，伸手一推，把卷子挡开：“还没讲到那里，现在问什么？你回去吧。”

“不是，是……”

“不是什么不是？就你一个人搞特殊？这些上课就会讲，现在有什么好问的？问了到时候不听课，我才懒得管纪律！”

刘老师一副毫不在意的样子，好像是我提了多无理的要求。她刚刚放下来的脚又跷了起来，顺手还从桌子上抓了一把瓜子：“张老师，吃瓜子吗？”

两人吃起了瓜子，我见刘老师这样，火气上来了：“六十三题你看错了！”

刘老师想也没想就说：“那不可能！你们这是第二次模拟考试，哪有那么容易错的？”

“邓一这一题和我只是表述方式不一样，你给她打钩，给我打叉！刘老师，我要改分数！”

“分数那么容易改？这都是入了电子档的，这是你说改就改的吗？”刘老师睨视着我，发出一声嗤笑，偏过头与张老师说话：“现在的小孩也有意思呢，考试自己不努力，成绩出来了，不先找自己的责任，先说老师看错了卷子，张口闭口就是要改分。”

张老师跟着笑，说：“那都是名堂多！”

我抓紧了试卷，无视她们的话：“刘老师，你先看下卷子，这里的答案真的一模一样，却是一对一错。”

“你够了啊。”刘老师沉着声音说，“就算是一对一错，那也有可能是都错，邓一应该扣分，而不是你加分！”

“加分减分，有这么重要吗？你们考试只做一份卷子，老师却要看几十份，就算有一两处忙中出错的，难道这一两分就非得追究吗？”刘老师端着架子，声音在空旷的办公室里回旋。

“就是，又不是加了这一两分就能及格。最烦这种了，考完试就嚷嚷着这里算错分、那里算错分，心思不能用到正途上。”张老师一脸怒气，一副深受其害的样子。

我还呆呆地立着，试图把卷子递过去，加上这三分，我才是单科第一。

“张媛媛，你好歹也是年级第一，这一分两分的，有的时候不需要这么较真。听老师劝，回去好好复习，下回再考。”

刘老师仁慈地劝说着我，声音和表情却有一种说不出来的不协调，这模样太假，假到我觉得她嘴角的笑纹都要掉下来。

单科第一，才能去上海。

“刘老师，是我对，或者是邓一错，麻烦你先看看卷子好吗？这一两分对我来说也很重要。”我有些咄咄逼人了。

我想我此刻的样子，应该是十足的惹人嫌。这三分不能让我及格，却能改变排名，却能让我去上海。哪里不重要？哪里不重要！

“有什么好看的。”刘老师这下是真的怒了，毛躁的头发都抖了起来，“你要是非要弄个对错，你去把邓一叫来，告诉她，她那题我看错了。我把她那三分也扣了，这样可以吧？你满意了吧！”

“刘老师别气，别气。学生嘛……”

“能不气嘛？这些学生一个两个不知道多自私，整天想着自己，仗着成绩好就对老师指手画脚！”

“也不是所有学生都……不过这个张媛媛的确是傲了点，唉，这些学生啊……”

有了张老师的附和，刘老师讲得更起劲了：“当个鸡头就傲得不得了，真不知道爹妈是怎么教的……唉，我也是，碰上这么个班，在教室里吵得我头都要炸了，下了课还要到办公室来找我的麻烦……”

两个女人同仇敌忾，把我当作阶级斗争的对象，像做演说一般论述着我这类学生的可恶，阐述着老师的艰辛。

我的耳朵像是一口钟，声音在钟壁里碰撞回响，我想我也许感冒了，不然怎么会冷得浑身发抖？我一步一步退出办公室，刚刚走出办公室的门，便感觉我被一道视线锁住。是顾跃。

顾跃和一排男生站在办公室斜对面的墙壁前，大概是犯了什么事，被老师抓着了吧。

雨已经噼里啪啦地往下掉了，天空中偶尔闪过一道光，这光印在顾跃的眸子里，看起来像跳跃的怒火。可是我有什么地方惹到他了呢？该不是听到办公室里刘老师的指控，以为我做了什么十恶不赦的事吧？他又想管“闲事”了吗？

我没工夫理会，这些念头只是一闪而过，很快我的脑子就被那三分挤满了。

我不知道我是怎样来到厕所的，我把自己锁在最里面的隔间。蹲在空地上，我拽着脖子上的丝线，拽出一块玉佩。我摸着温润的玉佩，憋了那么久的眼泪哗啦啦就掉出来了。

“妈妈。”手指拂过镂空的花纹，“妈妈，我没办法去上海比赛了，我没办法去上海找你了。”我心里的酸楚一股劲冲上来，几乎要呛到鼻子，憋屈和无助像是要掏空我的胸腔。我从来没有这么憋屈过。

小学时和别人打架，小姑娘的妈妈又亲又哄，离开的时候还当着众人的面骂我是有娘生没娘教，我没哭；初中明白了成绩的重要性，费了多少心力守住第一的位置却被全班排挤，被冷嘲热讽，我不在意。我很小就知道，我的妈妈在上海，我要到上海去。

“我讨厌这个老师。”对着玉佩就像对着我的母亲，那些不能说给同学和爸爸听的话，我可以毫无压力地说给玉佩听，“她，她凭什么这么说我！”

我抽噎着说完这句话，委屈如决了堤的河水一般汹涌。她凭什么这么说我？我每天做卷子到凌晨两点，早上六点起来读英语背单词，我考得好不是靠她这个只知道念标准答案的老师，我的成绩也不是大风刮来的，她凭什么对我指手画脚……

我还想对着玉佩说什么，吱呀一声，厕所的门开了。外间进来了两个女生，我吓得赶紧捂住了嘴。

“听说他以前就在咱们学校初中部念书，总顶撞老师呢！”

“不会吧，顾跃这么猛！”

顾跃？我还捂着嘴巴，抓着玉佩，两个女生的对话一字不漏地往我耳朵里钻。

“一点事都没有！他爸给摆平了，据说他爸超有钱！”

“好像是呢，他拿的手机都是……”

我想加上老师算错的分数，却被老师讽刺挖苦，指桑骂槐。而顾跃总顶撞老师，却全身而退，毫发无损。真是讽刺啊！

那两个女生一直不走，我也不想再继续蹲在厕所里了。我出了厕所往教室走，课间操时间已经快过去了。我往前门走，猝不及防被守在前门的两个男生用力往走廊拽。

“你们干吗？”

“学霸，学霸，别急，我们只是想跟你说几句话。”

我抬头一看，是顾跃的跟班岳辉和高岳霖，他们俩刚刚就站在办公室外面，和顾跃一起罚站。

“女神，哦，不，学霸。”高岳霖有些语无伦次，“我们只是想跟你说点东西。”

我被两人拖拽到走廊尽头，这两人见我没跑，才放心地松了手：“说什么？”

“我们刚刚都在办公室外面。”

然后呢？

高岳霖显得有些为难：“顾跃也在，他听见了你在办公室里和刘老师……还有刘老师那些抱怨的话。”

“那又怎么了？”我不解。

“怎么了？”岳辉哼了一声，“顾跃以为你是去办公室找刘老师麻烦的，等会儿大概会来找你麻烦！”

“找我麻烦，为什么找我麻烦？”先不说我并不是去办公室找刘老师麻烦，就算是，顾跃凭什么为了这个来教训我？

高岳霖显得十分着急，担忧写在脸上：“他等会儿要是来找你了，你服个软就算了，千万别跟他犟，他为了他妈什么都敢干！”

高岳霖的话刚说完，就被岳辉一脚踹到一边去了：“你傻了吧？顾跃不想让人知道刘老师是他妈！你嘴巴是个漏勺吗，什么都往外漏！”

如果说刚刚我还没听清，现在是完完全全地听明白了。刘老师是顾跃的妈，怪不得顾跃几次三番帮刘老师维持课堂纪律，原来刘老师是他妈！

“刘老师是顾跃的妈妈。”我肯定地吐出这句话，原来不是上课太吵吵到他睡觉，而是因为刘老师是他妈。

高岳霖急了：“你知道就算了，可别往外说啊！顾跃不想让人知道的！啊！”

高岳霖又被踹了一脚。

岳辉被呕个半死：“你是猪脑子啊，该说的，不该说的你全给说了！”

岳辉突然看着我：“你知道了就知道了，但你也知道顾跃那人脾气不好，你要是说出去，就别怪顾跃做得出！”

说完岳辉就往教室走。

高岳霖跟着跑，只听见一点细细的声音：“你怎么跟我女神说话的！你太过……”

自己做出来的事，还怕别人讲？一团火堵在我的胸口。

我带着怒气，回到了座位上，带上耳罩就想趴着睡觉。

“张媛媛。”

隔着耳罩，我恍恍惚惚听到有人在叫我的名字，但我在似梦非梦之中，以为只是听错了。

“张媛媛！”

突然有一股力量把我的耳罩往后一扯。

我被这个突然的举动吓到了，弹跳着坐直。站在我眼前的是顾跃，他怒气冲冲地盯着我。我想起进教室前顾跃的两个跟班对我说的话，原来是真的来找我麻烦了。

“我记得我警告过你。”顾跃的眼睛如同黑夜里闪着绿光的狼眼，“我要你别在英语课上闹事。”

我被他森然的目光吓得一激灵，直了直脖子：“我没有在英语课上闹事啊！”

“那你去办公室干什么？”

我看着眼前这个人就能联想到他妈妈带给我的羞辱，记起我是因为他妈妈才不能去上海，火气便噌噌地往上冒：“我一个学生，去老师办公室问问题不行吗？你也管得太宽了吧！”

“只是问问题她会被你气成那样？”顾跃的理智之弦都要被怒火烧断了。

她气？谁气谁？我被那两位老师羞辱敢情是活该？我反驳才是最大的错？难道老师出现纰漏，学生去找老师纠正就是给老师找麻烦，就是故意去气老师吗？我已经不能够理解顾跃了，我怀疑他是否还具有一个灵长类动物的判断力。

“她？”我狠狠地盯着顾跃，从鼻腔里发出一个呼气声，“哪个她，刘老师？她跟你什么关系，你干吗要替她出头？”

顾跃的瞳孔猛地收缩了一下，大概是没有想到我会提起这件事：“关你什么事！你要是不安安分分，我多的是办法让你当不了年级第一！”

安分？还要怎么安分？我的大脑像是着了火，高热盘踞在我的头脑内，想也不想我就对顾跃说：“就算刘老师教了一班的狼崽子又怎么样，不是还有你这个孝——顺学生吗？顾跃你要不要跟同学们解释一下，刘老师是你什么人！说不定大家看在同学一场，上课的时候会好好配合刘老师……”

顾跃黑着脸，一米八几的个子罩在我头顶就像一块乌云，他攥了攥拳头：“我警告你，说话注意点，用用你那年级第一的脑子，别给我瞎扯！”

我注意到了这个动作，但顾跃那种轻蔑的口气，对我的蔑视和他母亲如出一辙，我已经无心趋利避害，我似乎对他的武力威胁不屑一顾，我睨了顾跃一眼，说：“怎么，想打我啊？哼，打了我，可是刘老师摆不平的，你可想清楚了！”

顾跃手猛然抬起，还没挥下就被高岳霖抱住了：“岳辉，你还看什么戏，过来拦住他！”

高岳霖双臂紧紧地锁着顾跃，让他没有挥手打人的可能：“顾跃，顾跃，算了，别跟一个女的计较！”

顾跃可不管，他挣扎着、嘶吼着：“说什么？你有种再说一遍……”

“我说！”高热占据了我的大脑，即便是日后，我都觉得我不是应该说这种话的人，但此时我什么都管不了了，“我说刘素兰没能力教高三，也教不好自己的儿子！顾跃，是刘素兰的儿子！”

我说出这句话的时候，围绕着我们的同学发出惊讶的声音。而我对面的顾跃像是被我狠狠打了一巴掌，脸朝另一边，像是活生生被人削去了一块面皮。他不再对我做出攻击，如同低沉的气压聚拢在他的周身，他那两个跟班还抱着他，这一幕无端生出一丝滑稽。

我们几个人还站在所有人视线的焦点上，但我已经听到了那些比狂风还汹涌的议论，看到了每个同学脸上的诧异与讥讽，流言蜚语将以不亚于台风的速度传播。

懂得喜欢和讨厌之后，每个班级都会有一个被当作靶子的同学。小学，当同学们知道我家住在菜市场后，我就变成了那样的人。只要一句“张媛媛喜欢你呢”，就可以令对方恼羞成怒，没有人愿意成为我的同桌，更有人把我的桌子当作垃圾桶。初中的时候，我凭借成绩避开了这样的事。到了高中，浑身粗鄙、不管是说英语还是普通话都带着口音、永远穿着俗气衣服的刘素兰，变成了让大家最恶心的人。

刘素兰的孩子应该是什么样子，那应该是个粗俗的小刘素兰，但谁都没有想到，顾跃会是刘素兰的儿子。

这就像个笑话。

教室算得上是安静的，同学们用带着戏谑和讥讽的目光觑着顾跃。顾跃被岳辉和高岳霖死死抱住，拉着拽着往教室后面走。人群还围绕着，但我知道戏已经散场了。

“这是怎么回事？”教导主任突然出现在教室后门，“你们在干什么？”

“没事，没事。”胖子的声音打破了僵局，其他人都稀稀拉拉散开了，“上课了，上课了！”

“是不是打架了？”虽然没人搭理他，但教导主任还是说得起劲，“我告诉你们！最后一个学期了，校风校纪抓得紧，要是让我知道了……你们就……”

顾跃还恶狠狠地盯着我。

我毫不避让地瞪回去，谁叫你是刘素兰的儿子！

上好的青春，

尚好的我们

第三章

PERFECT YOUTH, PERFECT US

“水陆草木之花，可爱者甚蕃。晋陶渊明独爱菊。自李唐来，世人甚爱牡丹。予独爱……”食堂的附近是初中部教学楼，现在是早自习，二楼的某个教室传来整齐的朗读声。

我心不在焉地打扫着食堂，不一会儿齐读声被叫停，变成了细细碎碎各自朗读的声音。一个女孩拿着两瓶饮料从小卖部过来，空旷无人的食堂瞬间被她的声音填满。

“妙妙，歇会儿吧，反正要扫一整个早自习时间。”

女孩是对另一个打扫公共区卫生的同学鲁妙说话。我们班的公共区是食堂，范围比较大，班主任特批打扫时间可以延续到早自习。

我埋头清扫地上的残渣，那两个女生开始坐在一边交谈，声音在空旷的食堂里被放大，像是从扩音器里传出来的一般。

“你还不知道吗？顾跃是因为打伤了人才转学到我们学校的啊！”

另一个女生大感惊奇：“妙妙，你怎么知道的？”

“我哥就在顾跃之前的学校读书，据说顾跃是他们学校的老大，就没有打得过他的！而且……”

“骨折？难道对方家长没有追究吗？”

又是顾跃，我就不乐意听到这两个字，听到这两个字我就能联想起刘素兰那张让我恶心的脸。

食堂一窗之隔的厨房里，闪过教导主任的背影，如此近的距离，教导主任只怕听得一清二楚吧。我看着那两个女生，犹豫着要不要提醒她们。

鲁妙背对着厨房坐着，一副不以为然的样子：“呵呵，追究？怎么追究，顾跃他爸生意做得大，上面有人，你要家长找谁追究！”

“原来是这样，怪不得顾跃到哪儿都横行霸道的，胖子以前那么横，在他面前都老老实实的。”女生惊奇地道，“那，学霸说的是真的吗？顾跃是刘老师的儿子。”

女生在问我，我还没来得及回答，鲁妙就抢着答了：“如果不是刘老师的儿子，以顾跃那垫底的成绩，怎么可能在毕业前转到我们学校来？”

刘老师，这三个字一出现，我心里就如同被针扎了一下，也顾不上里面的教导主任是不是能听到了，我闭嘴不提，任由这两个女生告黑状。

“说起这个，媛媛，你昨天那样跟顾跃作对，你都不怕吗？顾跃可是……”

怕？怕什么？

我垂着眼帘，想要掩饰心里的真实想法：“我也是一时冲动，你们不都说了，顾跃他爸有钱，惹了他只怕没好日子过了。”

“我当时多害怕他动手啊。”鲁妙露出惊慌的表情，“我之前看到过他打人，下手好狠，也不知道对方说了什么，他一下就把人踹翻了。”

“这么恐怖？不会真的打女生吧？”女生也是一脸后怕地说道。

“谁知……”

“你们说的是真的吗？”一个声音突兀出现，当然是教导主任。

“啊！”鲁妙转身，发现是教导主任，立马发出后悔的惊呼。

我还握着扫把，不言语。

“你们刚刚说的是真的吗?”教导主任又重复了一次，然而我们却谁也没有说话。

我们可以背后议论、嘲讽，但真正去老师面前告状，是会被所有人鄙视的。

“现在学校在严抓校风校纪。”也许是发现了我们的顾虑，教导主任缓缓开口，“一是为了整顿校风，二也是为了给你们创造更好的学习环境。”

不愧是教导主任，诱导人告密，却还能冠上“我是为了你们好”的名头。

但我们还是没有说话。

“好，我现在问你们，你们不说，以后万一出了事，你们要不然就要算知情不报，要不然就要扣上包庇同谋的名号。”教导主任语气变得强硬，“被同学欺负，还是要告诉老师的。老师不帮助你们，谁帮助你们呢？昨天你们班是不是发生了暴力事件？”

棒子与糖的招数，教导主任使得出神入化。

鲁妙惶恐地说：“昨天那事的当事人就在这儿，您不如问她！”

鲁妙把矛头指向我，我诧异地对上鲁妙的眼睛，然后快速低下头。听说整顿校风校纪其实是跟教导主任的绩效挂钩的，教导主任这会儿怕是正想抓出几个典型。

教导主任顺着鲁妙的视线往我身上看，大概是惊奇我这么一个好学生怎么会和顾跃产生矛盾。

“张媛媛？什么事情？你大可以说出来，老师帮你做主！”

我抓着扫把犹豫着要不要说出来。可是说了又能怎么样呢？铁打的学校，流水的学生，我们不过是过客，三年一过就会走，而老师们却会留下来，郭主任和刘素兰是同事，又怎么会为了几个学生撕破脸皮？

“张媛媛你说啊，你昨天不是还跟顾跃……郭主任都开口说话了，你还有什么好怕的！”鲁妙隔岸观火，却火上浇油。

我不禁有些气恼：“说什么？郭主任是老师，顾跃的妈还是郭主任同事呢！”我翻了个白眼，对郭主任说：“郭主任，事情已经过去了，我也不想再提了，也不是什么大事，没什么好说的。”

郭主任却有些不依不饶了：“如果有学生做出妨碍同学学习甚至是人身安危的事情，学校是一定会要进行干预的，绝不会因为是某个老师的亲戚、小孩而偏私！”

“郭主任说的是真的吗？”我无法去揣测自己的用意了，“即使是老师的儿子，犯了错也会如同普通学生一样秉公处理，不包庇，不妥协？”我并不信真的会有老师这样“大公无私”地惩处同事的孩子，但哪怕是万分之一的机会，如果郭主任真的这样做了，说不定刘素兰会被换走……

“绝不包庇。这样的事情只要被我知道，被我抓了现场，我一定会严肃处理！”

打扫完卫生离开食堂的时候，我向后看了看，想起自己刚刚说的那些话，心里有点发虚。我引导着郭主任做出承诺，往后一旦顾跃犯事，不管是被谁发现告了状就会被处理。我摸着玉佩所在的位置，妈妈，我这样做对不对呢，好像是给人挖了一个陷阱啊。但，如果顾跃不犯事，就算我挖好了陷阱，也不一定能埋了他啊。如果他真的出了事，那也是他自己要犯事，怪不得谁！

隔壁班在拖堂，安静的教室里只有老师讲题的声音，走廊上闹哄哄的，却丝毫没有影响课堂上的纪律。这样的英语课堂与我们班截然相反。终于，他们班下课了，我快步走过去，拦住了那名五十几岁的老师。

“黄老师，我有个题目不会，能不能问问您？”

黄老师是返聘的老教师，年纪也大了，带着两个班，实在没办法再替胡老师教我们班了，因此才让刘素兰当了代课老师。

“媛媛啊，可以啊，可以，你拿来给我看看！”

如果是好学生，走到哪里都会有老师另眼相待。我赶忙把试卷递过去，除了试卷六十三题那个可能扣错分的题目之外，我还有好几道刘素兰讲得不对劲的题要问。

“这个没问题啊，只是换了个说法嘛，完全没问题，是对的！”黄老师扶了扶眼镜，没过几秒就十分肯定地对我说，“嗨，这题，你答对了啊！估计那个阅卷老师是按标准答案扣的分，这其实是言之有理即可得分的类型，不应该被标准答案限制住。这题算你错，就真是……”

黄老师话只说一半，我却明白她的意思。这道题我完全是可以得分的，但刘素兰是照着标准答案改的卷子，也许中途有人提醒了她，于是出现了答案一样，却一对一错的情况。她扣错了分却没当一回事，也没有想过要重新算分，甚至等我去询问她时，还给我脸色看……我顿时拉长了脸。

如果我昨天在办公室是真的无理取闹、惹是生非找老师麻烦，那我被老师讽刺了一通、接着被护妈心切的顾跃骂了一通是我活该，是我自找，但事实压根不是这么回事！

没错，我的确是想要加上那一两分才去的办公室，但这一两分不是我刻意找碴，而是我应得的。是刘素兰阅卷出了纰漏，才出现这种明明答对却扣了分的情况！明明出了差错，却摆出一副理所应当的，我是老师、老师就是权威的模样。我心里的火苗越烧越旺，五脏像是被火在烧，找不到一个发泄的地方。

黄老师接着给我讲了后面的题目，其实我这种行为是让她额外加班，她却还是仔仔细细地跟我讲了个通透。我虽然怒火中烧，却还是忍耐着，认真听黄老师讲题，这样的机会对我而言十分可贵。

讲完题目，黄老师有些感慨，便同我闲聊起来。她问我现在学得怎么样，刘素兰教得好不好，我笑了笑没有回答。

“唉，其实你们胡老师本来只想让她代一个月的课，毕竟是在初中部被投诉，才停了课的老师，你们胡老师也不敢让她教，只是，谁让你们胡老师家出了那么大的岔子，实在脱不开身呢！”

“停课？”我心中疑惑。

“可不是停课吗？听说是出了教学事故，又辱骂学生，被学生家长反映到学校，然后……”黄老师说完，一脸可惜地看着我，我却已经蒙了。

被投诉、停课、教学事故？

我心里还积压着昨天被刘素兰倒打一耙的火气，这下却听到一件更令我愤怒的事，刘素兰竟然被家长投诉，被停课，还有……教学事故？我觉得我一口气都要喘不上来了。

以前同学们说刘素兰也就只能教初中，原来她连初中也教不了！

黄老师关切地对我说以后有什么题目不会做的，可以来问她，又说如果不是身体不好不能带学生，她还想给我补补课……

我顺着黄老师的话，恭顺地点头或者摇头，其实我完全听不进去，我仍处在震惊之中，原来刘素兰连教初中的资格都没有！

我和黄老师还站在两个班相接的走廊上，往右边挪一挪，视线就能顺着后门看见教室里的我们班的同学。他们还什么都不知道，他们以为刘素兰只是一个普通的代课老师，就算是教初中的，至少头上也顶着“老师”的帽子。他们不知道刘素兰出过教学事故，被学校停课接受培训，只有等培训结束检验合格之后刘素兰才可以继续教学。

然而她现在却在教即将参加毕业考试的我们。

我的心此刻就像被雨水打湿的地面，一片潮湿，一片冰凉，阴暗的那个角落，叫作绝望。离毕业考还有四个多月，然而我看不到希望，我心里是有光的，现在却在慢慢熄灭。四个多月，胡老师能不能回来还是个未知数，刘素兰压根指望不上，而请家教……

“如果可以的话，还是请个家教吧。”黄老师温和地劝说，“毕业考不是小事，而且你们现在的英语教学情况实在不容乐观。这一届里，你是我最看好的学生了，如果只是因为英语拖了后腿，那就太可惜了，要知道英语考得好不好，对以后选择学校而言是有很大差异的……”

我低着头，积了水的地面，映出我一脸的酸楚与为难。

听着雨水打在雨衣上的声音，我既烦闷又惆怅。黄老师讲的话我不是不懂，她能说出“英语教学情况不容乐观”这样的话，已经是对刘素兰最大的否定了。在没有家教、没有好老师，只有刘素兰的情况下，在一所二流学校的我要怎么去跟重点学校、几大名校的学生拼？

眼睛酸了，我吸了吸鼻子，把心里的酸涩憋了回去。我没办法让学校更换老师，也没有钱让家里给我请家教。我该怎么做才可以把成绩追赶上来？我要怎么做才能如愿以偿地考到上海去？

我没精打采地蹬着自行车，想着爸要我放学路上顺道带点东西回家，我把车骑到了小超市门口。

把自行车放在门口我就往里走，也没给它挂锁。小偷是不会偷一辆历经多次大修才苟延残喘的破自行车的。

走到超市里，却遇上了没带伞而来超市避雨的初中同学。我看了一眼就错开了视线。我没想打招呼。我和初中同学虽不像小学那样交恶，却因为小学有过那样的经历，都没怎么深交。

但对方却还记着我："张媛媛！嘿，真是你啊！"

对方是叫刘芳还是杨芳来着，我记不太清楚，但她表现出了仿佛与我是多年好友的热情。

"你现在还在六中读书吗？"

"嗯，嗯。"我随口应付她，拿了两条毛巾，准备去拿卫生纸。

她似乎没有感觉到我的冷淡，一个劲地凑上来交谈："你当初怎么没来一中啊？你那时候成绩准能上一中！"

因为一中不能免学费。我腹诽，但这些事情我不愿尽人皆知。我不想品学兼优后面还挂上寒门学子，不想被人家指着说："看，张媛媛多懂事，家里条件不好，就要发奋读书。"因为十有八九，起不到积极向上的作用，反而会被人排挤。虽然，我现在也被人排挤。

"你们二模考了吗？你成绩怎么样啊？"

我心思一动，想了想便对她说："你现在是在一中的尖子班吗？"

"嗨，我哪儿够得上尖子班啊，我就在一个普通班猫着，苦海浮沉呢！"

她说得起劲，我却在盘算着口袋里的钱和我能买的卫生纸，如果买好一点的卫生纸就得放下一条毛巾，但如果我买质量差一点的……我偷偷瞥了一眼初中同学，决定还是等她走了再拿。

“我请了我们年级英语组的组长给我补课呢，结果英语成绩还是没起色，勉强110多分。”

不同于成绩不好的人想要提升成绩，进步几十分是很容易的事，而一百多分的时候，想要提高十几分都非常艰难。

“哦，那你在你们班第几名啊？你们班平均成绩跟尖子班差很多吗？”我委婉地问了个大概，她成绩跟我差不多，这样我也能知道我在名校会是什么位置。

她夸张地叹了口气：“就我这成绩，在我们班也才算中上游，尖子班的人都是130、140啊，根本不是人！”

才中上游吗？听了这个回答，我心里又乱了几分。

“你成绩怎么样啊？”她突然问道，“当初你要是来了一中，肯定是进尖子班，肯定不是我这个样子。”

“我？”我扬起一个自嘲的苦笑，“也就110多分。”

她扯了一下嘴角，随即像是有些自谦，又有些得意地说：“唉，还是要进好学校呢，学习氛围完全不一样。110多分在六中是很不错的成绩了吧？这成绩在一中也够得上中上游了。不过，学生层次不一样，卷子的难易程度肯定也不一样，我们出试卷的老师简直不把我们当人！”

我低着头，没有回应她的话。我烦闷着这雨什么时候会停，她什么时候会走。

她说的没错，学生的素质不同，学校出试卷的难度也会不同。鸡头和凤尾，不是说当上了鸡头就真的离凤尾差不了多远。而是鸡和凤凰，本来就不具备可比性。

想到这里，我心里一片颓然，那股无处可泄的火，还在灼烧着我的胸膛。

“这是道语法题，也不难，请个同学把这一段读一下，然后再回答。”讲台上，女人蓬松枯燥的金发散乱地垂在花花绿绿的衣领上。

“那就张媛媛吧！张媛媛，你来回答一下，张媛媛！”

刘素兰的声音我并不是没有听到，我心里还回想着昨天黄老师说的话和初中同学表露出来的重点学校的状况，她的声音就像是从耳朵边擦过，我却什么也没听进去。

整堂课我眼睛盯着书，手里也抓着笔，刘素兰说什么我都能跟着做笔记，看起来是个规规矩矩认真学习的全校第一，但我知道，我就像掉了魂，满脑子都是嗡嗡声。

“张媛媛！”

“啊？”我慢了半拍，终于反应过来是刘素兰在叫我。

“啊什么啊，老师叫你起来回答问题！”刘素兰嘴角挑出一丝讥讽，“想什么那么出神，这是上课呢！两只眼睛看着书，魂却不知道去哪里了。就你这样还嚷嚷着加分、加分？”

刘素兰像是往我的耳朵里扎了几针，她不说加分还好，一说加分，我联想到之前黄老师说的话，心里生出几分不耐烦。

我不紧不慢地站了起来，站直之后，也没忙着回答问题，而是理了理有些往上缩的校服衣摆，又抬头看了一眼刘素兰，才终于把视线转回到书上。

流利的英语从我嘴里吐出，一长段读完后，我说出了昨天请教黄老师时，黄老师给我讲解的答案。

听我报完选项，刘素兰脸上浮现出十分明显的得意的笑："张媛媛原来也不是每次都'全对'啊。"她含着讥讽的笑看了我一眼，"这一题，看起来像是张媛媛说的那样，但实际上出题的人耍了个花招，正确答案是B。"

这样讲题目，等于没有讲吧？为什么选B呢，你倒是解释一下啊！我回答完了题目，却没坐下。

刘素兰似是而非地讲了一通，却丝毫没有涉及这个题目为什么选这个答案。

她把我晾在一边，絮絮叨叨讲了好久，好像是突然之间发现我还没坐下似的，别有深意地看了看我，说："上课还是要认真听课，你还小，还有很多知识不知道。下课的时候假积极地想要我给你讲题目，可正儿八经上课却不听，这样怎么行呢？该学的时候，就要虚心地跟着老师来……"

她像是和蔼的老师在谆谆劝导着答错题的学生，如果我昨天没有找黄老师请教，我只怕也会这样以为。但事实是，刘素兰眼里带着嘲讽，只想找回我对她说"选择题全对"时，她丢掉的面子！

把错误的"标准答案"当作圣经宣扬给学生，跟着标准答案讲题目却讲不出个所以然，就这样还想要学生对她的愚蠢无知做出崇拜的姿态？对不起，我做不到！

"行了，坐下吧，以后好好学。"

以后好好学。这句话彻底点燃了我心里的火，谁不想好好学，问题是跟谁学！

我挑眉："B？不对吧！"我抽出夹在书里的试卷，"第三次周考，有道一模一样的单选题，你当时说答案是C，这才多久就变B了？”

四周有了窸窸窣窣翻抽屉找试卷的声音，不久就有人诧异地说：“还真是一模一样的题，连选项都一样。”“对啊，只不过这次出现在完型填空里。”

刘素兰的脸色变得难看了，扯出尴尬的表情，她恶声恶气地说：“拿给我看看！”语罢，便不容拒绝地从我手上抽走了试卷。

她怀疑地扫视了一眼试卷，随即像是扔掉什么脏东西一样，将试卷扔到我的桌子上：“嗯，没错，是选C，这里答案印错了，是选C。”她随口解释了一下，“好了，我们讲下一题。”

那为什么又选C呢？她不耐烦地催促同学们看下一题，好像完全不需要对这样的改变做出任何解释。

“到底选什么？”

“B吧？”

“老师不是说答案印错了，是选C吧？”

“C吗？到底选什么啊？好烦啊，有没有个准确答案，一下B一下C的！”

同学们的抱怨声汹涌入耳，刘素兰的表情变得更难看了，她扯着喉咙不耐烦地喊：“C啦！快点改一下，讲下一题了！答案印错了也要叽叽喳喳，大惊小怪。”

这是可以小而化了的事吗？我冷哼一声：“就算是印错了答案，第三次周考才过去多久，你自己讲过的题目，有这么容易忘吗？同样的题目，标准答案一改，你的答案就换，是不是你不看标准答案就不知道该选什么？”连教初中都没有资格的老师，在课堂上对一群备考的学生乱讲乱教，讲卷子讲复习都是依靠“标准答案”，跟着这样的老师，我有什么前途可言？

邪火在我心里蔓延，烧得我心肺热辣辣地疼，虽然我看不到自己的脸，却能感觉到脸上的热度。热气从眼里冒出来，我大喘着气说："有时候我真怀疑，你要是自己做一套卷子，能不能及格。"

我如同火山爆发一般，将自己对刘素兰的质疑、不满一股脑地往外说。不能去上海参赛的委屈，刘素兰对我冷嘲热讽的难堪，生活窘境的逼迫，毕业考的迫近，黄老师的惋惜，心里的焦虑，各种情绪如同蜂拥的潮水，快速灌入我的大脑。

我感觉自己的眼眶润了，心里的憋闷、烦躁和委屈此刻飙升到了极点："刘老师，你是老师，对于你而言，我们不过是一届可有可无，只带一个学期的学生，过了就过了，走了就走了，考得好考得差你都无所谓。可是我们不一样，我们再过几个月就要参加毕业考。"

我没办法像刘素兰那样大事化小，小事化了，"努力就会有回报，不努力就会死"已经深深地刻进了我的骨子。

眼眶氤氲着湿气，濡染了鼻腔，那股酸楚逼着我不管不顾地说出心底的话："我知道你没带过毕业班，我不知道你明不明白毕业考生的心理，明不明白毕业考对一个人命运的影响有多大。我们这一教室的人，提心吊胆走在刀刃上，每天做题做到凌晨两点，睡了不到四个小时就爬起来背书，要是不小心睡着了会后悔到要哭……"

教室里陡然安静了，所有人都闭上嘴，看我如同发疯一般对着刘素兰控诉。这安静里，有多少人有着与我同样的想法？

"你眼里不过是一两分，你眼里不过是一道题，但你不知道为了这一两分，为了这一道题，我们都做了什么！你不知道我们对毕业考是如何的重视，你不知道我们对毕业考抱着多大的期待。”如果她知道，也就不会这样轻易、草率地对待任何一堂英语课了。

我一连串的话说出口，心里的憋闷没有因此而减少，反而更浓，此刻我心里又酸又堵。

“我现在也不求你知道。”说完这句话，我心里一片颓然，是那种怒气叠加飙升，然而却被逼到绝境、无法翻身的颓然，“毕竟你也不过是一个在初中被投诉停课，接受二度培训的初中英语老师。”

一汪水在我眼睛里打转，光透过那汪水从我眼里折出去，投射在刘素兰身上，已经变成了恨，我带着浓厚的鼻音，歇斯底里地说：“我不管你的标准答案标不标准，我只求你，以后认认真真备课，把答案都弄对了再来教我们。求你，别毁了我们一生，老师！”

这一声“老师”我几乎是喊出来的。刘素兰在我朦胧的视线里发蒙。同学们不知道是被我哪句话挑起了想法，各种各样的声音在讲台下响起。

“停课？”

“投诉？”

“二度培训？”

几个简短的词语，慢慢地糅合各种声音，衍生出无限的嘈杂。

“刘老师，你在初中部被人投诉停了课？这是真的吗？”

“原来是被停了课的老师，难怪上课总是出岔子。”

“连教初中的资格都没有，居然跑来教我们？”

刘素兰站在沸腾的教室里慌了神，不同于以往管不住纪律干着急的模样，她现在一张脸惨白，手足无措地站在舆论的中央、暴风雨的中心。她惴惴不安，两只眼睛呆愣、慌张，忽然，鬼使神差般就张开了嘴："这可怎么办呢？"

"这可怎么办呢？"

顾跃被吵醒，抬起头来看到的就是这样一副场景，刘老师站在讲台上手足无措，眼睛里写满了慌张，突然冒出的"这可怎么办呢"，一下就让顾跃把眼前的情景与自己爹妈离婚时的情景重合了。

"这可怎么办呢？"听到顾跃的爸爸说要离婚，还穿着夸张的大红色家居棉衣棉裤的刘素兰忽然就慌了神，她难以置信地摇了摇头，豆大的眼泪从她干枯的眼窝里流了出来，"这可怎么办呢？跃跃，跃跃还……还小啊……"

顾跃的爸爸在顾跃上初中的时候做生意发了财，世面见多了，也就看不上刘素兰这样邋遢的黄脸婆了。四年前顾爸要离婚，刘素兰手足无措、委屈流泪的模样，顾跃看在眼里却无能为力。那时候的顾跃人小力薄，不能痛揍父亲，不能保护母亲，甚至连自己跟着谁生活，都无法做主！

而今同样的一幕，同样的一句话，顾跃眼睛发狠地瞪着讲台的方向，目眦欲裂。

"张媛媛，你脑子有毛病是吧！"

"砰！"

桌子上垒的高高的书突然就被人一脚踢翻，顾跃不知道什么时候就站到了我附近。

我被这声音惊得眨了一下眼，眼泪收不住，掉了下来。

"我警告过你，不要在英语课上闹事，你脑子有毛病，听不懂是吧！"顾跃气红了眼。

旁边的女生尖叫声还未停，顾跃猛地抬腿一脚踹翻了我的桌子。教室里骤然乱了，到处有尖叫声和“打人了”的嚷嚷声。

我愤恨地看着顾跃。他又冒出来给他妈出头了。他这模样实在可笑，他有什么立场出头？刘素兰教书祸害了全班，他有什么资格出头？我愤愤地道：“指出老师的错误就叫闹事？就你妈这样，是不是毁我们前程，你是她儿子，你难道不清楚？”

“我警告你别说了啊！”顾跃的额头上是校服压出来的红印子，整张脸都因充血而变得通红，这一片红映着眼里的血丝，显得格外凶狠。

我梗着脖子仰视顾跃，他像是要把我撕碎，但我眼里的火光未必比他少：“做得出，为什么不让人讲？难道你妈不是在初中部被人投诉？难道你妈不是正在培训接受检验？被祸害一生的是我们，你有什么资格……”

顾跃眼冒红光，脖子上的青筋突起，他突然抬手向我挥来，嘴里喊着：“我叫你闭嘴！”

我伸出胳膊去挡，岳辉突然出现在我右边，快速将我往一边拉，但我还是被顾跃甩了一下，打到了胳膊。接着岳辉掌控不住力道，将我推到一边，这看起来就像是我被顾跃推了出去。

也就是我被岳辉拖出去的这一瞬间，顾跃一脚踹向我的椅子：“我叫你说！”坐在我后面的人早就退到一边看热闹，那一脚连着后座的桌子和我的椅子全被顾跃踹翻在地。

“你们在干什么！”一声大喝吼住了所有人。

后门不知道什么时候打开了，郭主任站在大敞着的后门门口。一个身影从郭主任与后门之间的间隙溜了进来，是几天前与我一起打扫卫生的鲁妙。显然是鲁妙去办公室找了郭主任。

太阳穴隐隐发涨，我环视了一下四周，刘素兰已经从愣怔、无措变成了惊慌，原本应该坐着的同学们早已以我和顾跃为中心站成了一个看热闹的包围圈，包围圈往后门的方向让开了一道空隙，郭主任正往里面走。

郭主任走到包围圈里面，瘫倒在地的座椅、散乱一地的书本，全都在无言地诉说着刚才它们经历的暴力场面。然后我听到郭主任说：“你们刚刚在干什么？”

上好的青春，尚好的我们

第四章

PERFECT YOUTH, PERFECT US

“也、也不是什么大事，小孩子之间打打闹闹而已，还有几分钟就上课了，要不让他们先回去上课？”

办公室里的气氛十分焦灼，刘素兰知道这件事可大可小，可一旦被郭主任放大处理，顾跃的后果不堪设想。

“顾跃要做了什么事才叫大事呢？”怪声怪气说出这话的，是隔壁班的语文老师，叫王珍珍，据说她和刘素兰同时进学校，十几年前就有龃龉。

之前与刘素兰一起挤对过我的张老师连忙插话：“问清楚再说嘛，小孩子吵架，一个巴掌拍不响啊。”

刚刚怒气冲冲的顾跃现在梗着脖子、歪着脑袋站在墙边，谁也不搭理。

我闭着嘴冷笑着注视着办公室里的一切，不用两个当事人开口，办公室里已经吵翻了，我在等着郭主任表态。

郭主任绷着脸，嘴唇抿成一条线。我以为他会开口说些什么，但仅仅一瞬，他又看向别的方向。我还以为，他真的会像他之前红口白牙说的那样，秉公处理、严惩不贷呢。

“刚刚到底发生了什么事，如果要追究责任，怎么说都应该问清楚真相……”

“真相，真相就是刘老师的课堂上，顾跃打人，刘老师却袖手旁观。”还没等张老师说完，隔壁班的语文老师就打断了她的话，“你一定要说真相，怎么不问问刘老师为什么上课的时候什么都不管？顾跃，也是前科累累了吧？”

这句话像是点醒了郭主任，他终于开口了：“刘老师，顾跃之前犯的错不算大，但是零零碎碎加起来很多。小问题，睁一只眼闭一只眼没关系，但是……”

“现在不是没出什么事吗？”刘素兰的口气变得急切，“也没人受伤，当然，我知道他上课的时候踹翻桌子、椅子，影响很不好……”

“这是影响的事情吗？刘老师，你就在讲台上看着，这只是踹翻桌椅的事吗？”也许是被刘素兰得罪狠了，王珍珍一直想要把这事往大了说。

“小事情嘛，不要激动。”帮腔的张老师出声和稀泥，她向一边偏了偏身子，放低了声音对郭主任说：“他家情况特殊，也没必要做得太狠嘛，如果张媛媛不计较，就算了吧。”

张老师的声音虽小，但正好冲着我这边，让我听了个清楚明白。情况特殊？无非是家里背景深厚，旁敲侧击地让郭主任不要追究吧！

“他家？”

郭主任疑惑地看向张老师，顷刻又像恍然大悟般：“哦——”

果然郭主任动摇了，办公室里吵得脸红脖子粗的老师们，看起来就像个笑话。

我冷眼旁观，等着这出闹剧结束。

“对，他家情况比较特殊。”郭主任想了下说，“刘老师，这样，要不我们还是打电话把两个孩子的家长叫来吧。”

刘素兰听到这话，急得通红的脸霎时间变得惨白：“不，不用了吧，跃跃，跃跃他……这不是还有我在吗？”

“有你在怎么了，抚养权又不在你这儿，说白了，顾跃的事你做得了主但也算不了数！”王珍珍的声音偏尖锐，如果说刘素兰只是个粗鄙、不怎么讲究的女教师，那王珍珍就是个任何事都喜欢和人争辩，并且一定要辩驳到对方哑口无言的女人。

抚养权？

我心里咯噔一下，充满怀疑地扫视着刘素兰。她离婚了？刘素兰一脸惨白结结巴巴地辩解着，这一切毫无悬念地印证着王珍珍说的话。

我再看向顾跃，原本还是吊儿郎当，跩得不可一世的顾跃，正白着脸瞪着王珍珍。

“我，我是他妈，我怎么就不能处理这事了？”刘素兰结结巴巴地辩驳。

对啊，刘素兰是顾跃的妈，不正是因为这样才让犯了那么多事的顾跃每一次都全身而退，没有受到任何处罚吗？

“哎哟，你是他妈？我怎么听说你离婚的时候抚养权都没有争，拿着钱就走了，为了这，顾跃好几年都没管你叫……”

“王珍珍，你说话注意点！”张老师突然厉声打断了王珍珍的话，惹得王珍珍不耐烦地翻白眼。

好几年……没叫……我心里隐隐约约有个猜想，上次回教室拿雨衣时，顾跃对着电话说“刘老师”，现在看来，他当时应该是在跟刘素兰打电话。难道顾跃是因为父母离异家里没人管才变成问题少年？就算是这样，家长现在该做的也应该是好好教育孩子，而不是妄图用钱、权粉饰太平。

“郭主任，不用叫他爸爸，我可以做主，我让顾跃给张媛媛道歉，我，我也给张媛媛道歉……”刘素兰那总是高昂着的头，此刻低垂着，她佝偻着腰，以乞求的姿态同郭主任商量。

但偏偏有人想要落井下石，王珍珍挤开刘素兰，把郭主任挡在后面，刻薄的面孔上显露着碾压对手的得意：“刘老师，你这可就不对了，你是顾跃的妈妈，同时，你还是个老师啊，你可别一个劲地偏袒你儿子，张媛媛也是你的学生啊！”说罢，王珍珍扫了我一眼，是那种带着骄傲的、施恩的眼神。

“要我说，还是把两个孩子的家长都叫来吧，这样也能公平处理。而且顾跃这事，可能得劝退啊，还是监护人过来处理比较好吧。”

王珍珍嘴巴就像连环炮，哒哒哒说了一大堆。事情发展到这个样子，两个当事人反而成了看戏的。

我看着这办公室里的各方势力角力，才发现原来他们要整治的不是顾跃，而是刘素兰。

刘素兰听了这话，急得要哭，一个劲地抓着张老师的手：“怎么办，怎么办？不能让跃跃爸过来，他要是知道我能天天看见跃跃，肯定会，肯定会把跃跃弄走的。”

就好像玩拼图，一块一块填补上去，也许你还看不真切，却可以知道这个图案的大致轮廓。

张老师抓着刘素兰的手，慢慢安抚她的情绪，点出了这件事的关键：“不能让这事变成校园暴力，顾跃前科多，再加一项肯定会被劝退，现在是最后一个学期，也不会再有学校愿意接收他了，不能让这事变成校园暴力。”张老师严肃地说，“一旦顾跃因为这个而被劝退，很有可能就赶不上这届毕业考，他心野了，耽搁不起了，到时候别说上个三类本科，就是连大专都捞不到！”

“你的意思是……”

办公室里已经拥挤吵闹，郭主任好像不见了，王珍珍还在用刻薄的声音述说着，顾跃还咬着牙不搭理正在训斥他的男老师。我的目光扫过纷乱的四周，对上了刘素兰浑浊却存着一线生机的眼睛。

“媛媛。”刘素兰的声音很轻，在办公室吵吵嚷嚷的背景音里完全可以忽略，但我还是听到了那一声怯怯的、含着希望的呼唤。

“媛媛，你是个好孩子，我知道你受了委屈，老师给你道歉。”

刘素兰忽然蹿到了我的面前，她那双因为写粉笔字而变得干燥的手，还带着凉意，就那么颤颤地抓住了我的手，像抓住了一线生机。

刘素兰的脸猛然闯入我的眼里：她皱着眉，额头被挤出几条又深又长的纹路，她深陷的眼窝里是焦灼、不安的神色，眼睛因为上火含着水汽。这一刻的刘素兰还是那样不修边幅，然而我看着她，却生不出一丝讨厌的念头；明明是我讨厌的模样，此刻却莫名的顺眼。这是她吗，那个自以为是、粗鄙、邋遢的女教师？我的心跟着一颤，我明白有什么东西不一样了，但我不愿承认。

“媛媛，老师……”刘素兰话说到一半就哽咽了，“其实不怪顾跃，是我的错，是我当时放弃了抚养权，没有教好顾跃，才让他……但顾跃他不坏，他今天也不是故意要针对你……他只是想，他是为了我，都是我，是我……”

“媛媛，顾跃他，他不能被退学啊。已经不会有学校收他了，他……老师求求你，求求你……”

“你别求她，你别求她，妈——”顾跃一声悲号让办公室的吵嚷暂停。

我的视线愣愣地从刘素兰的脸挪到顾跃身上，他的脖子都红了，比起在教室与我红着眼对峙，此刻的顾跃更加激动。他的五官因痛苦和羞愤而变得扭曲，脖子上冒出的青筋显示他号出那一声时的用力与无力。

即使再用力、即使青筋暴起，也掩饰不了顾跃对现在这种任人鱼肉状态的无能为力。因为他无力回天，所以他发出的不过是困兽般的惶惶哀号。

刘素兰早已转过头去了，她看着顾跃，小心翼翼，像是害怕惊扰了什么一样：“你，你刚才叫我什么？你再叫一遍，再，再叫我一声。”

办公室里所有人的视线都聚焦在顾跃身上，这突如其来的一幕使所有人都忘记了说话。

顾跃张着嘴，似乎才发现自己刚刚喊了什么，他痛苦地闭了闭眼，无声地喊了一个“妈”字。

“哈、哈，好了，好了，顾跃肯叫了。”张老师激动得不能自已，她拍着刘素兰的胳膊，笑着喊道，“四年了，顾跃终于肯叫你一声‘妈’了。”

张老师力气很大，那震动通过刘素兰拽着我的手传到了我心里，我莫名地一震。

“啪嗒。”

眼泪坠落的时候有没有声音我不知道，但我看着抓着我的手、低头站在我跟前的刘素兰时，我确信眼泪是有声音的。

刘素兰不知道什么时候把头转回来了，我的手背上满是眼泪。

“搞什么？你们搞什么？”王珍珍的大嗓门响起，“是拍电视剧吗？就因为顾跃喊了一声妈，他做过的事情就可以抹杀吗？张媛媛，你是年级第一，你也不想好好的班级里有一个破坏学习环境的……顾跃这样的事情，一定是要被劝退的……”

“媛媛，老师知道你不喜欢我。”刘素兰的声音刚刚带着不安忐忑的颤抖，现在却变得平稳、坚定。这种奇怪的平稳与坚定，好像是刘素兰内心深处做出了什么决定。

“我也知道，我没有能力教你们，你说得没错。媛媛，老师，老师求你，今天的事情顾跃只是想……”

只是想保护你，就像此刻你流着泪，放弃自尊、哀求学生来保护他一样。我看着刘素兰那不断滚落泪水，却积蓄着坚毅与决然的双眼，然后我听到她说：“但不管怎么样，顾跃在教室里大闹，对你动手就是不应该。我是顾跃的妈妈，也是你的老师，老师愿意自动辞职，不再教你们班，希望你可以原谅顾跃，让他不要被劝退……”

“你疯了？要是辞职，你就连唯一的收入都没有了，你身上还背着你父亲的债……”张老师大喊着说出两句话，最后几个字却模糊不清了。

我脑子里发蒙，好像瞬间失聪了。原来刘素兰语气里的坚定与平稳，全来自于她想牺牲自己，保全自己的儿子。我听到了什么？我还活在这个世界，我还看着这个办公室，但一切就像一出默剧。

我听到了什么！刘素兰愿意自动辞职，不再教我们班？答案就在我眼前，我知道正确答案是哪个，我知道选择哪个对我更有利。

我应该毫不犹豫地同意，只要刘素兰愿意主动辞职，顾跃是不是会继续读书，刘素兰是不是会穷得揭不开锅，跟我有什么关系？我只要管好我自己就好了，只要刘素兰走了，只要换个英语老师，那我的英语成绩立马就能提升了，我就可以去上海了。

我的大脑把一切利弊分析得清清楚楚，但我的心却止不住怦怦地跳。我明白做一个坏人是需要摒弃仁慈狠下心去的，我明白我只是因为能够亲手赶走刘素兰而忐忑、激动……但我为什么还在注视着这个吵嚷的办公室，为什么我还看着刘素兰那张明明应该是粗鄙俗气，此刻却让我心跳加速、莫名心虚的脸？

她在希冀着什么？她在祈求着什么？她不是应该嘻嘻哈哈请老师们吃饭让他们闭上嘴巴，塞点钱给我就随随便便地把事情处理掉吗？

我的心剧烈地跳着，它告诉我这一切不是这样的，至少这一刻不是这样的。刘素兰不是借着关系帮她儿子粉饰太平的势利老师，顾跃也不是无理取闹、为非作歹的坏学生，而我，也不是一个单纯向上的好学生。

就如同一幅拼图，一块一块填补，总能让你看清故事的全貌。

……

“刘老师，下雨我难道不知道叫外卖？有这么多闲心管我不如管管你自己，反正我也不是你儿子……”

“我可以走了吗，刘老师？”

“张媛媛！以后别在英语课上闹事！”

“我说刘素兰没能力教高三，也教不好自己的儿子！顾跃，是刘素兰的儿子！”

“有你在怎么了，抚养权又不在你这儿，说白了，顾跃的事你做得了主但也算不了数！”

“顾跃都好几年没管你叫……”

“四年了，顾跃终于肯叫你一声‘妈’了。”

“你、你刚才叫我什么？你再叫一声，再，再叫我一声。”

“你别求她，你别求她，妈——”

……

那些听到过的话语，从四面八方涌来，灌进我的耳朵，我寂静的世界突然之间满是声音。顾跃激动着、挣扎着，抱住他的老师就要拉不住他，他反复地喊着：“你别求她，你别求她。”

我的眼睛忽然就酸了，不是因为成绩失利而憋闷委屈的酸楚，而是为了眼前同样在挣扎却又无力抵抗的顾跃。我们同样是在生活里挣扎，被生活推着走的孩子，没办法选择自己的流向，更无力做出抵抗。我们曾经对着这股力量发出牛犊般的嘶吼，但这声音在主宰者面前，不值一提。

我的心忽然就平静了，我又看了看刘素兰，她在我眼里还是没办法配上老师这个称呼，但我知道我已经无法再对她做出任何无礼的举动，因为她是一个母亲。我能狠绝地伤害任何人，但不包括一个为了孩子放弃自尊、牺牲自己的母亲。我能功利地做任何事只为达到自己的目的，但除了，伤害同样挣扎着的另一个自己。

放好最后一块拼图，真相在所有人眼前展开。即使我再不愿意相信，我的心已经信了。我抵抗着在我人生重要道路上的阻碍——刘素兰；而顾跃抵抗着伤害他母亲的穷凶极恶的坏人——我。一切由我开始，也该由我结束。

“只是闹着玩。”我平复心跳，一句话就那么简简单单地说出口。

“你是说，你是说……”刘素兰的眼里顿时写满了狂喜，但她还不相信，她还在等着我一句确定的话。

“我是说，今天英语课上的事……”所有人的视线都被我吸引过来了，我一一与他们对视，然后认真地吐出了这句话：“只是闹着玩的。”

一切理应回归平静，但办公室里所有尖锐的、欢呼的声音如炮弹一般向我轰来。刘素兰一个劲地向我道谢；王珍珍扯着嗓子说我无药可救，说我迟早会因为这个而害了自己；郭主任问我确定吗，确定这样做吗……

这个办公室就像一幕电影，我站在镜头外扫视所有人的表情，突然有个身影闯入镜头，我心里一惊，顿时觉得整个画面失去色彩……

“我女儿，老师，我女儿怎么了？”

爸刚刚一定是在修车，他沾着油污的手还握着一部老式手机，灰蓝的布棉袄洗得看不出本来的颜色，领口里是磨得起了毛边的内衣和不住往下垮、遮不住内衣的毛衣。

爸一脸急切，如同无头苍蝇乱撞一般逮着某个老师就追问“我女儿怎么了”。爸来得突然，老师们也没见过他，全都一头雾水。

郭主任恍然大悟：“您是……张媛媛的父亲吧？是我刚刚给你您打的电话……”

“对，对，我是张媛媛的爸爸。”

我无法阻止爸说出这话，正如我无法阻止老师们用打量的目光在爸身上上下扫描。

那些好奇的、窥探的目光探测着爸身上的每一个细节，每一块污渍，甚至是手背上的每一条纹路。他们的目光，那些好奇、打量的目光最终会随着这些东西变得轻蔑、不屑，又或是嫌恶、同情、怜悯。

而这样的目光，像是在空气里拧成一条无形的线，线的另一头扯在我身上。

我不止一次感受过这样的目光。即使是成绩优异，即使是年级第一，一旦有人把菜市场、我爸和我联系到一起，那些轻蔑、不屑的视线就能随时随地打破我仅有的尊严。就连老师也会用怜悯、同情的眼光看着我，成绩稍有下降就会与家境扯上关系，用那种自以为是激励，实际上是在揭我伤疤的方式来找我谈话。

冰火两重天也不过就是这样了，从天堂坠落地狱也不过是这样了。阳光没法从对面办公室的窗户照射到这间办公室来，但我身后从窗户缝隙里挤进来的寒风已经扫荡了整个世界。

“这就是张媛媛的爸爸？”王珍珍语义不明地说了这么一句话，然后轻轻地笑了一声，“哈。”

我浑身打了一个哆嗦。

在办公室漫长的争论中，一节课已经过去了，楼道外又变得吵嚷，办公室门口、走廊、窗口挤满了看热闹的同学。这些同学就像苍蝇一样，被老师以“不关你事”的理由赶开，但很快又再度聚拢。

此时他们的视线聚焦在我爸身上，然后目光轻飘飘地扫过我，他们说：“哈。”

“张媛媛家住在菜市场！”

“张媛媛身上都是鸡屎臭，大家不要跟她玩。”

我垂下了眼帘，脑海中只有四个字——昨日重现。

台灯开着，橘黄色的灯光照在书桌上。我坐在书桌前，远离台灯的地方一片黑暗。现在是白天，完全没有采光的房子，就算白天也得开灯。

我的书桌前有一扇窗户。我曾经幻想过我把窗户推开时，窗外的样子：窗外靠右的位置有棵树，树叶随着春夏秋的变化而变换姿态，闲暇的时候我对着窗外发呆，浮云就这样掠过我的窗前，掠过我年少轻狂的梦。

但这些也只能是梦。窗外没有白云，也没有树，只是个被爸隔成了厨房的过道，倘若不开灯就连一丝光也没有，狭窄得连转身都困难的地方。没有油烟机，十几年的油烟在橱柜上结了一层黑油，蜂窝煤堆放在窗下，散落的煤渣染黑了墙角。与美丽、欢喜丝毫挂不上钩的地方，这样的地方，怪不得会有同学嫌弃我？

“张媛媛！”

隐隐约约有人在叫我的名字，我听见了，却不相信是真的在叫我，因为没有人会来这里找我。

“张媛媛！”

声音更大了，我站了起来，透过上面半块透明的玻璃往外看，还真是熟人——顾跃。

我从房间里走了出来，站在这个被油烟熏黑的“厨房”。过道其实是走廊，我站在半开放的“厨房”里看向对面。对面前几年砌的房子，水泥的，构造和这边差不多。为了承重，那边的走廊和这边的走廊连接了起来，形成一个四边形。顾跃就站在水泥走廊上，看来是走错了楼梯。

顾跃前面的一间房门打开了，橘黄色的灯光隐隐约约照在他的侧脸上，他的表情不像是刚刚叫我名字时带着的不耐烦，有些僵硬，又有些难以置信。但只是一瞬，这些表情就都藏了起来，他满不在乎地朝我挥手：“你们家怎么这么难找，看起来不大，里面却挺复杂。”

我站在漆黑、脏乱的木走廊上，看着对面的顾跃，思考着他会出现在这里的原因。我愣愣的，甚至没有来得及窘迫。

“我要怎么过来啊？”顾跃站在木栏杆一米前的空地上，抓着脑袋问我，看起来丝毫没有被这个环境吓到。

“啊？”我被他的话惊醒，立即开始指挥，“你得先下楼梯，沿着路往回走，来我这边的楼梯就在……”

“麻烦！”顾跃皱眉打断我的话，“我爬过来得了，你让开点，别弄翻你们家炉子了。”

“啊？”

我还没反应过来，顾跃已经轻松地从那一摊污水上踩过，跨上栏杆，往我这边的走廊一跳。

“砰。”

木楼板震了震，我跟着往后一退。

顾跃毫不在意地拍拍裤子上的污痕，又极快地环视了一遍我们所在的地方，眼里带着深意。

“你怎么来了？”我惊诧地看着他，看着他新奇地左瞧瞧右看看，但估摸着下一秒就会露出鄙夷的神色。

但他没有，他弓着背，脑袋左转右转地到处看，嘴里毫不在意地说：“来了就来了呗，你还不让人进去坐坐啊！”说完他也不管我，侧身就从我身边溜进了门。

他大大咧咧地往凳子上一坐，我都来不及阻止。我不愿意他进我家，不是因为讨厌或者其他情绪，而是不愿意让人看到我的家，更不愿意看到这些人脸上的表情。

顾跃打量了四周，一丝了然闪过他的眼眸，但他没有对这间屋子发表任何意见。他好像没看见似的，抬头就问：“有水喝吗？给我口水喝！”

我想我果然没有弄错，顾跃就是一个脑电波频率不同于正常人的家伙，他到底干吗来了？

我从开水瓶里倒出点热水，将那个搪瓷杯子往他面前一递："喝吧。"

顾跃也不客气，"咕咚咕咚"就喝完了一大杯。

然后我挡在他面前。我家就两间房，外面糅合了客厅、书房和我爸的卧室的各种功能，里面是杂物间、我的卧室，这两间房之间没有任何阻隔，我不想让他看见我的窘迫。

但他已经看见了。

顾跃看懂了我遮挡的动作，也不再左瞧右看了，他端坐在凳子上，目光锁住我的脸，过了一会儿又低下头扯弄手里的碎纸片。

"你有什么事吗？"我继续问他。

他抬起头看我，眼珠子转了转，想说又没说出来，费了好大力气，最后才张嘴说："你能不能坐下，抬头看你让我脖子疼！"

事真多。我在心里抱怨一声，坐在了书桌前的凳子上："你怎么上我家来了？"

"谁乐意来啊，要不是我妈……"顾跃嘟嘟囔囔，但我还是听清了，大概是他妈强行让他来的吧。

"我来找你，就是，就是……我想说……"

"什么？"看着他那副吞吞吐吐、犹豫不决的样子，我不禁憋得慌，"你想说什么？"

"我想说……还有没有水？一杯哪够我解渴！"

我没好气地踹了一脚桌子，示意他热水瓶的位置："就在那儿，你自己倒吧！"

我这个主人随便，他这个客人还就真不讲客气了，"咕咚咕咚"又是一杯水下了肚。但我算是看出来了，顾跃在紧张。

“行了，别喝水了，有什么说什么吧！”我拦下他第三次倒水的举动。

顾跃抬起头，两只眼睛骨碌碌地看着我。其实他不是那么煞气逼人的话，应该还是可以沟通的吧。

只是一瞬，他就脸红了。他别扭地把头转向门口，望着门外的木栏杆，又看了看我堆满了书本的书桌，他深吸了一口气，有些释然又带着羞赧地说：“那什么……我妈要我跟你说对……不……起。”

最后三个字说得含糊，不仔细听还真不明白他在说什么，我瞧了瞧他那红红的耳垂，说：“你说什么？听不清！”

顾跃白了我一样，赌气似的说：“我妈让我跟你说对不起！”

“哦，你妈让你说啊。”我若有所思地答道。

“还有谢谢。”也许是说顺了，顾跃眼睛一眨不眨地盯着我，看着我的眼睛说。

看着他那张绷得僵硬生怕我会让他难堪的脸，我心里一动，不为别的，就是有些心虚。我是想把刘素兰赶走，但我没有想到这会让顾跃和刘素兰在办公室变成那样……

“咯咯。”我有些羞赧，便也别过了头，“哦，其实，我也做得不对……”

“媛媛！快下来帮我收摊！”爸的大喊从仓库口传来，打断了我要说的话。

刚刚还有些微妙的气氛，现在变得有些奇怪。

“媛媛，听到了没有！快点下来！”

爸的催促声变得焦急，我站了起来：“你没事了吧？没事就走吧，我要下去帮我爸收摊了！”

不知道哪句话又踩中雷区，顾跃猛地站起来："这就走！"他立马变成那副老大的状态。

我也不搭理他，就先往外走，站在门外等他出来："快点。"

"还把客人往外赶……"

顾跃嘟嘟囔囔说了些什么，大概是觉得我没礼貌把人赶走吧。我苦笑，但也不解释，我们家在菜市场后边，旁边就是劳务市场，这个仓库房里什么人都有，进进出出不锁门等于把财物送给别人。

顾跃"咚咚咚"地往前走，把木楼板踩得震天响。另外两间房子里有人，大骂一声："有病啊，轻点走！"

顾跃转过身，也许准备骂回去。我赶忙上前对着那户人家的窗户说："对不起，刘婶，对不起。"

顾跃回头看了我一眼，眼睛亮亮的，带着不可思议的歉意。但转瞬间他意识到这表情被我发现，立马送给我一个白眼。

我回赠他一个白眼，推他往前走。过道窄，加上过道旁堆着杂物，压根不能同时让两个人通过。

楼梯间是完全没有光的，漆黑一片，我伸手去拽灯绳，扯了但没亮："灯坏了，就这么走吧。别踩最后一阶，第二段别踩最后三阶。"

回应我的是"噌"一声响和打火机的火光。顾跃举着打火机侧身看着我："你们这儿跟玩大冒险一样，你闭着眼睛都能走对吧？"

我讶异他的语气，我不明白男生是一种怎样的生物，但如果今天来的是女生，大概一早就抱怨连天，放肆嘲讽，回到学校只怕还会把我们的状况做实况转播。为什么顾跃却什么都没表示呢？

从楼梯下来，也就不会被顾跃堵在身后了。我快步越过他，穿过漆黑的小道。顾跃说的没错，即使没有光我也不会走错、不会摔倒。我已经走了太多遍了。

到了门口，爸二话不说就把一个大木箱子往我手上放，还试图往上边搁一个打气筒。我向后仰了仰，分散力量，然后看着爸说："是你告诉顾跃我们家住哪儿的？"

爸手里忙活着，头也不回地说："也不是多大事，人家给你道个歉也就算了。"

我不想搭理他了。如果不是那天看见爸闯进办公室那副着急的样子，我会以为我爸是个毫不在乎女儿、随随便便就妥协的老好人。我转身往里走，就看见了举着打火机慢慢悠悠从黑色巷子里走出来的顾跃。我不打算寒暄，也不打算挽留，那种"就走啊，还早呢，再喝杯茶"之类的场面话，我不会说，也不适合同顾跃说。

顾跃却一副若有所思的模样堵住了我的去路。过了两三秒，我手臂上一轻，大木箱子被顾跃接过去了。

顾跃示意我："你来照亮。"

我犹豫，没有伸手。

"你怎么这么磨叽！就当我给你赔礼道歉，行了吧？"顾跃说完，把打火机搁我手里，也不管我有没有拿住就转身走，边走边喊，"快点，我一没夜视的能力，二没你熟悉路，要是摔了，砸坏的可是你们家的东西！"

我愣了一下，快步跟了上去，但被顾跃这些奇怪的举动弄得一头雾水。

我试图理清这“一头雾水”。我不明白仅仅是被妈妈逼着来道歉的顾跃，明明看不惯我，明明不情愿，为什么没有对我的家境表露任何鄙夷？这不正是打击我的好时候吗？也许是每个人教养不同，但只是别扭、尴尬、不情愿地道个歉而已，说完就可以走了，他为什么会想着帮我收摊呢？

回想着刚刚顾跃上上下下，扛了好几次大箱子，最后礼貌道别的样子，我心里越发觉得不可思议。顾跃，乐于助人，文明礼貌？我晃了晃脑袋，把这几个词从脑袋里驱离，想不通还是不想了吧。

爸在走廊做饭，油烟大得很，因此门窗都关上了，只听得见他在外面嗡嗡地喊：“媛媛，家里没盐了，你去买两袋。”

“哦。”我应了一声，浑浑噩噩地拿起钱包就往外走。

买两袋盐是不需要拿钱包的，拿五块钱就好，但我不知怎么拿了钱包；买两袋盐在前面菜市场就可以了，我却鬼使神差般跑到了超市。看着离我五米远的超市，想想反正便宜两毛钱，来了就来了吧。

小超市里面围着好几个看热闹的，一个女人的声音从里面传出来。

“老板，真对不起，我也不知道我家的小孩怎么会偷你这里的东西。其实钱没少给他，估计都拿去上网了！唉，是我没教好，真对不起。”

看来是妈妈在给惹了祸的儿子求情。看这里三层外三层的包围状况，我一点也不想往人多的地方掺和。

“哼！明明是你偷的，你居然诬陷我？我亲眼看见你偷的！”

“嗡嗡”的声音穿过人墙，抵达我的耳朵。

这声音听起来有点像顾跃的？我停下了离开的脚步。

“哎哟，这小孩子，还说偷东西的是他妈妈，真是无药可救。”

“滚！她不是我妈！”

群众纷纷帮腔，说这小孩没教养。

那女人的声音又出现了：“真是对不起，我是他继母，我也想管，但是也要我管得动，打了，人家说我是后娘；没打，又说我不管教……我们家老顾也是拿他没办法……”

舆论导向已经一边倒了，围观的人纷纷认为是继母难当，是这个小孩太没教养，就应该狠狠收拾。

我算是听出来了，里面的人就是顾跃。顾跃一直在人群里大声辩解，说东西是那个女人偷的，但周围的人都不相信他。

顾跃会偷东西？他根本不缺钱。我低头看了看手里拿的钱包，突然，突然一个想法冒了出来。

我拨开人群，往里头走。顾跃、老板，还有一个大冬天穿着薄丝袜、包臀裙，拿着iPhone 6的女人被围在中心。

“顾跃，我找了你好久了，你刚刚找我爸配钥匙的时候，把钱包落在我爸摊子上了。”我装模作样地把钱包递给顾跃，强行塞到他手里，又转头对那个老板说：“老板，你大概是弄错了，顾跃不是偷东西，他只是没发现自己钱包落了。”

老板脸色好看了些，手一挥：“原来是这样啊，我就说嘛，也不是多贵的东西，就一支牙刷、两盒糖，这偷了有什么用。”

“我再说一遍，不是我偷的，是……”顾跃眉头皱得紧紧的，就是不肯轻易算了。

我一巴掌拍下他就快戳到女人鼻子的手："当然不是偷，不过是发现自己没带钱，不好意思结账，想放回去罢了。"

"我都说了……"顾跃一脸怒气地瞪着我，似乎一定要让那个女人承认是她偷的。

我还没来得及骂他脑子一根筋，那个女人开口说话了。

"小姑娘，你就不要帮顾跃掩饰了。顾跃是什么样的人，我当妈的还不知道吗？他啊，就是手欠。在家里就经常动他爸爸的钱。唉，也是前世债，有了一个这样的小孩。"女人拨弄着耳边那个金光闪闪的耳坠，一脸诚恳地对老板说，"老板，我明白你是想给小孩子一个机会，但我保证，如果下次还有这样的事发生，真的，你就把他送到派出所去吧。我和老顾管不住，总要让人管管，不然他不知道走正路……"

听完这话，我有些奇怪了。就算是后妈，也没这样帮小孩"赔礼道歉"的吧？听周围人的议论，并没有证据指出东西是顾跃偷的。事情都没有搞清楚，她就这样上赶着赔礼道歉，三人成虎，街坊邻居以讹传讹，就算顾跃不是小偷以后也会被人当成小偷。这样说的人多了，只怕顾跃他爸都不会信他。而眼前这个女人呢？却只会被街坊邻居认为是一个想管又管不了的继母，谁也不会怪罪她。

"你别孩子来孩子去的了，阿姨。"我歪了歪脖子，如果我不认识刘素兰，只怕要以为眼前这个女人给顾跃当了十几年妈了，"你这样子也就二十七八吧？你能生出顾跃这样十七八的孩子，那你也是够拼的啊！"

也不知那女人是真的听不明白还是装的，她捋了捋头发，一副痛心疾首的模样："我虽不是他亲妈，但我也算是看着顾跃长大的，五年前我和老顾谈恋爱的时候，老顾就说让我把顾跃当亲儿子管……"

女人精致的衣着、脸上的妆容和昂贵的金饰与粗鄙邋遢的刘素兰完全不是一个档次，却比刘素兰看起来恶心多了。我笑了笑，道："五年继母？我还真没见过上赶着当人家继母的！"

"五年？五年前你就和我爸谈恋爱？"顾跃突然僵住了，他声音低沉，像是要捕捉什么东西。

女人毫不在乎地回答："怎么不是五年，和盛百货五年前开张的时候，老顾还陪我去买过项链呢！"

顾跃勃然大怒："我爸妈才离婚四年！离婚四年，你就跟我爸谈了五年恋爱？还亲儿子？你就是一个不要脸的小三！"

女人回过神来发现自己说漏了嘴，扯着大红唇吼道："说什么呢你？说谁小三啊！我记错了，记错了不行吗？"

周围的议论声变得有些不屑了。

我摇了摇头，示意顾跃拿钱把东西买下。

顾跃捏着钱包，一直不肯拿钱给老板，我催他，他瞪着眼睛怒火高涨："不是我偷的，我也没想要买下来，我为什么要这么息事宁人付钱了事？明明就是她偷的，她想栽赃给我……"

我身高不够，堵不住顾跃那张嘴，只能朝他的小腿猛踢了一脚："你看见她偷了？瞎嚷嚷什么，什么栽赃，你懂什么啊！付钱走人，赶紧的！"

比起顾跃偷牙刷，我还是隐隐约约相信顾跃说的是真的。但现在并不是较真的时候。

"顾跃，我真是对你太失望了。"女人痛心疾首的表情又挂在了脸上，好像顾跃是她亲儿子，"你偷东西也就算了，这个小姑娘为什么帮你打掩护，我也不想说，但你为什么一定要把脏水泼到阿姨头上呢？”

顾跃瞳孔剧烈收缩，骂人的话脱口而出，我听着旁边人的抽气声和指责声，心里暗道不妙。

女人可不管顾跃是不是在骂她全家，一个劲地想求得周围人的认同：“我们家老顾总是觉得孩子不懂事，慢慢教就好了。但是，顾跃，你偷东西我可以当你是好玩；你诬陷我，那就不是好玩的问题了，是品质的问题……”

我听了这话已经怒不可遏了，“品质问题”，十七八岁的时候有人说你人品有问题，这无异于给这个人的德行打上一个叉。我越发怀疑这个女人了，脑海里闪过电视里后妈为了争夺家产要尽心机让父子离心的画面。

我松开了钳制住顾跃的手，往前一步走到女人跟前：“你到底什么居心？三番五次硬把‘偷东西’往顾跃头上按，你是巴不得让所有人以为顾跃偷东西吧？嘴上说得好听，实际上却心狠手辣把继子送进派出所，你是不是怕顾跃跟你争家产？”

“什么，什么家产！我用得着耍这种手段吗？你滚开，我们家的事用不着你管！”

听到我说争家产，女人的瞳孔猛烈收缩，不由自主地挪开与我对视的目光。

我心里一震，我竟然蒙对了？

“家事，你跟顾跃算哪个家事？别当我不知道你那点歹毒心思，不就是图谋家产，想把顾跃赶出去吗？”我又逼近一步，周遭的议论声已经发生了改变。

女人越来越愤怒了，嘴里骂骂咧咧：“我用得着图谋家产吗？你，你胡说……”

女人扬手就想扇我一巴掌。

我来不及躲闪，下意识地拿手一挡。一个拳头大的小圆盒子呈抛物线甩出去，落到地板上发出“砰砰”的声音，又骨碌碌转了几圈，最终落到超市门口。

气氛陡然变了，看热闹的人以一种窥探、八卦、鄙夷的眼神紧紧地盯着女人。

顾跃口气很冲地对老板说：“我早跟你说了是她偷的，你还不信。那盒糖是从她袖子里飞出来的，这还不是偷？”

老板脸色青了，看着女人：“你……你才是偷东西的？”

我没想到会有如此神奇的转折，憋着笑对老板说：“老板，真对不起，顾跃也不知道她怎么会偷你的东西。其实钱没少给她，但估计都拿去上网了！唉，这也是家里没教好，真对不起。”

顾跃俯视着老板和女人，老板此刻已经石化了，顾跃好心地拍拍他的肩：“老板，我明白你是想给她个机会，但我保证，如果下次还有这样的事发生，真的，你就把她送到派出所去吧。我们家是管不了了，总要让人管管，她的路已经歪得不成样了……”

舆论风向又转变了，人们开始小声议论女人偷东西和她栽赃顾跃的意图。

“不……不是我，这不是偷，几块钱的东西，谁会想偷几块钱的东西，我又不是没钱付账。”女人磕磕巴巴地辩解，但周围人已经在哄笑了。

“其实我觉得，几块钱的东西，以阿姨你的购买力肯定是用不着偷的。”我说出这句话的时候，顾跃狠狠地瞪着我，像是在说你居然敢帮她。

“对对对，我用得着偷吗，我这不是偷，我就是……”

我冲着瞪着我的顾跃眨了一下眼睛，然后继续说：“你其实只是为了满足心里的欲望或者虚荣心而去偷东西，你这种情况很像医学上说的偷窃癖，所以，阿姨，你是有精神病吗？”

“我没病，没病！”周围的笑声让女人明白我是在取笑她，她左手快速一挥，就往我脸上打，“让你瞎说！”

这巴掌太快，我估计自己是来不及抵御了。我闭着眼睛等着挨打，心想下次再也不做好事了。但那一巴掌没有扇到我脸上。我身后的顾跃抓住了那只手，我睁开眼的时候，顾跃正抓着那只手往后面一推。女人踉踉跄跄后退，若不是后面有个柜台，只怕要被顾跃推倒在地。

但不巧的是，顾跃的爸爸进来时见到的就是顾跃推人这一幕。

顾爸刚回到店里，就听人说自己儿子在超市偷东西被抓住了，他放下东西就往超市跑，结果进来就看见儿子在打自己的现任妻子。顾爸一声怒吼，一脚踹了过去：“反了你了！”

顾跃趔趄，往后退了两步。我明白这样一脚与我刚才踢在顾跃小腿上的那一脚完全不同。

“你打我？”顾跃难以置信，愤怒地看着顾爸。

顾爸被顾跃这个反应吓到了，但周围都是人，他没有理由放下姿态去跟儿子服软：“我还不能打你？”

“你为了这个女人打我？”顾跃满脸写着难以置信。

顾跃没有如同顾爸所想的服软，反而还在众人面前顶撞他，觉得没面子的顾爸脾气更大了。

我见情况不对，立马拦住顾爸，解释说：“是阿姨想要打我，顾跃才会出手帮我避开的。”

我这样一说。顾爸有些诧异，大概是不知道我跟这件事有什么关系。

“他偷了多少钱东西，老板，我双倍赔偿。顾跃，你现在立刻给我回家面壁思过！”顾爸也不再追究打人的事情，一开口便是偷东西、赔钱。

我脑子里转了好几道弯，视线回到那个女人身上，她是造了多少谣，才让一个父亲一进门连事情的原委都不询问，丝毫不信任自己的儿子，一开口就是赔偿？

“我没偷东西！我早告诉过你，我没有偷过东西，别人家的，你的钱，我通通没偷过！你还要我告诉你多少遍？我没偷东西！”顾跃瞪着他爸咆哮，像一头挑衅父亲的小狮子。

“到了今天你还说我偷东西，周琴都被人抓了现场了，你还说我偷东西！你踹了我妈，讨了个小偷做老婆你不知道？她偷了东西被我抓了现场，却要栽赃我，你不计较，却一来就嚷嚷着责怪我偷东西？”

也许是没料想偷东西的是女人周琴，也许是顾跃的挑衅，也许是顾跃在大庭广众之下宣扬家丑让顾爸蒙羞，顾爸顿时恼羞成怒，也不向周围人求证事实真相，一个蹿身就冲过去，往顾跃屁股上踹。

顾跃挨了第一脚就没再让自己挨第二下了，他一边躲闪着，一边嚷嚷：“你怕什么？顾长行，你做得出还怕人讲？我是你儿子吗？有这样的爹吗？”

“你给我闭嘴！”顾长行明白自己压根打不到他了，冷脸一甩，对着顾跃吼道，“滚，你给我滚！”

顾跃也不打算争辩了，把钱包往我手里一塞，用混合着恨意和寒意的目光深深地看了顾爸一眼。

顾爸被他看得发毛：“看什么看？”

顾跃嗤笑了一声，便头也不回地离开了小超市。

后续不需要我去了解了，我跟着顾跃跑了出去。他腿长，走得快，我小跑着跟上他。

我也不知道怎么了，就是觉得现在还是不要让他一个人独处比较好。

“你没事吧？”我小跑着，只能从侧面观察他的表情，他一脸冷漠，完全是被父亲伤透了心的样子，“你也不要太难过，你爸他也是没来得及了解情况嘛！”

他突然停了下来，我在快要撞上他的时候停步，抬头就见他眉头紧皱，眼睛里满是寒意，他现在就像玄幻小说里描绘的那样，周身充斥着猛烈的罡气，稍有不慎就会尸骨无存。

“你对我家的情况很熟？”他瞪着我。

尴尬浮上我的脸：“不熟，我只是单纯想帮点忙。”

“你对我爸很了解？”

“不了解，我只是想应该不会有哪个父亲真的会以那样的恶意去揣测自己的儿子。”

“你跟我很熟？”

刚刚还只是不好意思，有点尴尬，现在就是明晃晃的打脸了，我盯着顾跃：“你什么意思？”

“什么意思？我说我跟你不熟，麻烦你不要自作多情、自以为可以帮到我，掺和到我们家的事里来！”顾跃低头看着我，眼里带着不屑一顾。

我脸上有些挂不住，但我想他之前释放出来的善意总不会是假的，也许只是气坏了，我小心翼翼地试探：“喂，你干吗啊，我刚刚可是帮了你，你这样迁怒也……”

“我叫你帮我了吗？别以为我上你们家道个歉，跟你多说两句话你就能管我的事。要不是我妈非要我去，要不是看你们家那个穷酸样，我才懒得搭理你！整天一副高傲得不可一世的样子，对谁都爱答不理，其实就是自卑。也难怪你这种人没朋友！”

上好的青春，尚好的我们

第五章

PERFECT YOUTH, PERFECT US

“整天一副高傲得不可一世的样子，对谁都爱答不理，其实就是自卑。”

我站在自行车棚里看着顾跃小跑着冲向校门口，校门口站着一个提着两塑料袋零食的男人。顾长行，那个踹了顾跃一脚大声咒骂他的人。

顾跃看起来很不情愿，但小跑的步伐已经出卖了他。也不知道顾跃的爸爸对他说了什么，就见顾跃弓着背，怪不好意思地挠了挠头，别扭地接过了那两个塑料袋。

呵，说我自卑，难道自己就不缺少爱吗？当着那么多人的面，被父亲那样对待，才过了多久，送点零食过来就笑呵呵的，什么都忘记了。打一棒子再给颗糖，大人惯用的伎俩，顾跃也不过如此吧。

我不再往那边看，快步往教室走。今天是周一，等会儿还有周会，得赶快进教室才行。

“你怎么才来啊？”数学课代表站在讲台上管纪律，看见我来了，一脸不高兴地瞪着我。

我径直走到座位上，把作业从书包里拿出来，放在课桌上，待会儿组长会收走。

“你不知道班上有多吵吗？你还不上来管纪律？”数学课代表颐指气使，好像我是她的仆人。

我瞥了她一眼，又从书包里拿出第一节课要用的书，一切弄妥当了，才抬头对她说："数学老师呢？"

"哼。"数学课代表是个胖姑娘，人称球球，但球球并不像大多数胖子那么豁达、好说话，"班主任被校领导叫走了，他让你七点半叫同学们下去站队，你看现在都几点了，你怎么来这么晚！"

我淡漠地瞥了她一眼，她如我所料地闭嘴了。我拍了拍手，对教室里的同学说："都别补作业了，下去集合，等会儿要开周会了！"

同学们陆陆续续往外走，动静大了一时间教室嘈杂起来。球球以为我没注意，冲着我呸了一声，嘴里说着："以为自己多了不起，家里不就是修自行车的……"

我回头看了她一眼，没有再说话。

我并不是一个人缘好的人，尤其是女生缘。她们因为成绩而看不惯我，却又压根没能力赶超我的成绩，便整日在我背后讲闲话。但自从发生了我和顾跃吵架的事，自从爸来过学校之后，她们就变得不一样了。

她们好像终于找到了一个可以抨击我的着力点——我的家境。以前那些不显山不露水的讥讽现在越来越明显，看见我在就开始叽叽喳喳地议论，我走过她们跟前，她们就没完没了地哄笑。这些我都知道，我只是不计较。

我不是那个小学时乞求一份友谊，中学时生怕被人瞧不起的我。即使昨日重现，我依旧是高不可攀的年级第一，除了成绩，这些鄙夷我的人没什么能让我侧目。她们做得越明显，就越是气急败坏的嫉妒，并且对我无可奈何。

我看着球球斜眼歪嘴地朝我做鬼脸，然后颠儿颠儿地跑到她的好朋友面前，一边说着什么一边朝我看。她们露出诧异的表情，看了我一眼，迅速移开视线，几个人相视一眼，哄笑起来。

我正在组织同学们离开教室，我很忙，但那伙人的动作还是时不时进入我的眼里。幼稚。我在心底嘲讽，这样挤对人的把戏，以为就真的能让我难堪吗？

看着冉冉升起的红旗，我心不在焉，最近刘素兰的课堂纪律好了不少。大家忌惮顾跃，没人敢在英语课上闹事，而刘素兰大概也求得了隔壁班英语老师的帮助，上课质量好了很多。

我站在队伍末端，转头看见数学老师站在几米远的地方，和别的老师聊天。他是班主任。主席台上，副校长拿着话筒开始讲话了，有了广播声音的掩护，队列里有女生开始交头接耳。我瞥了一眼数学老师，他正聊得开心，我把视线收回来决心不管。

女生也是奇怪的动物，刚刚还嘻嘻哈哈的几个女生，突然又小声地争吵了起来。原因是球球被当成了取笑的对象，她不乐意了。

她们的声音有越变越大的趋势，我不能不管了："安静，不要讲话！"

"关你什么事！"

"哈哈哈！"

"谁说的？再说一遍！"我铁青着脸，从两行之间往前走几步，逼近刚刚发出声音的那一块。

"谁说你了？又没说你，自作多情！"女生白了我一眼，她前后的女生发出呵呵的笑声。刚刚还在跟女生争吵的球球，立马谄媚地和那女生说了几句，两人又笑嘻嘻的了。

这就是她们的友情。上一秒因为自己被取笑而争吵，下一秒就能因为取笑其他人而和好，简单来说就是两个字——虚伪。

那几个女生并没有收敛，反而有愈演愈烈的架势。我尴尬地站在两个行列之间，进也不是退也不是。当班长除了会耽误时间之外，还会随时随地让我陷入窘境。我并不怕孤立无援，只是希望会有人帮我解围。

“吵什么吵，都给我闭嘴！”

女生们一下子就分辨出这是顾跃的声音，立马噤若寒蝉。

我垂着头走回自己的位置，然后盯着前面那个人的后脑勺。任顾跃怎样盯着我看，也不给他一个回应的眼神。

——我叫你帮我了吗？别以为我上你们家道个歉，跟你多说两句话你就能管我的事。要不是我妈非要我去，要不是看你们家那个穷酸样，我才懒得搭理你！

如果他的眼里并没有善意呢？如果他只是营造一个善意的假象，之后又对我嗤之以鼻呢？我闭着眼睛假寐，眼睛是不会撒谎的。我痛恨自己有个说话时一定要看着对方眼睛的习惯，如果不看，也就不会被那不可掩饰的情绪伤害。

——整天一副高傲得不可一世的样子，对谁都不搭理，其实就是自卑！也难怪你这种人没朋友！

那种没法掩饰的、带着嫌恶的、愤恨的情绪，赤裸裸地从一个人的眼里，直直地撞进心里，让我无法回避，无法自欺欺人，因为真相就是这样赤裸地映在他眼里。

也就是这样的眼睛，让我清楚地知道，我被这个人讨厌着，我在这个人眼里，就是这样一个不堪的人。

我不愿看他的眼睛。

周会结束之后有十分钟的课间休息，这是争取来的。大多数人回教室就撸起袖子开始抄作业。我淡定地从抽屉里掏出饼干、熟食等零食的包装纸。讨厌谁就往谁抽屉里扔垃圾，玩这种小学生的把戏，幼稚。

我抓着那把垃圾往教室后面走，顾跃站在垃圾筐旁边的窗口打电话，面向窗外，我看不到他的表情，但他的声音听起来很愉悦。

“爸，钱够，真的够。你别吞吞吐吐的了，想说什么就说吧……”

我把垃圾扔到垃圾筐里，转身就看见了堵在我后面的高岳霖。

“她们又捉弄你了？”

声音咬牙切齿，我不明白高岳霖在气什么，其实很少会有男生掺和女生的矛盾。

“算不上。”我语气淡淡的，拨开了他。

背后传来不甘心的声音，以及一声“怎么了”，那话是顾跃对高岳霖说的，高岳霖说了什么，再走远点就听不清了。

“张媛媛，你的数学卷子呢？快交来，就差你了！”球球抱着一沓卷子，神情不耐烦地喊道。

“组长不是拿去了吗？”我理所当然地说。

“他说没看见！”也不知道她在着急什么，恨不得立刻就去办公室的样子，“你先找找吧，找到了交到办公室去，我先写你没带啊！”说完，她也不理我就跑了。

我转过头去找组长，组长也是一头雾水，说明明已经交过去了，其他卷子都没有少，也许是掉在哪里了。

我信以为真回去翻书包、翻抽屉，还问遍了周围的同学。就在我翻遍所有却一无所获的时候，隔了一条过道的男生冲着我努嘴，示意我看埋头抄作业的田甜。

田甜两条胳膊都圈在课桌上，把要抄的试卷和自己的试卷遮得严严实实，只露出一小条空隙在抄。但就凭着那一小条空隙，我气乐了：“田甜，你拿我卷子能跟我说一声吗？我记得我没答应过让你抄我卷子吧？”

“谁抄你卷子了，写你名字了吗？就说是你的！神经病！”田甜护着卷子偏头嚷嚷，嗓门比我还大。

“你把名字一栏露出来，看看是不是我的名字！”我也不想跟她争，但凭什么我一晚上两小时做一张卷子，她一来十分钟就抄完？

“谁说是你的了！凭什么给你看？你凭什么说这是你的？”

说实话，我并没见过田甜这样不占理还不饶人的人，我伸手就要去拽那张卷子：“就凭这上面写着我名字，你把手拿开看看，难道不是写着我的名字？别告诉我这卷子是你自己做的，你不可能做出整张卷子的题，一句话——智商问题！”

“怎么了？”送完卷子的球球回来得很快，她见到我和田甜在吵架，蹭开周围的同学就挤过来了，“怎么回事？她怎么你了？”

球球护着田甜，一脸横肉气势汹汹地瞪着我，像是我欺负了田甜。田甜也不说话，只是压着卷子不松手。

我被球球这种帮亲不帮理的架势气急了，难道就因为她们是朋友，就可以不经当事人同意直接从课代表那里拿走我的卷子？难道因为友谊万岁就可以不分青红皂白？

“她有脸说话吗？拿了我的卷子去抄，问她看没看见我的卷子，还说不知道！”我恼怒地说。

但到底她们是朋友，球球脸一板，大声嚷着：“借来抄一下怎么了，又不是抄下卷子就能加分！”

“借？你不是说我没交吗？这可不是我借出去的，她也没问我借。你说她是怎么拿走我卷子的？”我瞪着球球，怒气就快溢出眼眶。我不明白她们这种“我对你做什么都可以，但你不能对我无礼”的观念是怎样形成的。

“还有，我的卷子，我不乐意借！”我瞪着那两人，毫不退让。

田甜被我堵得脑门冒烟，反手拽住卷子一扯，卷子被“分尸”：“是你的怎么了，借来抄一下，有什么了不起！”

我拽着那只剩一半的卷子。

“田甜，你扯烂了我的卷子，我不跟你计较，但我就告诉你一句话——‘不问自取视为偷’！”

田甜猛拍一下桌子，唰地一下站起来：“你说谁是小偷？”

“谁偷我卷子谁是小偷！”

这剑拔弩张的氛围下，眼看着又要打架，我虽然知道打架影响不小，但面对着这两人，我也不怕，我占理，为什么要怕？

“你干吗？吵吵几句还要动手了？”顾跃突然一手把快要和我对上的田甜拨开，“就要上课了，还闹什么？”

众人看了看黑板上的课程表，下一节是英语课，也就不觉得顾跃做出这些举动奇怪了。

顾跃从田甜手里拽过那半张试卷，又拿走我的。他拿着那分成两半的试卷对着田甜扬了扬：“你也别这么理直气壮，要真看她不顺眼就好好考试。”顾跃不屑地看着田甜，“耍这么多花花肠子烦不烦？”

田甜脸一白，想开口嘲讽顾跃，但忌惮顾跃的武力，最终还是闭上了嘴，不情愿地坐了下去。

“走吧，我那有透明胶，粘起来就好了。”

这话无异于示好，我明白顾跃为什么会出来和稀泥，他是为周六那天的迁怒向我道歉。但我还记着他眼里赤裸裸的嘲讽。我扯过那张卷子，说：“不用了，卷子我自己能处理。”

顾跃脸一僵，大概没想到我会不给他面子。

看着他欲言又止的表情和清澈的眸子，我心跳漏了一拍，但还是冷着脸撂下一句话："谢谢你刚才帮忙，不过，我这种整天高傲得不可一世，对谁都爱答不理的人，你还是别搭理了。"

顾跃一张脸憋得通红，我想他终于也体会到被人噎着的感受了吧？他噎我一次，我噎他一次，互不相欠！

看到笔记本外壳被撕下来，示威一般丢在我桌子上，我就知道我猜得没错。我吃完晚饭回教室，就看见田甜和球球坐在我后面的座位上，桌上摊着一本撕掉外皮和前几页的本子，她们笑得不怀好意。

晚自习还没开始，但今天不讲课也没有老师守教室，因此有胆子逃课的都跑了，准备迟到的也还没有来，教室里只有几个坐在自己位子上的男生和一些凭着自己喜好乱坐的女生。

"还给我。"我冲着那两个人说。

两人像是没看到我似的，继续说说笑笑。

"还给我！"

我伸手去扯，田甜反应更快，唰地把笔记本抽走："还什么？写你的名字了吗？"

低头看书的人都抬起头看着我们。

田甜站起来，把笔记本递到我眼前："写你的名字了吗？认不认识字？知道这两个字念什么吗？"

笔记本上是我自己收集的往年真题、同类型难题，赶得上字典厚实的本子，一整本的题目，不是多贵的东西，但花了我很大的心力。

我只是动了动，周围几个女生就齐刷刷站起来了。这几个女生就是周会时讲话的那几个，现在她们带着看好戏的表情看着我，身体却做出防备的姿态。她们怕我。

“哧啦！”

田甜猛地把我的笔记撕开，本子被撕成了两部分：“我撕烂啦！”田甜看着我笑，“不过没关系，上面写着我的名字呢！”

讲台下面就是我的座位，我面对着座位，此刻人人都盯着我。那些坐着的人，眼里流露出怜悯、不屑或者其他情绪。讨厌我的人没有因目前的状况而上前踩我几脚，跟我无瓜葛的人也没有做出任何阻止事态发展的举动。这就是我跟这个班的关系，我有些替自己感到可悲。

被吊着的日光灯晃动了几下，这些人的面目被摇晃的灯光映照得有些模糊。

“哧啦！”

田甜又撕了一部分，可惜这本笔记太厚，她没法一次性撕完。田甜的姐妹们笑得花枝乱颤。

接下来的事情就比较混乱了，我扑过去抢笔记，却被其他女生拽住。田甜在我眼前把我的笔记撕成好几块，我不断地试图做出攻击，但都被这几个女生压制住。女孩子娇气的语调此刻吐出的尽是恶毒的话语，连欢乐的笑声也变得充满恶意和嘲讽。

我被几个女生按住了胳膊，硬生生地被她们按住，不能闪躲、不能退避地直面眼前的一切。

最后一部分被分成两半，田甜把一半甩到我的脚下，一脸得意：“不是说‘不问自取视为偷’吗？我可没偷，我撕的是我自己的东西。”田甜看着我，轻蔑地发出一个音调：“哼！”

田甜走到我跟前，用最后一部分在我脸上轻敲：“不过是个班长，我劝你，凡事别嚣张！以后别跟我作对！”

“这样够了吧？”球球害怕事态严重化，出声阻止田甜。

“够？起码要她跟我道歉才行！”田甜勾起嘴角，想要用手逼我直视她，“张媛媛，你要是对我说声：‘田姐，对不起，田姐，我错了。’我就放过你！”

我侧过脸，避开田甜的手，我瞪着田甜，声音放轻：“你要我说这些？”

田甜侧耳，一副“声音太小，我听不见”的样子。

就在田甜往我身边凑的时候，我屈起腿，一脚踹向田甜，然后死命地用胳膊撞击拽着我的人。拽着我的女生没料到我会反抗，尖叫着动手，场面越来越混乱了。等到为数不多的几个男生把人拉开，我已经披头散发了，但她们也没好到哪里去。

没有人溜出去找老师，想必是我进教室之前，她们就和教室里的人“沟通”过了。

我头发散乱，左耳好像被刮出了血，此刻火辣辣地疼。男生们好言相劝，那几个女生骂骂咧咧，叫嚣着要他们让开，叫嚷着要我不要躲在男生后面。

我毫不避让地瞪回去，我逼视田甜，脸部肌肉的酸痛让我意识到自己刚刚可能被人打到了脸。我狠狠地瞪着她，直到田甜害怕，虚张声势地对着我叫骂。我重重地扫了她一眼，又看向那几个女生，然后转身走出教室。

我不想进教室了，至少今天，至少这一刻。

我躲在没什么人走的楼梯间，整个学校只有毕业班才有晚自习，四楼以下漆黑一片。我就坐在漆黑的楼道里看外面的灯火，寒风阵阵，才开春，还是很冷。

我没有担忧，也没有后怕，脑海里一直是刚才日光灯晃动，而所有人面无表情、默不作声的样子。我打了个冷战，这是个风口，凛冽的寒风直冲着我刮来，但我受凉的不仅是身体。

没人帮忙又怎么样，仗着人多欺负人又怎么样，这都是小儿科，我不需要别人帮忙。以后写着我名字的横幅挂在学校大门口时，只有她们羡慕的份儿，我只要好好考试就是对她们最大的打击……

我摸着胸前的玉佩，鼻子却越来越酸楚。这样的事情，出了小学我就没再遇上过了。我重重地吸了下鼻子，想把那些酸楚驱离。

“啊！谁？”

我发出的声音引来了另一个声音，我心里一惊：“你是谁？”

“张媛媛？”一个身影从四楼墙边出现，“吓死我了，我还以为是……”

手机屏幕的亮光照在那个人的脸上，让我看清了她的模样，是邓一，那个二模英语比我高两分的女孩。想着自己当时从她那里拿走卷子时的疯魔状态，我有些愧疚，当时一定让她难堪了吧。

“不好意思，吓着你。”我带着鼻音嗡嗡地说。

“没事，我就是躲在这里看会儿小说。我害怕是老师突然过来了呢。”邓一不好意思地摸摸头，俏皮的齐肩短发被风吹了起来，她缩了缩脖子，“你怎么坐在这里啊？”

这句话立刻让我想起了刚才发生的事情，我冷硬地说：“就是坐一下，没什么！”

“你，”邓一有些疑惑，小心翼翼地开口，“你哭了？”

“没有！”我矢口否认，我并不想把我的经历当作闲话讲给别人听，只因为对方莫名其妙的好奇心。

“你没事吧？”邓一试探着开口。

但我拒绝这种好心。邓一和田甜，关系也算不错吧？我搞不清楚，但我不想解释给她听，也不想像寒暄般给出一些类似“没事啊”“我能有什么事”“挺好的”这样的回答。

我猛地站起来跑开，对着邓一喊道：“不关你事！”

我想这个时候的天台应该会比这里安静。

我蜷缩在天台的一角，远处的霓虹灯照不进这个黑暗的角落，我安心地在这个角落当一个隐身人。

我缩在天台，听着汽车的引擎声和鸣笛声，我无法控制心悸的感觉，我只能告诉自己明天又是新的一天，这一切都会好起来……

“吧嗒，吧嗒，吧嗒，咣！”

最后一声是天台的大铁门被拉开的声音。

这一瞬间我脑子里转过很多念头，比如老师上来找人，比如田甜那一伙……我看了看铁门，往里面再缩了缩。

“爸，你什么时候变得这么婆婆妈妈了？”

安静的天台，声音仿佛被放大了无数倍，我一下就听出了来人的声音以及扬声器播放出来的电话那头的声音。

“顾跃，你这个小兔崽子，你敢调侃我？”

“那你有什么说什么嘛！你今天打了好几次电话了，都吞吞吐吐的。我都跟你说我钱够用了，你说你不是……”

顾跃带着埋怨实际上却是在偷乐的语气，让我忍不住翻白眼。看来顾跃和他爸的关系已经彻底修复了。

“你那儿怎么那么安静，你是不是逃课了？”

“我没逃课啊！我这不是找个安静的地方，聆听您的训示吗？”

“行行行，你没逃课就行，给我老老实实上学啊！”

“知道啦，知道啦！”

就连不耐烦都带着恃宠而骄的腔调。

“好了，跃跃，你年纪也不小了，该懂事了。那什么……”

“你倒是说呀！”

一个女人的声音出人意料地出现了。

“我知道，你别吵！那个，新房子装修好了还得通风一段时间，你，你最近学习也紧张，要不然，你这段时间先在宿舍里待着吧？等你毕业考之后……”

“爸，”顾跃的声音忽然就冷了，是那种如寒风般彻骨的冷，“你是叫我不要回家？”

“怎么会呢，就是，就是你最近学习到了紧要的时候，你，你要毕业考了，难道不应该好好……”

我用背抵着身后的墙壁，我无心听到这些，我只能尽全力不让顾跃发现，就如同我不想被邓一发现一样。

“你不要说了！”顾跃厉声打断电话那头的声音，像是心死一般，“我住宿就是。”

“跃跃。”电话那头的人叹了口气，“你阿姨怀孕了，你也大了，以后我给你买套房子……”

离婚时说爸爸妈妈还会和以前一样爱你的人，有一个会从这栋房子里搬出去。搬出去的那个人会逐渐减少来探望你的次数，不再是你发生任何事都能及时倾诉的对象；留下来的那个也会变得忙碌，快步走入新的生活，认识新的人。他们还和以前一样爱你，只是从前欢声笑语的家，你引以为傲的爸爸，你温柔美丽的妈妈，一切都像失了色的照片被时间丢到身后，一切都不再美好。

这些你都可以抗议，却不能用自己牵绊他们的脚步，因为我们不能那么自私，因为爸爸妈妈也有过好他们生活的权利，你便沉默不语。直到有一天，爸爸还是你的爸爸，却将要成为别人的爸爸；妈妈也还是你的妈妈，你却不知道她的下落。

你站在原地，困在往日的回忆里，却被告知，你已经长大了，已经不再是需要父母呵护的小孩子了。那个曾经温暖现在却颓然的家，它还属于你，但你已被世界遗忘。

我忽然感同身受。胸口的玉佩，服帖地躺在那里。电话已经挂断很久了，顾跃一直保持着那个姿势僵立着，一动也不动。我没有由头就想起动画片里的情节，也许顾跃已经石化了，只需一阵风，他就会崩塌成灰尘，随风散去。我动了动僵硬的腿，却不小心踢到了一个易拉罐。

“谁？”

我今晚第二次听到这句话，心境却大不相同。

顾跃条件反射般将手中的东西冲我扔来，一个罐子砸到我旁边，水花溅到了我脸上。

我边站起来边擦脸：“呸呸。”也不知道是什么东西，刚刚溅到我嘴巴上了，我下意识一舔，是苦的，“是我，张媛媛！”

说完这句话后我就词穷了，我该说什么呢？你爸不要你了？你要有新弟弟了？

我们所在的天台，其实是办公楼的天台，全校的制高点，甚至可以看见我们那一层的教室。我看着我们班的教室，鬼使神差般开口说道：“我刚刚和田甜打了一架。”

“谁？”顾跃没料想我会说这个，很是诧异，过了一会儿大概是想起田甜是谁了，他问：“赢了输了？”

我提着的心放了下来，说实话我很害怕顾跃完全不搭理我，任由我尴尬。示好的人好不容易鼓起勇气，却生怕对方会打脸，我扯了扯嘴角说：“输了。”我比画了一下，但天台比较黑，他也不知道我在比画什么，“五个打一个，我输了也正常吧？”

“真动手了？岳辉没帮你？”

我好奇，这跟岳辉有什么关系。

顾跃立马就开始解释了：“田甜不会善罢甘休的，早上的事，她肯定不会就这么算了。我让岳辉盯着她，不过……”

不过估计岳辉旷课打游戏去了。我腹诽，却为他此刻说出来的话羞愧，他是真的打算帮我，而我早上还拿话噎他。

“抱歉，你早上帮我解围，我还对你那样。”

也许是察觉到了我的难堪，顾跃轻描淡写地说：“没事，不也是因我而起吗？如果不是我，她们也就不会知道你家里的情况了。”

实话说来，这些事是因我而起，因为我执意要找刘素兰的麻烦，才会引出这些事。想到这里，我也不知自己哪里来的倾诉欲望：“你知道我为什么针对你妈吗？是因为……”

“我知道。”

“啊？”我有些错愕，呆愣地看着顾跃。

“我知道，到你们家道歉的时候我就明白了，不然也不会帮你爸收摊了。你很看重学习吧？想要靠学习改变命运，所以才会对我妈那么计较。”

我从没见过这样的顾跃，不是暴戾愤怒的模样，也不是冷着脸生人勿近的模样，他目光清冽，洞察一切却又不说破。

说完这些，顾跃有些羞赧："我并不是真心要说那些嘲讽你的话，我只是，你看到了我爸打我，这让我……才忍不住把火撒到你身上。"

"我知道。"我想我这时脸上含着笑，"你也没有别人传的那么凶狠残暴，至少在你帮我搬东西的时候，我能感觉到你是真的想帮我。"

我知道，顾跃不像他当时说的那样看不起我，如果是，他早在进入我家和我道歉之前就对我展开攻击了。很多事能造假，但他的神态、他的言行和他当时的举动，这些都假不了。我能感觉得到顾跃的善意，他和那些背后说我闲话的女生不一样。

我说完那些话之后，顾跃就不再言语了，他直愣愣地盯着我，我也就这么傻傻地看着他的眼睛。来自远处的霓虹灯映在顾跃的眼睛里，红红绿绿，闪烁着光芒。这一刻的我们，远离了针锋相对、剑拔弩张，我们没有为那些生活给予我们的标签感到难堪。见过彼此最真实一面的两个人，如此坦诚地站在对方面前，不同情、不怜悯、不自卑。我们是世上无数个身不由己的人之中，最平凡的两个，我们真切地感受着彼此的善意。

"天台上逃课的那两个！哪个班的？什么时候了，还在天台上玩！"

我脑子一蒙，转头往对面看，连接着办公楼四楼与教学楼四楼的天桥上，站着手持木尺的郭主任！

怎么办，怎么办？

"跑！"

顾跃吼了一声，扯着我就往天台楼梯跑。天台只有一个出口，从出口跑出去是六楼，而郭主任站的地方是连接四楼的天桥，只有赶在郭主任上六楼之前跑掉，才能安全脱身。

我被顾跃拉着往外跑，我们几乎是跳着往下跑，跑到五楼的走廊，郭主任的声音就像在耳边咆哮。我们趁着夜黑，办公楼里没灯，带着郭主任在办公楼里兜圈子，然后从一楼冲出去，往校门口夺命狂奔！

躲到车棚里，才算彻底甩掉了郭主任，两个人才终于停了下来。

我的心因为刚刚的运动而急速地跳动着。

“哈哈。”

顾跃大喘着气，笑了起来。

我的耳边是顾跃带着喘息的笑声，胸腔里是心脏急速跳动的“怦怦”声，我的脸火烧一般灼热起来。我看着顾跃那在黑夜中闪烁的眼睛，终于不可抑制地笑了。

“哈哈！”

上好的青春，尚好的我们

第六章

PERFECT YOUTH, PERFECT US

每所学校都会有这么一个地方，它被好学生嫌恶，它被普通学生忌惮，它是学校“恶势力”的乐园。这个地方也许叫天台，也许叫楼梯间，也许叫小操场……但不可否认的是，每个学校都会有这样一个地方。而我，年级第一的张媛媛，此刻就靠坐在天台的墙角，感受着和煦的暖阳。

天台是顾跃的地盘，听起来很嘲讽，张媛媛何时沦落到要与坏学生为伍？我并不是寻求顾跃的庇护，事实上在我与田甜、球球一群女生斗智斗勇的过程中，武力并不能解决什么，没有哪个男生会真正打女生。可她们就像蜜蜂一样围着我转，蜇几下不会死，但会烦死人！

我闭目养神，思考着以后来天台看书的可能性，突然“咣”一声，铁门被拉开了。我眯着眼睛，往铁门那儿看，一个高大的身影一手抓着铁门，一手插在口袋里，脸朝着我这边。

我一下就从假寐中惊醒了，我猛地坐直看过去。原来是顾跃，虚惊一场。我弯了弯背，又靠着墙假寐起来。

“看到我，难道你还能安心睡？”顾跃朝我走过来，声音逐渐变大。

我满不在乎地侧了侧身，继续闭目养神：“你有什么好怕的？纸老虎一只。”来天台的次数多了，碰到顾跃的次数也就多了，再加上之前和他一起躲避郭主任的“追杀”，我总觉得顾跃没有传言说的那么恐怖。

“砰！”易拉罐被拉开和气体饮料中气泡冒起的声音在不远处响起。

我睁开眼，瞥了一眼背着光正在喝啤酒的顾跃：“你就不能藏点别的吗？你在天台藏这个，被郭主任发现了，你妈也保不住你！”

顾跃笑了笑：“就一瓶，其他都是可乐，嘶！”

听到抽气声，我彻底睁开眼看过去，顾跃正捂着半边脸叫唤，我站起来才发现，顾跃嘴角那一块是肿的。我笑了：“敢情你也有人敢打啊？”

“哼！”顾跃就是捂着嘴也要立刻找回气场，“是我碾压那家伙！”

“你打人了？”我犹豫地问，浮上心头的是抓着我的手流泪的刘素兰。

“没！”顾跃没好气地说，“那家伙先挑事的！但郭主任非说是我打他！”

“你还被郭主任抓住了？”我惊呼。

“嗯，四班那家伙还算懂事，没敢瞎说，郭主任也只是唠叨了几句。”

我被顾跃大大咧咧的语气惊呆了，他完全不知道自己历经了怎样一种凶险。我正替顾跃着想，他不知道从哪个烂桌子的抽屉里翻出一瓶可乐，顺手丢给我。

大冷天喝碳酸饮料，即使不是冰的，也有一种透心凉的感觉，我牙齿颤了颤，就听见顾跃说：“她们又找事了？”

可乐滑过我的喉咙，带来刺痛，我盯着那蓝色的小铁罐说：“嗯，来来回回就那几套。”

“实在不行，就……”

我等着听顾跃的高见。

“就告诉老师吧！”

“噗……喀喀……”我捂住嘴，还有些饮料呛到气管里了，我咳了半天，顾跃已经恼羞成怒了。

“我说什么了？至于反应这么大吗？”

我看着顾跃那因为薄怒而绯红的脸，默不作声地顺气，过了一会儿才说：“学校老大教我跟老师告状，好样的。”

“喂，你什么意思，几个女的也不能把她们……”

顾跃炸毛了，我急急忙忙点头：“对对对，老大说得对。你也不能真把她们怎么样。其实也没多大事。”我凝视着顾跃的眼睛，平静地说，“没多大事，她们要的那些把戏，我小学就见识过了。再说了，四班那家伙都知道不能告诉郭主任，我能说？”

“那你还老来天台转悠？”

我看着茫然的顾跃，忽然明白了他的意思，他以为我来天台是为了躲那些女生。虽然事实如此，但我仅仅是躲避她们的纠缠，而不是害怕她们。

“你不觉得她们跟跳梁小丑一样吗？”我盯着教室的方向，走廊上几个女生正靠着栏杆晒太阳，“看不惯我又干不掉我，没法在成绩上碾压我，就整天拉帮结派想着让我难堪。啧，幼稚！”

顾跃脸上写着不赞同，想要说些什么的时候，他的手机响了。来电显示上是硕大的“老爸”两个字，顾跃没有接，也没有按掉铃声，就任它响。

手机反反复复地唱着那两句歌词，声音在天台流动，撞到墙壁上再弹回来。我看着顾跃，顾跃自顾自地喝着啤酒。

“你不接吗？”

“呵。”顾跃嗤笑，“有什么好接的，短信提示他又给我打了钱。钱都打了，打电话过来不就只有一件事了？”

顾跃面无表情，眼底带着嘲讽，他漠然地看着手机屏幕暗下去，好像对这样的父亲不抱任何幻想，已经清楚、直接地明白了对方的用意。

手机又唱了起来，屏幕的光亮在日照下并不明显，却让我感到顾跃的表情有一丝松动。

“接吧，也许真的有事要说呢？”我尝试着劝说。

顾跃动了动手指，眼底藏着一丝希望，就那样拿着手机接了电话。

“喂，顾跃啊……”

对方并没有问“你刚才怎么没有接电话”或者“怎么这么久才接电话”，显然对方对顾跃没有接电话这件事一点也不在意。

“爸爸这两个礼拜会到一个材料原产地考察，那地方偏僻，有什么事就给我打电话，或者找你阿姨也行。我又给你打了点钱，别一下都花了啊。还有，你最近就好好待在宿舍里吧，没什么事就别回去了，你也知道你阿姨怀孕了……”

这个回去，指的应该是回家去。结合之前听到顾跃他爸打给他的电话，他爸的意思是——钱我给你了，你就不要回家了。

我难以置信地盯着顾跃，我后悔劝说顾跃接电话。可顾跃呢，他嘴角挑着笑，眸子像是充了血，他就那么看着我，像是在说：“看吧，我说了什么？”

“你……你没事吧……”

“我没事。”顾跃快速打断我的话，“我早就知道会这样了，有后妈就会有后爹，不是吗？”

顾跃朝我扬了扬手里的易拉罐，一脸满不在乎，好像我刚刚看到的他脸上的松动和期待只是我的错觉。

“他们离婚之前我就看透了，一个两个都不回家，塞点钱给我，让我叫外卖，然后说自己很忙……”顾跃轻描淡写地说，忽然松开易拉罐，一脚把它踢向墙壁。易拉罐碰撞出声音，里面剩下的一点点液体溅在墙壁上，然后水珠沿着墙壁缓缓滑下。

我觉得顾跃心里并不像他嘴上说得这么无所谓。

“他俩把财产分了分，就再没提抚养权的事了。好像我也就跟那些财产一样，随便分一分就行了。”

我心里堵得慌，想要说些什么话来安慰他，却什么也说不出口，他并不需要安慰。太多廉价的安慰背后都藏着“看热闹不嫌事大”的八卦心态，如同我不需要听人感叹“菜市场的环境那么吵，学习起来一定需要双倍的力气吧”，顾跃也不需要听人劝慰。

我傻傻地看着顾跃，却只能看到他的侧脸。他侧脸的线条就像冷冽的刀锋，僵硬着，告诉世界他没有软化的可能。

顾跃转过头正好对上我的眼睛，他眼里有一丝讶异，不知道是看见了什么，然后他就笑了。风撩开他额前的碎发，有一刹那我听见风铃的响声，然后我慌张地别开了头。

“哦，差点忘了，有个东西要给你。”

我诧异，他能有什么东西给我？但我没有继续朝他那边看。一阵“乒乒乓乓”的声音传来，我扭头一看，顾跃掀开几张废弃的桌子，从一个桌肚里掏出一本厚厚的题册。

顾跃把那本题册递到我面前，一副“快点拿走”的表情。

我看了看那本题册，第一张写着“某某中学第一次小测”，大概是顾跃他妈从重点中学弄来的。

“拿着啊，我也用不着。”顾跃一脸无所谓。

我瞅了瞅这本题册，他也确实用不着。我抽了过来，对着他说了声“谢谢”，便迫不及待地翻开看。

这个学校，可是比一中还要好的学校啊，有这种东西摆在我眼前，我怎么会不要？

“我妈塞给我的，还有几本别的科目的，改天再给你吧！”

我胡乱点头，有了这本数学题册，我怎么还会搭理顾跃？但这本题册也不像顾跃说的那么“用不着”。我翻了几页，发现有些简单的题目被人写上了答案，不多，零零碎碎的几个，但整本题册的三分之二都有这样的痕迹。

我一脸八卦地看着顾跃，窃笑：“你也不是用不着嘛，这不是做了不少题吗？”

顾跃开了一罐可乐，屈腿坐在水泥台子上，看到我的时候脸上闪过不自然的红晕：“笑什么啊！”

“我笑了吗？我没有笑啊！”我一本正经地说。

“哼，你当我是猪啊！这题册我就是做过一遍了，怎么了？我就不能做题吗？”顾跃有些不好意思，用他的方式来掩饰，“有什么好笑的，不许笑了，不许笑！”

其实我并没有笑，六中老大为了不让小弟们发现他“堕落”的嗜好——搞学习，于是把题册藏在废弃的桌肚里，每次为了做题他都翻山越岭翻桌肚？这本题册他从教室里拿出来我都不会觉得好笑，因为顾跃待在天台的时间多过待在教室。也就是说传说中“凶狠残暴”的六中老大，逃课其实是为了搞学习？满世界抓逃课的郭主任知道了，会不会哭出来啊？

“喀喀。”看着顾跃通红的脸，我终于不厚道地继续笑了，“你做题又不是什么丢脸的事，在教室做题又不会怎样，干吗躲在这里啊？”

顾跃不说话，憋红了的脸冲着我，直愣愣地瞪着我，半晌，说：“被你知道都这样了，更何况高岳霖、岳辉他们！”

我摸了摸脑袋，觉得也对：“那要不然我教你？”

“你不是不教人做题的吗？”

我摸了摸鼻子：“只要你不是教六遍还说不会就行。”我曾经也教人做题，有一个女生拿了一道数学题来找我，每次我问她：“知道了吗？”姑娘都说“知道了”，但过不久又拿同一道题来问。她问了六遍，最后眼泪汪汪地走了，然后就再也没人找我问题目了。

“我才没那么笨呢！”顾跃显然也是想起了那件事，一脸嫌弃地说。

我没再看顾跃的表情，继续翻手里的题册，这题册连重点班的每周测试都弄到手了，对我而言简直就是捡到宝。我抑制不住兴奋地对顾跃说：“你妈对你可真好，这卷子一般人弄不到的吧？这可是有钱都弄不到的啊！”

有了这个，加上顾跃说的“其他科目”，就是再来一拨田甜她们我都不在乎了！我处于兴奋之中，也就忽略了一旁的顾跃，也就没注意顾跃幽幽地说了一句：“对我好吗？要是真好，也就不会只拿钱不争抚养权了……”

“好，接下来我们看看第八题……”

“D！D！”

讲台上的女老师依旧穿着艳俗的大花衣裳，慢条斯理地端着一杯水准备喝，她边把水往嘴边端边说话，话还没说完就被讲台底下不耐烦的声音打断。

“着什么急，这道题，我看看。”女老师丝毫没有被女生的举动激怒，她平心静气地把题目读完，然后说：“怎么会是过去式呢？这道题里说的事情，是表示动作发生在过去到目前为止已经结束，并对目前所造成的影响，所以应该选……”

“C！”我跟着刘素兰将答案念出来，其他反应过来的同学也跟着念出答案。

“明明是D，会不会教啊！我家教昨天才跟我讲的题目！”田甜喋喋不休，一定要刘素兰认同她的观点，刚开始只是小声说，后来越说越觉得自己占理，所以声音越来越大。

我看了看刘素兰又回头看了看顾跃，我知道这道题刘素兰并没有讲错，我张嘴想要告诉田甜正确答案是C。但我还没来得及开口，就见刘素兰笑了笑：“田甜，我们也不耽误大家的时间，接着往下面讲题目。你要是觉得我讲的是错的，等会儿我们一起去问一问隔壁班的英语老师。黄老师那样老资格的教师，总不会有错了吧？”

田甜没好意思再说话，然后下课铃就响了。我还等着田甜义正词严跟着去找黄老师呢，结果她一溜烟就跑没影了。也是，都吃午饭的时间了，谁不往食堂跑？

我笑了笑开始清桌子上的东西，教室里人都走得差不多了，我也要去拿车了。

“跃跃，妈妈做了些饭菜，你跟我一起去办公室吃吧？热一热就好了。”

相对于一脸殷切的刘素兰，顾跃目光乱瞟，看到一脸怪笑的我，立刻别扭地说：“我说了不去。”

“行行，不去。我给你热了，你拿到教室吃，行吗？”刘素兰走到顾跃课桌前，看着顾跃那单薄的衣服，大声嚷了起来："怎么穿得这么少？你爸虐待你了吗？大冷天就穿两件衣服！"

我看着顾跃一脸无奈，促狭地朝他挤眉弄眼，然后在他炸毛之前，小跑着溜出了教室。唉，人家的妈妈啊。

真好啊，人家的妈妈。顾跃把剩下几科的题册拿到天台给我时，我第二次感叹。这几本题册大有来头，人家应该是一张一张试卷拿给刘素兰的，但她居然把每一张卷子的答案都分出来，另外装订，成了一本独立的习题册。有些人家做过的卷子，她也用空白的纸遮住，重新复印。

我抓着这几本题册，感叹道："顾跃，你妈真是亲妈，这几本习题册肯定费了她不少工夫。"

对于我的话，顾跃没有做什么回应，只是轻轻地笑了笑。顾跃蹲在一旁看着我，我拍了拍这几本题册，从书包里掏出几本学校发的毕业考复习书，顺手塞给他："也不能让你太吃亏！这可是六中年级第一的秘密法宝！"

"这是什么？"

"礼尚往来！"我回答得理所当然。

顾跃抓着那几本学校发的复习书，一脸错愕："喂，这几本书不是人人都有吗？我需要你拿学校的书借花献佛吗？而且，咱们好像不用这书复习吧？"

我白了他一眼，一点都不识货！我把一本数学复习书摊开，指了指上面各种颜色的笔记："就你那智商还想一步登天，拿名校的题目练手？老老实实做我这个吧！"我指着绿色的笔标记的部分，"绿色是例题，跟着题目推演五遍以上，然后做给你圈起来的黄色题目。要是做不出来，就再推演五遍。"

顾跃看着书上黄黄绿绿的标记，诧异地问："这些都是你这几天弄出来的？"

我不爽地看着他："不然呢？还有，文综，你照着我给你画的地方背。我记得你文综成绩还可以，英语有你妈在也没有差到哪里去。"

"你怎么知道我的成绩？"顾跃突然炸毛，"谁告诉你的？"

"我是班长啊！"我继续在复习书上指指点点，"不过英语我就没给你弄了，毕竟你妈是英语老师，没道理让我班门弄斧。"想起之前刘素兰叫顾跃去办公室吃饭的事，我对着顾跃做鬼脸，"你妈对你那么好，每天给你加餐，你要是跟她说你要学英语，她只怕会高兴坏吧！"

"你觉得她会高兴？"顾跃以一种奇怪的表情看着我，犹疑地问出了这句话。

为什么不高兴？我在心底疑惑。

"她做那么多，只不过是想要弥补。"顾跃风轻云淡地说出这句话，然后绷着脸看向远方，"弥补这些年的过错。"

我不知道顾跃说的过错指的是什么，当时在办公室，我隐隐约约从王珍珍、张老师的嘴巴里得知了一些事情。那时场面混乱，我不知道顾跃有没有注意，张老师当时说的是"你疯了，你要是辞职，你就连唯一的收入都没有了，你身上还背着你父亲的债……"，也许刘素兰是有什么苦衷，而顾跃并不知情呢？

我把我的疑惑说了出来，然而得到的却是顾跃的冷嘲热讽。

"她能有什么苦衷？她有什么事难道就不能说出来吗？什么都不解释，然后就下决定，还要别人来体谅她的苦衷？"顾跃突然激动了起来，也不搭理我究竟说了什么，就自顾自地下了结论，"说白了，还不是为了钱！"

我默然，没法子接着话茬说下去。说什么呢，刘素兰是图顾跃还是顾跃他爸的钱？我觉得不是，刘素兰当时豁出一切来保全顾跃的模样，是一个没钱没势的母亲做的最后挣扎，就像……

“我不出去打工，媛媛吃什么？你下岗多久了，你知不知道？你多久没有找到工作了，你知不知道？我不出去打工，我们一家靠着你，连西北风也没得喝！”

“行，我不出去，我不出去你告诉我你拿什么养活我们娘儿俩？媛媛得了百日咳，你连医药费都要东拼西凑，就这样还凑不够，你总说借借借，借了难道不用还？一两百元人家不好意思找上门，要真找上来了，你连一毛钱都没有！”

“媛媛，妈妈要去上海找工作了，等妈妈找到了工作就给你买新衣服，买好吃的。等妈妈工作稳定了，就来接你，接你到上海念书，上大学。”

就像我妈妈一样。

因为没钱，所以只能在温饱线上挣扎；因为没钱，所以只能选择远走他乡寻求一线生机；因为没钱，所以只能和女儿分隔两地，期盼来日重逢。

说白了，还不是为了钱。

“为了钱怎么了？”我瞪着顾跃，从脖领里抽出那块玉佩，“这个，我姑父曾经找人看过，不是什么贵重的玉，也就值一两百元。”

顾跃看着我突如其来的举动觉得莫名其妙。

我没搭理他，继续说：“这是我妈去上海打工，赚了钱托人给我带回来的。她走的时候，我们家因为我生病，连几百块的药费都拿不出。别人都说她是嫌弃我爸，受不了苦日子才离婚走的，没人知道她是为了钱，是为了我的医药费，才下决心去打工挣钱的。

“她说她怕了，看到我咳得撕心裂肺，家里却拿不出医药费。那时她还躲着哭，她说她从没觉得钱那么重要过，就是因为那个时候，她看着我难受，看着我痛苦，却丝毫不能帮我缓解，甚至用不起贵的药。”

我吸了一下鼻子，转头看顾跃，破涕为笑：“你这个表情干什么？我妈现在已经赚大钱了，过几个月毕业考，我考到上海去，就能天天见着我妈了。”

顾跃用手揉了揉脸，揉掉了脸上的冰冷和刚刚带着怜悯与心疼的表情：“那你妈回来找过你吗？”

“我妈工作多忙啊，过年都没时间回来。”我笑了笑，右手下意识地画圈圈，“不过也差不多了，等我考到上海去，就能和我妈团聚了。”依旧是下意识地随手在地上乱画，我唤顾跃的名字，“顾跃，在别人嘴里你妈可能是为了钱，但如果你都不尝试着去理解你妈的苦，那往后更没人知道她到底是为了钱，还是为了别的什么了。”

中午说的那些话，顾跃有没有听进去我也不知道，下午放学我随便吃了点东西就打算回教室看书，刚走到五楼，就看见顾跃端着餐盒从办公室里走了出来。

“顾跃！吃饭呀？”我拉长了声音调侃顾跃口不对心，说不吃他妈做的饭，最后还是老老实实端进教室了。

但顾跃就像没听到我说的话一样快步蹿进教室。

顾跃从后门进教室，几秒后一个身影从前门快步走了出来。我没多想，跟着顾跃的脚步进教室，想要接着逗他，却没想顾跃停在教室后门的两米处。

顾跃端着餐盒，停在原地，表情严肃。

我看了看他的脸，又看了看顾跃看着的方向，是我座位的方向，我疑惑：“怎么了？”

“邓一。”顾跃冲着我的座位努嘴，“我进来的时候，她在你课桌那里找来找去。你去看看是少了什么东西，还是多了什么东西吧。”

顾跃语带不屑，女生这些放垃圾、把书包丢掉的举动，他一直看不上。

邓一？她和我没什么瓜葛啊！说起来上次在楼梯间她还主动问我有没有事。不过她好像与田甜玩得不错，一时间我也无法判断她刚刚的举动是好是坏。

我走到座位旁，课桌上没少东西，也没有多，蹲下来一看，我从桌肚里掏出了一本被黏合的笔记，是我跟田甜撕破脸那天，惨遭不幸的历年真题纯手写笔记。差不多有字典厚实的本子，被双面胶透明胶来来回回缠了好几遍，被撕裂的地方也妥帖地黏合了，虽然有些惨不忍睹，但也算可以读。

“是什么？”顾跃咬着筷子问道。

虽然不理解邓一的用意，但她并不是整我，我也就没太在乎：“之前被田甜撕掉的本子，她给我粘好了。”

“哦？你跟邓一关系很好吗？”顾跃快速扒完几口饭，然后把筷子随手往桌上一放。

这不说废话吗？我没有回答顾跃的话，谁都知道我在这个班没有朋友。我翻了翻那个伤痕累累的笔记本，心里疑惑却也懒得多想，这本笔记没了就算了，但如果能用也就继续用。

我拿着笔记回头，顾跃正把脚跷在课桌上！我抽了一根粉笔向他扔过去：“你也太悠闲了吧！”

也是我手法太好，一下就打中了顾跃的额头。

我不厚道地笑了："要什么帅啊！假模假样的！"

顾跃不甘示弱，说："那个邓一，偷偷摸摸给你把笔记弄好，又放进你抽屉里，你不要跟她说声谢谢吗？"

"啊？"说实话我还真没有想到这一层，邓一和我，除了上次在走廊说了两句话，上上次她英语比我高两分被我夺走了卷子，真没什么交集。我想不通邓一这样做的用意，也就没想搭理。

"那就跟她道个谢呗！"反正道个谢也不会让我掉块肉。

结果顾跃一副怒其不争的表情："说你蠢你还真蠢啊！"

这跟蠢有什么关系？

"人家费这么大劲帮你弄好这本'酸菜'，难道就图你一声谢吗？"

这语气跟"张媛媛，你是猪啊"有什么差别？我翻了个白眼，不情愿地道："她图我什么关我什么事，我让她图不到不就行了！"

"祖宗，人家跟你示好呢，表示她想跟你和平建交！"顾跃嘴上喊着祖宗，眼底却透着鄙夷，"你除了读书有点脑子，其他时候还有脑子吗？"

"那也比你好，勾三股四弦五是什么都不知道。"我嘲讽顾跃，想把话题带过。

顾跃却不为所动，他颇为无奈地看着我，叹了一口气："你以为你怎么那么容易跟田甜她们起争执呢？你就是吃了没朋友的亏啊。就像我和岳辉，你知道为什么每次我要打人，他都会冲上来拉着我吗？"

我翻了个白眼，转过身不看顾跃，他这些狐朋狗友的交友经验有什么好让我学的？邓一向我示好，我就一定要跟她建交？我干吗要搭理这些心口不一的女生，成就一段面和心不合的友情？

“我说你还不乐意听！”顾跃苦口婆心的语气像极了他妈妈，“多个朋友多条路，但凡有一个人站在你这边，与你对立的人就会多一分忌惮，你也就用不着三天两头跟人针锋相对了。”

“张媛媛！”

连名带姓的一声叫唤，让我觉得顾跃好像有些生气了，我不情愿地转头看他。

“你不能敌视你周围的所有人，明白吗？人，总要有朋友。”

不是老妈子，也不是残暴老大，我看到顾跃眼里的认真，心里莫名一颤，竟然想，照着顾跃的话做也不会有多大损失。我迟疑了片刻点头说：“嗯。”

后来顾跃没有再提起这事，节奏跳回了前几天一直循环的，我看书，他做题，有不懂的他就来问我。这几天学校在海选艺术节的活动，毕业班虽然不能参加，但看看海选还是可以的，因此最近教室一直到晚自习快开始才会有人回来，也因此保全了顾老大偷偷摸摸搞学习的面子。

我在帮顾跃讲题，忽然有脚步声，我偏头看顾跃，示意他是否要假装自己没有在搞学习。顾跃笑而不答，紧接着一个声音响起。

“哟，顾跃，躲在教室里跟年级第一约会啊？”来人的校服上写满了各种颜色的字，头发在阳光下泛黄，他身后还跟随着两个同样吊儿郎当的少年。

这人走过来，忽然跳到我前面那个人的凳子上，然后一屁股坐在前面那张桌子上。

顾跃的位子在最后，他往后仰，凳子翘成一个不可思议的角度，却又完美地保持平衡。

顾跃敲了敲桌面："周思捷，你找我干吗？"

我看着顾跃的模样，暗笑，他又开始装模作样了，但周思捷，这不就是他上次说挑事的那个"四班的家伙"吗？

"跃哥。"周思捷的口气骤然变好了，哈着腰说，"带我们通宵去吧？岳辉他们打游戏太差了，跟他们玩就是输！"

黄毛也是住宿生，六中并不是寄宿学校，只是提供一些简单的宿舍给家里比较远的学生，每学期象征性收点钱。

"跃老大现在要搞学习呢，谁有空跟你们打游戏啊！"靠坐在我右侧的一个男生阴阳怪气地说，"我们跃老大，现在要好好学习，天天向上！"

另一个男生没有说话，可表情不善，自此，我明白了这三个男生并不是那么心服口服地喊顾跃"跃哥"。

顾跃笑了："什么要我带你们打游戏，什么岳辉水平烂，你们是生活费花光了，又没钱上网了吧？"顾跃含笑看着我面前的男生，话里却夹着嘲讽。

男生脸色一变："跃老大，你就说去不去吧！反正，我们现在人也不少，要开团也开得起。"

开团？什么意思，莫不是开打的第二个说法？我在心里疑惑，我右边站着的那个男生开始攥拳头、捏手指。我大概意识到这是怎么回事了："你们是在敲诈勒索吗？没钱了就想找个冤大头请你们上网，不乐意就准备三对一？"

"会不会说话啊，年级第一？"右侧那个人蠢蠢欲动，"我们跟跃老大可是朋友呢！"

"是吧，是朋友吧？"坐在前面那张课桌上的周思捷嚣张地冲着顾跃说。

我也跟着转头去看顾跃，顾跃笑了笑，说："谁说不是呢？"

"明明就是冲你要钱，顾跃你别这么忍让行不行？上次不还跟我说把'四班的家伙'打趴下了吗？"我急了，不是说顾跃是六中老大吗？被其他问题学生抢钱的老大，有没有搞错啊？

"你说什么呢！"右侧的男生腾地站直，气势汹汹地冲着我咆哮，周思捷却示意他少安毋躁。

"得了。"顾跃忽然把身子坐直、凳腿碰到地面发出声响，顾跃就势往周思捷头上拍了一掌，又揉乱了他的头发。周思捷眼看着要发飙，顾跃把压着他脑袋的手拿开了："别逗她了。几个熟人，不就是通宵吗，我还请得起。"

"你！"我惊愕地看着顾跃。

顾跃笑着掏出50元钱，塞给了周思捷："我就不去了，我还要好好搞学习呢，下次再跟你们打对抗。不过你们可别被郭主任逮着了，逮着就没下次了。"

周思捷也不管顾跃说的是什么，眉开眼笑地接过钱，说："谢了啊，跃哥！"

另外两个小喽啰一拥而上，笑嘻嘻地就往外走了。

他们一离开，我就一直瞪着顾跃。顾跃视若无睹，倒出两颗益达塞进嘴里，还问我要不要。

"教你两件事：一叫避其锋芒，保存实力；二叫少个敌人少堵墙，用钱能打发的都不叫事。"

对，我忘了，顾大少爷最不缺的就是钱，50块人家不在乎。

还没过一分钟，走廊那边传来了郭主任的咆哮声："周思捷！你们居然在这里商量着要玩通宵游戏？你们三个，给我去办公室！”

刚拿了钱，这么快就被抓？有没有这么巧？我恨不得抓住顾跃的衣领，要他解释个清楚明白。

顾跃耸肩笑了笑，说：“哦，忘了，还有第三件事，借刀伤人最畅快！”

我如同见了鬼一般看着顾跃。

顾跃手托着下巴，敲了敲桌面上的复习书，示意我继续讲题目，见我没有反应，他笑了：“勾三股四弦五呢，张老师。”

我看着顾跃染上绯色的眼角，越看越觉得自己刚刚的担忧、着急以及那些觉得他是胆小鬼的气愤，全是被他耍了！我抓起桌上的复习书向顾跃扔去，顾跃一手接住却开始哈哈大笑。

“你刚刚觉得我是要一挑三，还是直接给钱？瞧你脸上那样儿，着急了吧？”

被人戳中心思的我恼羞成怒，实话说我确实想过如果真打起来，顾跃一对三我应该怎么做。也就是认定了顾跃不会妥协，我才会在看见顾跃掏出50块的时候，那么诧异。

“笑什么啊！不许笑！”得，跟顾跃待久了，我也有了这炸毛的毛病。

“你真的没有发现吗？每天傍晚6点40，郭主任都会在5楼逛一圈，再离开。”

我企图从顾跃眼里找到他撒谎或是戏耍的成分，我的印象里好像没有这回事啊。

“也对，你两耳不闻窗外事嘛！”顾跃把书放回桌面上，“所以说，你从来都不必以敌对的态度对待身边的每一个人，不管是保存实力还是借刀伤人，都能让你处理好一件本不需要起冲突的事。”

我听到这句话的时候，目光快速扫过顾跃的脸，没有戏谑、没有戏耍，他诚恳得如同我在教授他勾股定理。

我没有回答他，视线往窗外延伸，梧桐树已经比5楼还高了，光秃秃的枝丫在寒风里立着，一晃眼好像有一抹绿正在发芽。

上好的青春，尚好的我们

第七章

PERFECT YOUTH, PERFECT US

“哗啦，哗啦。”

一张打着红勾、分数位置上写着“92”的卷子在我旁边被人当作扇子，甩得哗啦哗啦响。坐在我旁边的人一脸得意还要强装成满不在乎的模样，脑门上只差没写着“快看，我及格了”几个大字。

幼稚。我在心底笑了笑，转头一脸诧异地说：“92？你数学考了92分啊！”虽然不情愿，但还是得承认，顾跃很聪明。刚开始给顾跃补课的时候我就发现了，他思维敏捷反应很快，掌握基础题之后能快速举一反三，这样下去，简单的周考他甚至可以拿一百多分。

对于我的夸奖，顾跃不屑一顾，大言不惭地说：“我觉得对我来说，数学挺容易的，你考了多少？”

我从数学书里翻出一张卷子，背面向上摊在顾跃的桌子上，顾跃将它翻开，红色的136躺在卷子上看着顾跃。

“你逗我呢！”顾跃把自己的卷子揉成一团扔在桌子上。

我大笑着从顾跃手里抢过那张被团成球的卷子：“行了，行了，给你讲讲其他题目。”

顾跃变了。

有一天放学，我和顾跃在楼梯间碰见向郭主任询问怎样才能在毕业考前消除处分的刘素兰。顾跃的第一反应是拽着我躲起来，不让刘素兰看见我们。他当时嘴硬，别扭地说刘素兰多管闲事，但行动却开始转变了。上课不再睡觉，放学补课也明显认真多了。还要说顾跃改变了的证据，大概就是眼前这张试卷吧。谁能想到以往选择题只会乱填，大题一通乱抄的顾跃也能及格呢？

嘴上否认刘素兰，说她不会在乎自己的学习，说她只是想要弥补，而实际上正在默默地朝刘素兰希望的方向改变，这样的顾跃其实是内心柔软的人吧？

晒了好几天太阳，气温又骤降了，大概是倒春寒吧。讲台上的郭主任背过去写板书，我在这个当口对着门外走神。门外的天空十分阴沉，带着湿冷，像是随时能拧出一把水来。风把一个塑料袋刮到半空，塑料袋打着旋儿，和着郭主任毫无起伏的声调，一切都乏味极了。

只有郭主任一个人的说话声的教室里，忽然响起了一阵轻微的鼾声。

郭主任还保持着面对黑板的姿势，他轻微地发出一个音调，头偏了偏，冲着发出鼾声的方位说："把顾跃给我叫起来！哼，还说要消除处分，这才老实了几天就开始睡觉了？"

顾跃这几天被老师们点到名字的频率比以往多了不少，虽然是当众表扬，却总有一种敲打、讽刺的味道。说不清老师们是希望顾跃继续保持这种变好的姿态，还是迫不及待地等着看顾跃"打回原形"，然后感叹一声"我早就说过"。

"我早就说过，顾跃那种人，哪会那么轻易学好？"

"我早就说过，学坏容易学好难，你真以为顾跃会变好？"

有多少人等着说出这样的话呢？

教室里有人睡到打鼾，郭主任第一反应就认为是顾跃，这也不算奇怪。奇怪的是此刻台下的学生们面面相觑，没人说话，也没人去叫醒顾跃。我回头正好看见顾跃无辜地用手指着自己，一脸疑惑。显然顾跃并不是睡得打鼾的那个人。

“顾跃，站起来！”长时间没有听到起立带来的响动，郭主任有些怒了，他觉得自己的威严被挑衅，但他并没有停下写板书的手——历史课的板书总是很多。

带着某种恶趣味，顾跃轻手轻脚地站了起来，他对着同学们摆手，示意他们不要说话。

鼾声还在响。郭主任这下是真的火大了，一回头一根粉笔扔过去，出奇地精准，正是对着顾跃。郭主任气不打一处来：“顾跃没醒，你们就不知道把他喊起来啊？一定要我……”郭主任回头看到站得笔直的顾跃，脸上有些挂不住。

眼神显露着无辜的顾跃摆了摆手，又指了指自己前面的男生，对郭主任说：“我站起来了啊，可打鼾的不是我。”

“不是你就不是你，你不知道张嘴说啊！嘴巴长着干吗的！以为不睡觉就是认真听课了？”

同学们一阵哄笑，睡觉的男生这才迷迷糊糊抬起头。男生下意识地吸溜一声，把口水吸了回去，又引起一阵哄笑。

郭主任有些尴尬，抄起讲台上的一个本子朝那个男生扔过去：“还有多少天就要毕业考了？现在还睡……”

郭主任正教训那个男生教训得起劲，我对着顾跃偷笑，他像是有所发觉，偷偷地冲我挑眉。

我愉悦地笑了，之前的乏味一扫而空，心里竟有了一种朦朦胧胧的喜悦感。

“还笑！”一颗粉笔头砸中朝我挑眉咧嘴笑的顾跃，郭主任吼了一声，教室里刚刚还有些许嘈杂，现在立刻安静了，“站起来了还瞎胡乱搞！你考试考得很好了？及格了吗？”

“及格啦！”顾跃理所当然地说。

郭主任接二连三地被扫了面子，脸上越发难看："你及格了？你……"他翻开了桌上的记录本，从成绩表里找了一下顾跃的名字，脸色更加难看了，"嗯，78分，还不错，坐了个好座位！"

坐了个好座位，这句话里带着满满的嘲讽。

听到郭主任这样说，顾跃当即就不高兴了："我自己考的！"什么叫坐了个好座位？是说顾跃前后左右特别方便抄袭吗？

郭主任并不是很相信顾跃说的话："哼，最好是自己考的，你糊弄老师、糊弄考试这都不要紧，你要是想连毕业考也糊弄了，那后果不是你能承受的！"似乎是觉得自己的话有些严重，郭主任又欲盖弥彰地补了几句，"不止是顾跃，所有同学都是，不要对毕业考抱有侥幸心理！"

但顾跃没有被这样的话糊弄过去，他有点恼怒："谁考试作弊了？你要不相信你调监控看看啊！"

"我没说你作弊，我只是说不要作弊！"郭主任义正词严地说，表情颇为不爽，他似乎没想到顾跃会顶嘴，难堪地用眼神扫了扫讲台下的学生，继而又盯着顾跃说，"既然已经说了这么多了，我顺便再讲一件事！我本来是不打算把这件事拿到课堂来说的，但是这种风气太恶劣了，必须警告！据住宿的同学说，这几天，晚上11点、12点多钟，连续几天都有住宿学生翻铁栅栏出去上网！"

郭主任边说边看向顾跃，声音越发严厉，就好像顾跃逃寝被当场抓住一般："虽然没有被宿管当场抓住，但我希望这里面不会有我们班的同学！特别是某些想要消除处分的同学！"

我们班住宿的男生并不多，但有胆子做出逃寝这种事的，只有和顾跃走得近的那一伙人，虽然郭主任说是说"不希望有我们班的同学"，可他说的"特别是想要消除处分的那些同学"，这不是明摆着说顾跃吗？

我转过脸去盯着顾跃，他正憋着火，嘴巴紧闭，下巴绷得紧紧的。

可我一点也不相信顾跃会逃寝出去上网，如果他真的有时间跑出去上网，那每天晚饭后、晚自习前我帮他讲题的那些试卷是什么时候做的呢？那些试卷已经不是我提供给顾跃的那些了，而是以前老师发下来、被顾跃随手扔进抽屉里的卷子。

顾跃心里压着火，不驯地瞪着郭主任。

郭主任却以一种更强硬的方式瞪回去："看着我干什么？我又没说你！"

不是说顾跃，干吗盯着他看呢？

郭主任咳了咳，像是劝说但更像是警告地看着顾跃说："你们要消除处分，光考试及格是不够的，五月份之前，老老实实不出任何岔子，学校一般是能给你们消除记录的。但，前提是不能有任何违纪行为！想要消除处分，有些事情，就给我掂量着办！"

郭主任说出这些话的时候，教室里鸦雀无声。顾跃鹤立鸡群般站在众人的视线里，面色铁青。

"还站着干吗？难道还要我请你坐下？"郭主任无视顾跃脸上的铁青，像是不在意地随口说道。

而顾跃与郭主任对视许久，最终还是绷着脸，不甘心地坐了下去，被打断许久的课堂这才重新开始。

人们希望一个人改头换面，但当那个人真的改头换面了，却还是习惯用旧的眼光去看待他。我明白顾跃其实已经改变了，但这些改变在老师们的眼里还是问号，或者说他们总是相信"江山易改，禀性难移"。

如果你一直在坚持着变好，别人总是会看见的吧？但那些心存敌意的人，不管你怎样变好，他们还是对你心存敌意，你的示好对他们而言是软弱和投降。

我没有回应田甜的挑衅，于是我跑完800米后，得到一件被扔在一摊积水里的校服——我的校服，我只有两件用来换洗的校服。

爸说不一定非要穿校服，爸说把原因跟老师讲清楚，老师会体谅，于是我穿着自己的棉袄站在校门口，踌躇着挪不开脚。也曾经有同学遇到过我这样的情况，她们只需请自己的朋友从教室里借一件校服，送到校门口来，就可以轻松地解决这个问题。

但我背着书包转身，与鱼贯而入的学生们方向相反。我不是没想过找人借校服，但只是想想就觉得别扭得慌，或者说，不觉得会有人帮我。还不如等执勤的老师走了再说。

然而我却看见了站在几米远处的顾跃：“你怎么在这儿？”

我很诧异，顾跃是住宿生没道理一大早在校外，心中想到昨天郭主任说的逃寝，又摇了摇头，顾跃已经改变了，应该不会逃寝去上网吧？

“别告诉我你真的……”真的逃寝去上网，如果是这样，那这么久以来的努力岂不是全白费了？

“吃早饭！”顾跃耸了耸肩，一点都不介意自己的理由是不是站得住脚。

“学校有食堂你要去外面吃？郭主任还盯着你呢。”想起郭主任昨天肯定的样子，我又说，“用不着管他们怎么看你，反正毕业考成绩是真的，他们的废话就起不了作用。”

顾跃静静地看着我，直到我有些别扭了，他才开口说话：“你关心我？”

他眼里闪着狡黠的光，看得我心里打了一个突，一时间不知道怎么接话：“我，我帮助你那么久，总不能放着你浪费我时间吧？”

“关心我就直说！”他憋着笑，突然又严肃了起来，“你的校服呢？”

我扯了扯嘴角，大家都知道没校服不许进校门，要么叫人送过来，要么老老实实在校门口站两节课，这是郭主任的规矩。

顾跃皱眉，狭长的眼睛里闪着寒光，脸色一下子就凌厉了：“又是田甜？她怎么没完没了的！”口气很是不满。

“算了，反正没几个月了。”顾跃对田甜的敌视态度十分明显，这让我心里非常受用，好像顾跃是站在我这边的。

“麻烦！”顾跃把自己的校服脱了下来，扔给我，“你穿着进去吧，我宿舍里还有一件。”

我脸上一热，不赞同地把衣服还给他，说：“你给了我，你自己怎么进去？”

“宿舍那边，可以翻铁栅栏进去。”

我还想说什么推拒的话，顾跃把衣服往我怀里一塞：“别磨叽了，再不进去你就要迟到了！”说罢顾跃转身摆了摆手，大步流星地离开了。

手里这件衣服还带着温度，我愣愣地看着顾跃离开的背影，心里翻涌着莫名的情绪。我想了想，快速把书包放下，穿上校服准备去宿舍的铁栅栏那边等顾跃。

说是学生宿舍，其实只是一排平房，因为只是简易宿舍并没有区分男女，好在住宿的人并不多，也就三四十个。由于地势的关系，隔壁小区比宿舍旁边的铁栅栏高出一人高，站在宿舍的巷子口只能仰着头看铁栅栏那边的地面。

我跑到铁栅栏附近时，顾跃已经在铁栅栏里边了，他正准备找一个相对不高的位置跳下来。

“你小心点！”看着顾跃攀着铁栅栏悬在半空中，我有些紧张，听起来翻铁栅栏很容易，但亲眼看到一个人吊在半空还是忍不住心慌。

“没事儿！”顾跃爽朗地笑了笑，准备往下跳。

就在这个时候，一声冷哼在我们身后响起：“哼，胆子不小啊，夜不归寝，早上还翻栅栏进校！”

“砰。”顾跃被这声音吓了一跳，一个没站稳就跳下来了，摔到地面发出闷响。

我慌忙把他扶起来，转头看向发出声音的地方。王珍珍不知道什么时候站在拐角处，她叉着双手眼里闪着寒光盯着我们，像是逮着两个现行犯。

我比画着两人的衣服，向王珍珍解释道：“不是的，是他想回寝室拿校服，我的校服没有干，所以借他的进校……”

“你身上的校服是他的？”王珍珍抿着嘴角，似笑非笑地看着我，似乎是在嘲讽，又像是在等着我点头。

我咬了咬牙，点头说：“是。”

“哈，”王珍珍像是听到了什么笑话，“可真是互相帮助啊。”

她的最后几个字说得有些含糊，我没太听清：“什么？”

“没什么，没穿校服进校，是要扣分、罚站两节课的，我没说错吧？”王珍珍气定神闲，见我没有异议又转头对顾跃说：“我们班同学连着好几天晚上听见有人在铁栅栏这边吵吵闹闹，只是宿管年纪大了，睡着了听不见。顾跃，你翻栅栏动作很灵活嘛！”

“他不是！”我急急忙忙解释。

没想王珍珍目光似箭一样射过来：“我说什么了吗？我跟你说话了吗？别多嘴！”

我不甘地瞪着王珍珍，怎么没说什么，只不过见到了顾跃翻铁栅栏，现在却要把夜不归寝的罪名扣在顾跃头上，她打的就是这个主意吧？

她上下打量着顾跃：“刘素兰生了你这么个儿子，也真是造孽。”

顾跃任由王珍珍目光跟刀一样上下来回地捅，过了半晌他才开口：“王老师，翻栅栏灵活只能说明我身手敏捷，并不能证明我昨天晚上夜不归寝。”

“你没有夜不归寝？”王珍珍斜着眼睛说，“你没有夜不归寝那你现在应该在学校里面，而不是从外面翻进来！”

“他只是出去吃早饭！”我忍不住冲着王珍珍嚷道。

“吃早饭？谁信啊！”王珍珍摆出大度的模样，“走吧，我也不跟你们争了，跟我去办公室吧！”

王珍珍一副惋惜的模样：“可怜你妈妈，天天低声下气围着郭主任、周校长打转，哎哟，哭着、求着一个劲地问‘怎么样才能让跃跃消除处分’，上赶着送礼，生怕你被劝退。”王珍珍睨视着顾跃，脸上带着可怜与嘲讽，“行吧，看在你妈跟我同事一场的分儿上，只要你们老老实实承认错误，写个保证以后不逃寝的保证书，我就不给你们记过。”

不提刘素兰可能还好，一提到刘素兰，就像是踩中了顾跃的雷区：“别什么都往我妈身上扯！我没做过的事，为什么要我认错？”顾跃眼睛发红，咬牙切齿地说。

王珍珍却像没看见一般，她惋惜地看着顾跃，嘴里感叹着：“你怎么就这么不懂事呢？白费你妈觍着脸求人了。老老实实承认错误不就好了，偏偏死鸭子嘴硬。我要是你妈，别活了，豁出去求人，真没脸见人了！”

“你闭嘴！”顾跃厉吼一声，吓得王珍珍瑟缩了一下。

然而仅仅只是瑟缩了一下，她立刻想到自己是个成年人，并且还是顾跃的老师，那副架子立马又端起来了：“怎么，难道我还错怪你了？你说你没有夜不归寝，一大早你一个住宿生怎么从校外回来？你在这里违纪翻栅栏、逃寝，也不想想你妈求人时，那副低声下气的样了！唉，说起来张媛媛也见过啊！”说罢，王珍珍还真两手交叠模仿起刘素兰当时抓着我手的样子，“求求你，老师求求你，媛媛……”

“你！”

王珍珍学着刘素兰的样子，那些刘素兰当时卑微的举动，此刻更显得低微、卑贱。

顾跃脖子上的青筋暴起，耻辱让他的脸涨红：“你别学了！”

“不是这样吗？”王珍珍讥讽地笑着，“难道是……”王珍珍佝偻着背，做出讨好的姿态，“难道是这样？刘素兰求郭主任的时候，就是这样啊。”

顾跃的眼眸里一片猩红，狭长的眼睛几乎要愤恨地裂开，他手一伸就冲着王珍珍挥过去，嘴里还吼着：“我叫你别学！”

我几乎是下意识地张开手臂快速箍住顾跃，抱着他死死往后拽，但也仅仅只是把他往后拖动了一步。

王珍珍有些惧怕，往后退了退，见我抱住了顾跃，顷刻间又趾高气扬起来，她叫嚣着：“你还想打我？你打啊！你打！我还没见过这样的学生！老师好言相劝，居然还要动手打人！”

“你胡说！”顾跃嘶吼着。

我也在咆哮着：“你这样也叫好言相劝？你这样在人家伤口上撒盐，拿人家妈妈来侮辱学生，也叫好言相劝？”

“哼，辱骂老师、夜不归寝、翻铁栅栏，一起算账，就这样无视校规校纪的学生，你还想消除处分？我告诉你，做梦！”王珍珍像是找到了弱点猛烈地攻击，一个劲地叫嚣，“到时候，我看你妈妈怎么求人、怎么送礼！啊，对了，还有你旁边这个！”

被我箍住的顾跃气得一抖一抖的，他怒不可遏了，我不知道王珍珍这样公报私仇、无理搅三分下去，顾跃会不会挣脱我，真的把拳头挥过去。

但我没想到王珍珍会提起我，我没想到她无耻地想要一竿子打翻站在顾跃周围的所有人。

“张媛媛，年级第一，六中的金字招牌！”王珍珍的眸子里噙着恶毒的光芒，那些夸奖的话，此刻渗着不怀好意，“你可以不认错，你可以找你爸来疏通关系，你可以花钱了事，但张媛媛不能！她还要毕业考，她还想考个好学校！你动手了，她也脱不了干系！搅到你这摊烂泥里来了，她肯定得落个处分！哈，到时候重点大学看档案，就不知道还会不会考虑她了！”

我猛然抬头，眼睛正好对着顾跃，顾跃眼里写满了愤怒与仇恨。我像是喝了好几瓶酒，脑袋里是蒙的。

顾跃的母亲就像他誓死捍卫的尊严，任何侮辱、蔑视他母亲的行为都会被他狠狠报复。

我的心撕扯着，一抽一抽地疼。我突然就被王珍珍的怨气波及，不知所措，却又明白顾跃的感受——说什么都可以，但绝对不能说我妈。母亲这两个字，对于一个只存在于记忆里、只保有一切温暖而如今什么也握不住的孩子而言，比什么都重，比什么都重！

我垂下眼帘，不再去看顾跃。我知道顾跃，我知道他会怎么做，他不会让任何人侮辱他的母亲，他不会对任何侮辱他母亲的人低头。如果他是一个毫不在乎他母亲的人，那些掀开我课桌、对着我咆哮，甚至挥拳相向的场景就不会发生；如果他是一个轻易低头的人，那时在办公室，他就不会发出那一声彷徨的、无助的哀号。

我太了解他了，我太明白他了，就像，就像我自己一样，我们都有着令自己绝不退让的东西。只是这一次，这一次我们的“绝不退让”再次撞到一起。他会怎么做呢？

哪家传来做菜的声音，锅里的油被火灼热，滋啦滋啦地响，一如我的心。我又的的确确在煎熬着，背上一条处分，记过，在我战战兢兢、寒窗苦读的最后几个月，在我忍耐到就快胜利的最后几个月，我能承受吗？

我为我不可揣测的前途煎熬着，又像是为了别的什么煎熬着。

就在我胡思乱想的当口，我的头顶传来一句沉闷而又不甘的声音：“对不起。”

我终于等来了宣判，我终于等来了刑期。

但我听到了什么，对不起？顾跃说对不起？

我要怀疑我的耳朵了，我听到的是真的吗？

我压制住狂跳的心，难以置信地抬起头。

顾跃僵硬的下巴直直地朝着王珍珍，颤抖着的嘴唇显示出他狂躁的怒气和满心的不甘，他喉结滑动，脖颈上暴起的青筋将他满心的屈辱毫无保留地展现出来。

他说了什么？顾跃怎么可能跟侮辱他母亲的人道歉？怎么会，怎么会？

顾跃为了我，向王珍珍道歉？

我的胸口仿佛破了一个洞，气流不断地灌入我的胸腹，我被这句话震得失去了一切感官，我唯独能感受到的，是胸腔里跳动着的难受，如同烈火煎熬，心被烹调。

不是愧疚，不是可以逃过一劫的欣喜，是难受，是无法抑制、无法掩饰的难受。他应该是爽朗的、凌厉的、张扬的，但无论如何都不该是这副低微的模样。

“对不起？你这是跟谁说对不起呢，你有什么该说对不起的，我怎么不知道？”王珍珍蹬鼻子上脸，手臂环胸睨视着顾跃。

为什么要道歉？我的手臂还紧紧地箍着顾跃，但这些却填补不了我胸腔里的洞。那烈火还在灼烧着，我的脑海里充斥着“为什么”三个字。我其实明白的，如果顾跃愤恨地向王珍珍动手，我甚至有了背上处分的心理准备，可我不明白为什么顾跃会说出这样的话，我也不明白为什么在顾跃说出“对不起”这三个字的瞬间，我痛到要窒息。

别说了，顾跃，你别说了。王珍珍的脸上刻满了小人得志的猖狂，刻满了嚣张和鄙薄。别说了，顾跃，她就是想要让你难堪，就是想要打压你……可我只能在心底无助地呐喊，我攥紧了顾跃的手臂，试图唤回他一点注意力。

顾跃低头看我，愤怒的猩红被一片黑暗的深沉狠狠压制，他看着我的眼神如同汹涌的暗河。

他想说什么？我抿着嘴，惶然地要摇头，想要阻止他即将脱口而出的话。

别说，求你别说。我睁大眼眶死死地盯着顾跃。别说。摇头的时候，液体从我眼眶里飞溅而出。

顾跃深深地凝视着我，然后决然地转头。

别……

“我不该……跟老师顶嘴，也不该……对不起。”顾跃停了很久，他一直张不开这个嘴，直到王珍珍发出轻蔑的嗤笑，又示威一般地觑了我一眼，顾跃才张了张嘴，说，“对不起，王老师。”

对不起，王老师。顾跃说的每一个字，都像是在扯着我的心，我亦步亦趋地被揪着走。看着顾跃向王珍珍垂下了那颗一直高昂着的头，脖子拉出微不可见的弧线，像是被屈辱压弯了脖颈，我的心空荡荡的，冷得发慌。

那一瞬间我像是被困在了寒冷潮湿的雪地里，万里的银白让我寒冷得发颤。这偌大的世界，寒冷得好像只有顾跃与我做伴。尽管我的双臂还抱着顾跃，尽管我们还倚靠着，尽管还被彼此温暖着，但心里一片潮湿，抵御不了一整个世界的严寒。

顾跃。我只能在心底低低地唤，如同可以驱走湿冷。

“为什么？”

在郭主任的决断下，王珍珍最终还是没能用夜不归寝的理由处理顾跃，但两个违反校规的人，被责令不打扫完办公楼的所有厕所不许进教室。

顾跃从我手里夺过水桶，摇摇晃晃地提着两桶水，一步一步上楼梯。

“为什么？”我看着他背影，猝不及防地问出了口。

顾跃顿了顿，没有停下脚步，一直走到第二层才放下那两桶水，他回过头看着我：“你说呢？”闪耀着灼灼光芒的眼睛一眨不眨地盯着我。

我逃避般挪开视线：“我怎么知道，我是在问你呢。”

“哦。”那光芒慢慢地暗淡了，他说，“我……”

我猛然抬头看他，期待他说出些什么，期待他给我一个解答。

顾跃笑了笑，说：“我先帮你把水提上去。”

他什么也没说。也许是为了不把事情闹大，毕竟刘素兰一心希望帮他消除处分，档案干净地考大学；也许是像他自己说的，不需要敌对，可以用其他方式解决矛盾……各种各样的解释在我的大脑里形成，可心却告诉我不是，一定不是这样。我到底想要什么样的答案呢，我自己也不明白。

我还在楼梯的第一节阶梯上，顾跃回头发现我一直没有跟上来，从高处探出头来："你。"

"你。"他重复了一遍。

我不太明白，傻愣愣地看着气急败坏的顾跃。

他终于怒了："你到底走不走？要我说多少遍，你……"

你什么？顾跃到底在说什么？

他见我仍旧懵懂，提着两桶水，气呼呼地走，把楼梯踩得咚咚响。

为什么？

你。

我忽然就明白了，我问为什么，而顾跃的回答是你。

一阵悸动翻涌而来，心如擂鼓般猛烈跳动着。

我？这么做的原因是我？可是，为什么呢？我抬头想要再问顾跃，他却不见了。

我骤然沉默，为什么我会有那么多为什么？

等我爬到四楼时，几个女生正靠在女厕所门口笑笑闹闹。几个老熟人了，为首的是田甜，她们每节课下课后都会站在厕所门口。

从早上知道我会来办公楼刷厕所开始，她们就不辞辛劳地从第二教学楼跑到办公楼来，只为了看我刷厕所。真是用心良苦啊，我在心底嘲讽，不声不响地准备越过她们，直接往厕所里走。

而我的沉默换来她们更欢快的笑声，围成一团的女生，装作不经意地看我几眼，然后交换什么意见，再爆发一阵笑声。

我不耐烦地白了一眼，同样的把戏还要耍多少遍？

田甜看着我，嘴角勾出一丝笑，用口形说——刷厕所的。

这些人就像苍蝇一样，越搭理越来劲。我在心底说服自己不要激动，连顾跃都可以无视王珍珍……想到顾跃，王珍珍趾高气扬的猖狂模样和顾跃压弯的脖颈又浮现在我眼前，带着翻涌的心悸和疼痛。我向左转，准备推开虚掩着的女厕所门。

“等一下！”顾跃突然冲我喊了一声，从走廊那头快速走过来，每一步都像是带着怒气。

看着顾跃这副凌厉而愤怒的样子，我立马就察觉到有什么地方不对劲。我转头看向田甜那一伙，果然，她们换下了嚣张、得意的神色，变得有些紧张。

突然顾跃伸手拽着我往边上甩，然后猛地一脚踹开虚掩的门，迅速后退。木门弹开的瞬间，一个塑料盆砸了下来，水盆里的水溅在四周，甚至溅到顾跃的小腿上。

我看着离我几步远的田甜，田甜铁青着脸，几个女生脸色也变了。很明显这盆水是她们放上去的，等的就是我推门被浇，她们再肆无忌惮地看我笑话。

我被淋一头的水，而这几个女生，却因为帮田甜出气，或者共同对付了敌人而变得更加亲密。她们若无其事，佯装只是巧合，然后发出令人恶心的笑声、讥讽、惋惜，或许还会有矫揉造作的关心。

真恶心。我看着这群女生，心里止不住地讽刺。

然而就算是把戏被拆穿的这一刻，她们却依旧气势汹汹、理直气壮。田甜指着顾跃的鼻子说：“你别多管闲事！”

这话是冲着顾跃说的。男生一般不会参与女生的争斗，因为女生们不会做得那么明显，男生也很难发现这些斗争。

顾跃挡在我前面，用脚尖把空盆子勾到自己面前，然后“腾”地一脚踹到几个女生那边去。

“啊！”

几个女生被猝不及防的攻击吓到了，尖叫着，跳着躲开。

“顾跃，你别太过分了！这事跟你没关系，你别多管闲事！”

我不否认顾跃有转移怒火的成分，早上受了王珍珍的气，现在还被几个女生指着鼻子叫嚣。

“老鼠一样窸窸窣窣地做小动作，没出息！”顾跃轻蔑地冲着田甜说，甚至没有挥开还指着他鼻子的手。

田甜并没有感受到顾跃的低气压，仍旧嚣张地说：“你有种再说一遍！你再说一遍！”

“你就是吃定了她不会告诉老师，不会还手，就三番五次搞这些小动作，那我可以告诉你——”顾跃突然伸出手指着田甜的脑袋，厉声说，“我也吃定了你不敢告诉老师，不敢还手！”

这句话里的深意，一下子把场面镇住了。顾跃是说如果田甜她们继续小动作不断，他就会出手整治她们？我脸上一阵发烫，顾跃是这个意思吗？

几个嚷嚷着说顾跃是不是男生的女生全都闭嘴了，哆哆嗦嗦地往田甜身后靠。田甜因几个人后退的动作，站到了最前面，她铁青着脸，但仍然壮着胆子说：“你想怎样？我告诉你，我可不是好惹的，我……”

“我不跟你废话。”顾跃放低声音说，听起来有点森然，我看到田甜打了一个哆嗦，然后顾跃接着说，“你要是想试试，就尽管继续针对她，我会让你知道滋味的！”

顾跃的左手还覆在我的手臂上，不松不紧地扣着。我觉得被抓住的那块地方，被不属于我的温热熨烫着。顾跃站在距我一步远的斜前方，身躯和抓着我的手臂形成一个保护的姿态。他态度冷硬、凌厉地冲着田甜，像是一只刺猬张开全身的刺，攻击不怀好意的敌人。

他在保护我，或者说他在袒护我！这个意识在我脑内形成的时候，我被这个念头震动了一下。

顾跃站在我身前，我的影子被他的覆盖，合二为一的两个影子交叠，把不设防的一面展现给对方。看着那影子，心跳瞬间如汹涌澎湃的河水荡起波澜，被放大的心跳声在耳边来来回回地响。

眼前的这一切比“顾跃是站在我这一边的”这样的念头，还要让人心颤。我眼里有一双眼睛，是沉淀着黑色的眼眸，是暗藏着汹涌河水的眼眸，是顾跃在对王珍珍说对不起时，凝视我的那双眼眸！

为什么？

大脑飞速地运转，联想起今天发生的一切，顾跃之所以会向王珍珍低头，是为了我？顾跃身为男生却向女生宣战，是在袒护我？真相好像全部摊在我的面前，我却不敢去翻阅验证，为什么呢？

脑海里是顾跃那双泛着亮光的、狭长的眼睛，那眼睛一直放大、放大。

“你在发什么呆啊？”

顾跃的脸突然在我眼前放大，他稍稍弯腰把视线拉到同一水平线，用手在我眼前挥了挥：“你傻啦？吓傻啦？”

我猛然从自己的世界惊醒，发现那些喋喋不休的女生已经离开了。顾跃突然凑到我跟前，我心里一惊，脸腾地一下红了，别扭地说：“你干吗啊！”

“看你啊！”顾跃理所当然地说，“你在想什么呢？”

顾跃的眼睛里写满了认真，猝不及防地，我把心底的疑惑问了出来：“你为什么……”要帮我出头？

然而转瞬，我又把这话咽回腹中。

顾跃一脸疑惑地凑近，狭长的眼睛似乎能看到我心中所想，他狡黠地笑着。

我憋红了脸，想到自己刚刚走神时瞎想的那些事，心虚一般把顾跃推到另一边："走走走，刷厕所去！"

"什么为什么？你还没说你发什么呆呢？你刚刚在想什么，是不是……"

我恨不得捂住顾跃口无遮拦的嘴，或者堵着还能听见顾跃声音的耳朵。我逃似的离开了，按着胸口平稳呼吸。但带着雀跃和疑惑的问题，像在平静的湖里投下一颗石子，波纹一圈圈扩大，荡到岸边，又再度弹回来，终究淹没了我的全部思想。

你为什么要帮我出头？

你为什么会为了我，向王珍珍妥协？

你为什么，对我这么好？

上好的青春，尚好的我们

第八章

PERFECT YOUTH, PERFECT US

你为什么对我这么好？

我在心里一遍一遍地问顾跃，你为什么对我这么好？我孤僻、不可一世、满身的毛病，班里没人跟我做朋友，还有人想方设法整我，我目的性极强，甚至伤害过你的妈妈，我……你为什么向我道歉？为什么有人整我你就帮我出头？为什么容许我待在你的“私人地盘”？为什么明明你的母亲是你的死穴，而你却为了我忍受王珍珍的挑衅、侮辱？为什么你会对我这么好？

这样的问题霸道地盘踞在我的脑海里，无论我怎样将它们驱逐出去，但只要我一看到、想到、听到“顾跃”这两个字，它们就会重新占领高地。

我无数次想把这句话问出来，但我不敢。

我害怕。我不明白顾跃为什么要对我这么好，我害怕我为这样的东西患得患失。

你为什么要对我这么好？

我更害怕，顾跃给我的，不是我心里想的那个答案。

我度过了漫长的煎熬时间，是种怎样的煎熬？你想看见一个人、想和他待在一起，却又害怕与他单独相处，你唯恐有些话会脱口而出，并在下一瞬间看到对方露出嫌恶、犹豫的神情，又或者在不经意间看到对方任何一个撇清关系的举动。那一切都会像是一支箭，嗖嗖地插进你的胸口，豁开一个口子，心在滴血，泪却不能流。

你什么都不能做，你只能躲。

然而躲也不能躲。晚上题海奋战到八点多，忽然爸的老人手机响了，号码是顾跃的。说来好笑，我有整班同学的联系方式，这却是第一次接到同学的电话。我看着闪烁的手机屏幕，犹豫着要不要接。

“媛媛，接电话啊！”爸斜靠在床边，眯着眼看无声的电视。

我回头看了他一眼，他什么都没有发现，我却心如擂鼓。我含糊地应了一句，像小偷似的，拿起了手机。

手心发烫。顾跃这个时候打电话过来干什么？我按下接听键，发蒙似的说：“喂？”

“张媛媛吗？”

不是顾跃，我的心落回了肚子里，多了几分怅然：“是我，怎么了，岳辉？”

“你能弄点退烧药、感冒药来宿舍铁栅栏这边吗？顾跃发烧了，那个宿管非说我们装病想出去打游戏，我家里没人，弄不来药……”

我一听就急了，早上王珍珍把顾跃的校服没收了，虽然中午顾跃找了另一件穿上，可毕竟才三月份，一上午顾跃都是穿着一件针织衫在刷厕所，怎么会不生病？我对着手机说：“你给他量体温了吗？我这就给你送药，你要是觉得他体温太高，就先给他物理降温！”

“怎么了？”爸问。

我挂了电话，去翻家里的药箱：“家里还有退烧药之类的吗？上次跟我打架的那个男生发烧了，宿管不让出去看病。”

“有，我来找吧，你去拿保温桶装点粥送去给他吧，我打算给你当早饭的。”爸把我赶到一边就开始翻药箱，直接无视了我诧异的眼神，“他家里没人管吗？”爸像是想到了什么，突然问了一句。

我却慌了手脚，借着出去盛粥就往外走：“我，我也不知道。家里人忙吧，他也是离异家庭的，都找到我这儿来了，我是班长也不好不管吧。”

班长，这个平日里被我嫌弃的官职，今天突然发挥了莫大的作用，我是班长，我总不能放着同学出事不管吧？爸被我这个名头糊弄住了，把东西都准备齐全，又帮我把自行车推出来。爸都忘了，这种事不是找班主任吗，要班长干什么。我在心底窃笑爸搞不清状况，忽然又想，我跟顾跃也算是朋友，发生这样的事，不住校的人才能弄到药，我有什么好心虚的呢？是因为找我比较方便，才叫我的吧？这样一想，我又泄气了。

校门早关了，传达室太冷并没有人守夜，所以“我是班长我来送药”这个理由没办法让我理直气壮地进到校门里去。我只好照岳辉说的，绕到宿舍区的铁栅栏那边再给他们打电话。

铁栅栏这边是一条通往地势较高处的长坡，长坡两侧种着香樟，我站在灯下，看香樟树在灯光里影影绰绰，心里几分惶然，几分惆怅。拨了好几次号码，但开口都是用户正忙，我越来越焦急，不知道铁栅栏那边又发生了什么。等了十几分钟，我都要忍不住开口冲宿舍区的巷子喊了，依旧没人过来也没人接电话。

一个光源从黑漆漆的宿舍区巷子里照了出来，我几乎要喊出声来，但随即便发现过来的是个女生。也许是岳辉叫她过来拿药呢？我心里这样想着，开口叫住了那个女生：“同学。”

女生拿手机的闪光灯照了我一下：“张媛媛，你怎么在这儿？”

听声音，居然是邓一。我心里一喜，有熟人也好过是陌生人：“你是来拿药的吗？顾跃怎么样了？”

邓一走到我在的铁栅栏下方，抬头看我：“药？怎么，顾跃真的生病了？岳辉在宿管房里闹，我还以为他们又装病骗宿管呢。”

又？我在心里暗骂，顾跃，你到底做了多少不靠谱的事。邓一虽然不是出来拿药的，可她在栅栏里面，请她帮忙送过去应该不是难事吧？我犹豫了片刻说：“他们打电话叫我送点药过来，我现在进不去，你能不能帮我送过去啊？”我蹲着往下看邓一。

邓一因为地势的关系只能仰着头看我，她脸上的表情因为手电筒的光而展露无疑。邓一笑了，跟田甜或者王珍珍的笑不同，她笑得恬然，让人感觉就是一个温婉的人。她说：“好啊，你把药扔下来，我帮你送过去。”

“还有一保温桶粥，你也顺便帮我拿过去吧，拜托了。”我急切地跟邓一说。

邓一又笑了，带着狡黠，她问：“媛媛，你怎么对顾跃这么好，送药又送粥？”

“我不是班长吗？他们打电话过来，我也不好不帮忙吧。”我把话说得飞快，“你要是生病了，我也会给你送的。”

“明白了，大班长，关爱同学嘛！”邓一边说边眨眼，语气立马就变成了打趣。

我把装着几盒药的塑料袋扔给邓一，她伸手抓住，等到我想把那一桶粥也往下放时，她阻止了我。

“这个不行，我不够高。”邓一挥着手示意我停下，“你和我的高度差太大了，几盒药扔下来没关系，保温桶我怕我接不住。你等会儿，我去搬张凳子或者叫他们男生过来。”

我看了看黑乎乎的下方，确实有点高，于是同意了。就在邓一转身离开的时候，我的脑海里突然浮现出一句话：“你不能敌视你周围的所有人，明白吗？人，总要有朋友。”说这句话的人当时的表情十分认真。我看着邓一快要消失的背影，突然喊了一声：“邓一！”声音大得连自己都被吓到。

邓一停下来，回头看我，我看不见她的脸，但想也知道上面写满了疑惑。我吞咽了一口口水，声音迟疑甚至颤抖地开口说：“邓一，谢谢你！”

邓一站在黑黑的巷口朝我挥手：“不用谢，小事儿！我先去送药了。”

我平复着狂跳的心，蹲坐在地上，好像也不是那么难。说一句谢谢，说一句拜托，挥个手，笑着点头，这些好像都不是那么难。把自己封闭在一个自我保护的圈子里，没人伤害，也没人慰藉。阻隔我与别人友好交往的，不是来自外界的恶意，而是源自内心的恐惧。

这次没等多久，巷子里就传来了脚步声，我连忙站起来，往那头看，也让那头的人看到我。不是邓一。大概对方真的叫了个男生来吧，但看身高也不是岳辉。等到那人走到有光的地方，我才发现，是顾跃。

“你怎么过来了？不是说发烧吗？岳辉呢？怎么没让他来拿？”

我问了一连串问题，顾跃都没有回答我，只是示意我站开。他挥了挥手，又叫我后退。我还没弄明白，他几步助跑踩上了什么地方，爬上了我所在的长坡。

“你干吗啊？”我不明白，刚刚还在长坡侧下方的顾跃，几秒的工夫就爬上了长坡，他不是病了吗？

顾跃踩着长坡的边缘，手抓着铁栅栏保持平衡，往高处走了走，寻了一个铁杆与铁杆之间空隙相对较大的地方，侧着身子挤了过来。

我往后退了退，但顾跃的冲劲似乎还未减缓，几乎撞到我跟前。一个嘶哑的声音在我上方响起："我的粥呢？邓一说你给我煲了粥。"

不知道为什么，我觉得这声音透着高兴。

什么你的粥。我腹诽着，脸上莫名灼热："你爬上来干吗？不是说发烧了吗？万一刚刚……"

"你听岳辉瞎说！"顾跃拽着我手里的保温桶，想要找一个可以坐的地方。

我猝不及防被他拉出了黑暗，手还抓着保温桶的提手没松开，就被带到了灯光下。我看着路灯下那两个连在一起的影子，莫名地心如擂鼓。我也不知道为什么就不想松手，由着顾跃抓着保温桶。两个被拉长的黑影被橘黄的路灯染上了黄晕，就像我暖得一塌糊涂的心。

"坐下！"顾跃把我带到长坡的马路边，按着我，让我坐在了路边，自己却转身跳进不足小腿深的沟渠，坐在了我对面。

"你吃了药吗？"我故作镇定地问。

"带的什么粥？你还会煲粥？"顾跃并不搭理我，好奇地把保温桶放在腿上，打开了桶盖，皮蛋瘦肉粥的香味立马溢出来，"闻起来还不错。"

"别想太多，我爸煲的粥，不是我。还有，这可是我的早饭！"看着喝粥的顾跃，我有点火大，"岳辉火急火燎地打电话，你到底怎么样了，说句话啊！"

顾跃边吃边看我，身高的差距，让两个人即使坐着视线也不在同一水平线："我没事儿，你别听岳辉那小子瞎说，他那咋咋呼呼的个性，什么事儿都会被他说成大事儿。我没事儿，真的，不信你摸摸看！"说罢，顾跃还真的抓着我的手，往他的额头上放。

可我站在外头太久了，手已经冰凉，摸上去只觉得一片火热。触及他额头上一片火热时，那火像是烧到我的心里。我猛地缩回手，心如擂鼓，那火热好像还在指尖。我把手背在身后，紧紧地攥成拳头。我不知为何顾跃会做出如此亲密的举动，可我就是慌张了。

“你怎么了？”

我生怕这慌张已经被顾跃看穿，慌忙说：“你有没有发烧不是我说了算，也不是你说了算，喝了粥就去前面的小诊所看看。还有你是装了多少次生病，才让宿管这么不相信你说的话？”

顾跃拿起勺子准备接着喝粥，听到我这么说，立马抬头看着我：“我不去，我都跟你说了我没有发烧，就是下午有点发热而已！你干吗相信岳辉不相信我呢？有没有事，我自己还不知道？”

路灯光落在顾跃的眼睛里，变成了点点星光，我看着那光斑，看着顾跃被灯光照映的脸，我把头别开，然后说：“随便你！”

一言不和带来的是长久的冷场和沉默，顾跃只顾着喝粥，而我惶惶不安，眼珠滴溜溜地往四周打探，就是不敢看顾跃。有什么可怕的呢？我也不知道。这夜，我像是待了太久，这条两旁长着香樟树的长坡，像是一个与世隔绝的世界，世界之外的那些汽笛声，人们的话语声，一切尘世喧嚣都像是远离这个世界之外。这夜太美了，美得我忍不住想要说出心中的话。

可我能说什么呢？问顾跃那个问题？要不要说呢？我的心像是被这个夜晚蛊惑了，一切理智全都离我而去，只剩下蠢蠢欲动的情愫。说出来吧，说呀，你说呀，心在不断地怂恿着我。可就在我即将脱口而出的那个瞬间，顾跃轻轻松松地放下了汤勺。于是，一切蠢蠢欲动，又重归沉寂。

顾跃看着我，欲言又止。

我故作大方地说：“不用谢谢我，一共20块，谢谢惠顾！”

顾跃看着我笑，拿勺子敲打保温桶，一副吃饱喝足十分满足的样子：“就凭咱们俩的关系、咱们俩的交情，还需要我给钱？”

我们俩什么关系？我们俩什么交情？我在心底来来回回地问顾跃。可他就像一个马大哈，说出来的话，转瞬就忘了。说完那句话后，他像是新奇地发现路边长了一棵草，脸几乎是凑到了马路牙子上，精神奕奕地研究那棵草。

我没有回答他的话，顾跃也忘了要我回答，又是良久的沉默，相对无言。汽车的鸣笛声划破夜空的凝重，我梦中惊醒般看向长坡之下的大马路，又回头看了看顾跃，他也正眼睛一眨不眨地盯着我。

“我该回家了。”我站起来，错开与顾跃对视的目光。

“哦，也对，挺晚的了。”顾跃仰着脸看着我，橘黄色的灯晕染了他的侧面，他脸上似乎带着恼怒，“你的车呢？我陪你去拿车。”

自行车就在几米远的地方，长坡虽然不陡，但我没打算骑着下去。顾跃走在自行车的另一边，亦步亦趋走下了长坡，很快就到了大马路。

“你回去吧，小心点，记得吃药。”我抓着车把手，看着前边的路，说完也不等顾跃回话，就迈着步子离开。

“张媛媛！”

“什么？”几乎是听到他声音的一瞬间我就回过了头。

“你不是问我为什么要自己出来拿东西，不让岳辉来拿吗？”顾跃从口袋里掏出一个小盒子，送到我面前，“送给你的，生日快乐！”

今天不是我生日！但我随即想起，每次填资料我写的都是农历3月2日，今天恰巧是3月2日。顾跃他误以为今天是我生日？手忽然被人拽了起来，掌心朝上，小盒子就被塞进了我的手里。我本能地抓紧它，再抬头看，顾跃已经跑开了。

我一路跌跌撞撞回家，哪家的电视声音好大，相亲节目的主持人在女嘉宾爆灯后一直咋咋呼呼。我站在门外听到那“砰”的一声响，我想那节目效果里的爆灯，放在心里应该叫——心花怒放。

不可言喻的喜悦快速占据了满心满怀，大脑发出警报声抗议，但最终淹没在满心盛开的花里。

生日快乐！

“对啊，这道题你分析得很对，但你还是做错了。”我非常坦诚地认同邓一说的话，又接着说，“我不想打击你，但你忘记了一句话。”

邓一傻乎乎地看着我：“什么？”

“奇变偶不变，符号看象限。”我说完这句话后，就静默地看着对方如遭雷劈般呆住。

果然，对方猛地拍了一下脑袋顿悟：“对啊！我怎么忘了这个呢！这题是挖了一个坑让人跳嘛！”邓一神神道道地拎着卷子，把心里设想的解题步骤念叨出来，理也没理我就往自己的座位走。

我又开始做自己手边的事，这样的场景在某次邓一向我问问题之后，便频频发生，我也从一开始的诧异变成了平静，人果然是群居动物。

擦完黑板的人把黑板刷往讲台上一丢，我下意识地抬头看，就见顾跃双臂环胸玩味地看着我，然后说：“不错嘛，学霸开始教人做题了。”

我冲着他挑眉：“少个朋友少堵墙，跟你学的！”

顾跃扑哧一笑，然后摇着头走了。

一个小插曲，维持了一上午的好心情。第三节课快要下课的时候，代理班主任从前门探头，打断了讲台上老师的讲课，把顾跃叫了出去。我距离门口两米不到，我看到班主任表情严肃，我看着顾跃一脸懵懂地走了出去。

出了什么事？

讲台上的老师拍了两下手，唤回注意力被扰乱的同学。我跟着老师的举动看向黑板，眼睛不自觉地乱瞟，偷偷地，往顾跃和班主任站着的走廊位置看，就像看无声电影：班主任拍着顾跃的肩膀说了些什么，顾跃的瞳孔剧烈收缩，然后毫无焦距地放空，他摇头，猛烈地摇头，难以置信填满了他的眼睛，如同薄薄的冰面，轻轻一敲，就粉碎。班主任抬手抓住顾跃的胳膊，试图安抚他的情绪。顾跃情绪激动地冲着班主任大吼，他甩开班主任的手，快速奔跑。我随着他的步伐回头，他快速经过玻璃窗，消失在走廊尽头。出了什么事，我在心底疑惑，他为什么会有那样的表情，那样如同崩溃的表情？

下课铃响了，我的耳朵里充满了各种各样的声音。

“媛媛，一起去厕所吧？”这是邓一。

“英语老师有事，下节课上数学。”这是再度站在门口的班主任。

“又是数学啊——”这是不情愿的同学们。

“好。”这是心悸不断放大，却不知是为何的我。

“英语老师出了车祸，我会让班长从班费里拿出一部分钱去买些东西，让几个班干部明天中午跟我一起探望一下英语老师……”

邓一很磨蹭，进教室的时候，班主任已经站在讲台上了。班主任看见站在门口的我，立马说：“媛媛，班费还有多少？要是不够再从我这里拿两百元，你叫上几个班干部，明天跟我一起去医院看一下英语老师。媛媛？”

英语老师出了车祸？

“扑通，扑通。”心里的恐慌随着血液的传送流向躯体，脑袋将听到的话与顾跃崩溃的表情联系到一起，但一个声音还像是安抚般对自己说——大概只是被电动车撞了吧，能有多大的事呢？我看着讲台上的班主任，却忘记要回答他的话。邓一用胳膊撞了我一下，我才反应过来，点头跟班主任说好。

能有多大的事呢？直到我们提着水果、牛奶、营养品，在住院部的走廊里看到往顾跃兜里塞钱的郭主任时，我才明白，顾跃的头顶，塌了半边天。顾跃推拒着不肯接那些钱，最后是看见班主任带着我们过来了，才被郭主任强行塞进了兜里。顾跃慌忙地抬起头，看到几个同学的一刹那，表情尴尬极了。

我们尴尬地打招呼，顾跃带着我们进病房。不同于我脑海里构想的刘素兰没什么大事的场景，她躺在床上陷入沉睡中，脸上带着氧气罩，手上插着输液管，毫无生气，只有时不时嘀嘀响的医疗仪器能证明，她还活着。一个老妪坐在刘素兰的床头，黯然抹泪。情况不容乐观，整个探望过程都插不上话的我，隐隐约约理解了郭主任塞钱的用意、班主任嘴里的惋惜以及老妪脸上的焦急。

一个男人急匆匆地来到门口，准备叫顾跃出去。刘素兰还没有醒，我们也不方便在病房里久留，班主任带着我们告退，临走前班主任还往顾跃兜里塞了几百块钱。已经被撞破了太多的难堪，顾跃不再尴尬地推拒，他神色木然地向班主任道谢，班主任拍着他的肩膀叹息。

走出住院部，心里全是顾跃与我对视时那毫无波澜的、漆黑的双眼。刚刚探望的时候，我没跟顾跃说上话，可我总觉得我该说点什么。于是在老师与我们分开后，我找了个借口离开了要回学校的队伍，原路返回。我脑子一冲又走回来了，我知道我什么忙也帮不上，什么话也安慰不了他，但我就是想再来看看那个一夜长大的少年。

“舅舅能借到的钱也就是这些了，可你妈躺在这儿，一天就要花几千，跃跃，要不，你开口跟你爸借一点吧？十几年夫妻，你爸也不会……”走廊尽头站着一个两鬓发白的男人，他说着说着又像是开不了口似的，捂着脸蹲了下去。

我站在离顾跃几米远的地方，无意中闯入了他的难堪。

顾跃背对着我，阴冷的医院走廊让我觉得那个直立着的背影有些苍凉，顾跃用难以置信地口气说："怎么就没有钱了？他们离婚的时候，我妈不是拿了几十万？"

我听得一愣，那个蹲着的自称是顾跃舅舅的男人，抹了一把脸，满脸悲苦："哪里还有几十万？你爸妈离婚前夕，你外公被人骗了钱，大半辈子的积蓄折了进去，连带着还坑了好几个亲戚，你外公一口气没缓过来就去了，可是债却欠下了。我把房子卖了还债却还是不够，你妈打算找你爸商量，结果你爸正好提离婚，你妈不就……拿钱去补这个洞了吗？前些年你妈的日子过得……"

过得很艰难吧？自称舅舅的人，或许只有三十来岁，却已经鬓角发白。

"为什么这些从来都没人跟我说？"顾跃声音颤抖地说，他想掏口袋拿什么东西，手却颤抖着，总没找到拉链的位置，"为什么没人告诉我？"

"你一个孩子告诉你干什么？"舅舅发出一声苦笑，"可现在没法当你是孩子了。跃跃，你妈妈失去父亲的同时也没有了丈夫，她现在只能靠你撑着了。跃跃，舅舅会想办法借钱，这些年债还没还清，人家肯不肯让我进门都是未知数。"舅舅捂着脸，不敢看顾跃，"如果不是这样的情况，我都不会跟你提这些……舅舅对不起你。"

"好了，你别说了。我知道了，你先进去吧。我会打电话给我爸的。"舅舅还想说什么，却被顾跃强行打断，他快速地安排着一切，像是十分可靠的样子，"外婆一个人只怕照看不来，你先进去吧。"

顾跃的舅舅往病房走的时候，我下意识躲进了楼梯间。顾跃一直对他母亲有怨恨，怨她要钱不要抚养权，因此一直不肯开口叫"妈妈"。就算是上次偶然打破了母子之间的界限，却仍旧有隔阂。那种带着试探、怨恨却又无法让自己完全背离温暖的矛盾，顾跃自己也许感觉不到，我却看得清楚，顾跃怨恨着那个抛弃他却又能温暖他的人，他的母亲。

然而如今真相就这样赤裸裸地摊在他的面前，抛弃他的原因是为了他好，抛弃他的原因是为了不让他的人生从一开始就背上负担……不管顾跃愿不愿意，恨不恨，在他衣食无忧、潇洒自在的时候，刘素兰在挣钱还债。他恨了那么多年，突然有人告诉他“你恨的那个人，其实最爱你”。

顾跃颓然地靠在墙壁上，他低头看着自己的口袋，从口袋里掏出手机。我看着他深深地吸了一口气，然后解锁，拨出号码，等待接通，然后他深深吐了一口气：“爸……”

6岁进入学校这个象牙塔，到现在，我们18岁，三角函数和现在完成时没教我们怎样处理各种突如其来的意外，甚至不能控制面对压力时那莫大委屈带来的声音的颤抖。

我想顾跃也已经蒙了，这个叛逆、浑身长着刺的少年，褪下防备、卸下尖锐，以一种尚不强大的姿态去靠近他的父亲，想要获得一些庇护。

“阿姨？这不是我爸的手机吗？你让我爸接电话！”顾跃对着手机诧异地说，“出差怎么可能忘记拿手机？你把那个手机的号码给我一下！干什么？我找他有事！”

但，不巧的是，这些庇护也许会将你拒之门外。

我听着顾跃声音颤抖，听着顾跃声音激动，听着顾跃愤怒大吼，反驳地说：“我才不是找借口要钱！我妈，我妈出事了！你把我爸那个号码给我，我自己跟他说。什么叫做你也不记得！你是不是不想让我联系上我爸，你是不是不想让我爸拿钱给我？喂！”

“喂，喂！居然挂了？”顾跃还拿着手机大声咒骂，立刻引来了临近病房的抗议，他干巴巴说了声抱歉，再转身正好与我对视：“你怎么还在这儿？”

我的眼睛很酸，我强忍着不流下莫名其妙的泪。刚才有一刹那我想把手伸向顾跃，他背对着我的样子看起来像是被世界遗弃；他靠着墙壁无助的样子，让我的心无比疼痛；他拿着电话质问、暴躁的样子，让我想抚平他的惊慌，告诉他，无论你面临着什么，我都陪你。

我都陪你？这四个字在我脑海里闪过的时候，我顷刻之间就明白了自己的心，为什么我一直执着地想去问顾跃“干吗要对我好”，为什么怕听到的不是自己想听的答案？为什么看到这个人崩溃、无助，我会难受？为什么听到刘素兰被车撞我会觉得心里不安、心悸？因为我……

“你还好吧？”他怎么会好呢，我明明什么都看见了啊，可我却只能对他说这些无关痛痒的话。

“没什么大事，你回学校去吧，不是下午还有课吗？”顾跃低头看着手机，手指不停地点着触摸屏，不愿给我一个眼神。

“那……”

我能帮你什么吗？我想这样问，可顾跃那么骄傲，一定容不得旁人施舍，我张了张嘴，最后归于沉默。

顾跃抬头看了我一眼，径直走到窗户边继续打电话。可是刚刚还能打通的电话，现在再怎么拨都成了“用户忙”，顾跃也变得越来越烦躁。

“要不，你拿我爸的手机打吧？”昨天顾跃突然离开学校，我回家就向爸借了手机，想着也许有人会打过来呢。

顾跃迟疑了片刻，最终还是接了过去，接通后他才说了一句，电话那头就把怨气喋喋不休地传送过来。

“你怎么回事？都说了你爸忘记拿手机了，你有什么急要钱的地方？别当我不知道，你爸出差之前又给你汇了两千块，有两千还不够，还想要骗钱？顾跃你要骗钱也别把谎说得那么大，有两千就知足吧！”

声音从扬声器里飘出来的时候，我这一刻恨不得自己立刻消失。我忘了，爸的老人手机在接听电话时就像是装了十个扬声器。这样赤裸裸的羞辱，在安静的医院走廊更像是被扩大了无数倍。我羞愧、尴尬、别扭、难受，可这滋味怎么抵得上顾跃此刻心里屈辱的万分之一？

“别再换号码打过来了，你拿你妈做幌子也不怕折你妈的寿……”

怎么可能会有孩子拿自己的妈妈来撒谎。我愕然，如果不是山穷水尽，如果不是穷途末路，怎么会向一个自己深恶痛绝的人打电话？

女人尖厉的声音被掐断，顾跃挂断了电话，一脸铁青地把手机塞给我，然后越过我往外走。

我突然反应过来，下意识地转头去看顾跃：“顾跃，对不起，我忘了。对不起！对不起！我忘了我爸的手机……”

顾跃快步冲进楼梯间，三步并作两步往楼上爬。

我不知道他这是去哪儿，我傻傻地举着手机跟在他后边跑：“顾跃，对不起，我不是有意的。”

“够了！”顾跃停下来，转过身居高临下地看着我，“别跟过来！你看的笑话还不够多吗？”

“我不是……”我不是看你笑话，我是想要帮你。

“不是看笑话是什么？同情我？可怜我？跑过来塞几百块钱给我，拍着我的肩膀告诉我要坚强？别扯淡了！”顾跃目光发狠，眼睛一眨不眨地瞪着我，“我不需要你们这些廉价的同情和自以为是的慰问！”

“我不是，我知道你，我明白的。”我像是窒息的鱼一样，吐着泡泡却无法呼吸，我想说出的话，我想说出我内心的真实想法，可因为顾跃那闪着冷光的眼睛，我吐不出一个字来。

“你明白我？你知道我？你能知道我在想什么？对于我而言，你就是一个站在岸上的人，你告诉我你感同身受，你告诉我你什么都懂，可我告诉你，你什么都不懂！”

心剧烈地跳动着，一种莫名的疼痛随着血液的运输传递到五脏六腑、传递到四肢。

我心里喊着顾跃的名字，我想告诉他，不是这样的，不是的。

可顾跃越发激动了：“别跟我掰扯什么不是这样的，你是来帮我的那些废话！你妈没躺在病床上，护士没对你说再不交费就停药，你没亲身经历这些，知道什么啊！”水光溢满了顾跃的眼眶，他别开脸说，“张媛媛，我告诉你，别拿你那些自以为是的‘懂你’来安慰我！也别用这种眼神看我！”

他声音突然拔高，我被这蹿高的声音吓得一惊，我忘记了辩解，忘记了呼吸。我睁大眼睛看着他，我想告诉他不是这样的，我没有同情他，我是因为，是因为……

“我不需要你的同情，别拿这种可怜我的眼神看着我！你给我走！走！”顾跃扯着嗓子把情绪嘶吼出来，眼里一片狠绝。

我望而却步，寒意渗进了骨子里。

这一层的家属凑到楼梯间看热闹，有人嘴里咒骂着抱怨我们太吵闹。

顾跃说完这些，就转身跑到上面一层，消失不见了，只剩下我还陷在旁人的议论声里。

我听着那些七嘴八舌的议论声，然后用只有自己听得到的声音说：“不是同情，是喜欢你。”

有一种拙劣的暗恋，叫每一个对视都像是告白。那些深藏在眼眸里的情绪，只有在伪装成不期而遇的对视里才能向你展露，可你明不明白呢？

眼睛是直插心灵的武器，我看见的，只有你眼里的一片狠绝。可我还是克制不住，管不住眼睛朝你看，管不住腿尾随着你走。

尾随着顾跃到了某一处店铺，看着顾跃往店铺里走，我停下脚步躲了起来。我不知道顾跃进去是干吗，但我知道他不会想看见我。

等了很久都不见顾跃出来，我按捺不住，悄悄地靠近那家服装店。敞开的店门里一个尖锐的、几乎可以说是刻薄的声音传了出来。

“别跟我说你妈生病了要住院，小孩子家家，怎么敢说这种谎？再说了，你爸妈都离婚了，你妈生病，你妈被车撞了，跟我们家老顾有什么关系？”

“我不是找你要钱，你把我爸新办的那个电话号码给我，我自己跟他说。”顾跃的声音在女人铺天盖地的嘲讽、骂骂咧咧中显得苍白无力。

“哼，平常老顾上赶着打电话找你，你都不乐意，现在缺钱了，连电话号码都没有，你也好意思说你姓顾！”

我忍不住多走两步，从玻璃门外看着女人双臂环胸，站在比顾跃高几阶的楼梯上，趾高气扬。

“我告诉你，顾跃，老顾耳根子软，你要多少钱他就给你多少钱。在我这儿，没这个道理，你爸出差之前给了你两千，一个普通学生一个礼拜能用光两千？别跟我扯那些大话！要钱，我这儿没有！不会给！”

“我没找你，我找我爸！我妈被车撞了，现在需要钱救命，你把我爸的号码给我吧，阿姨！我不是找你要钱！”顾跃弓着背，空气中某种无形的重压压在了这个少年的背上，他看起来就快要喘不过气，“我不可能拿我妈来撒谎，你把我爸的号码给我吧，我真的有急事，拜托你了，阿姨。”

少年的语气里透着从未有过的屈服与哀求。

女人僵着脸，似乎没见过顾跃用这种态度跟她说话，她脸上闪过不自然，别过脸，声音低下来，说：“那个号码打不通。”

“阿姨，我不是在跟你开玩笑，我是……”顾跃以为自己软下来，女人就会配合他，就算是讥讽他、给他脸色看，但最后还是会把电话号码给他，却没料到她会死咬着不放。

“那个号码也打不通！”女人火了，像是因为顾跃的怀疑而恼羞成怒。她从身边的提包里掏出一沓钱，往顾跃站的地方一甩：“都跟你说了打不通，不信就算了！不就是要钱吗？喏，这里有两千块，你爸回来之前我绝对不会再给你钱了！你也别再想编造什么谎话来骗钱了！”

顾跃站在服装店的空地上，红票子打在他的胸前然后散落四周。

顾跃紧紧抓着手指握成拳，他轻微地动了动，看起来随时会爆发，我立马冲进去拉住他。

但顾跃并不是要打人，他动了动胳膊想要挣脱我拽着他的手。我这时才看到他的脸，他面无表情，脸上像是结了一层霜。

顾跃看了我一眼，然后左手抬起来拂开我拽着他的手。他在我眼前蹲了下去，在那个女人的眼前蹲了下去。

傲气并不是你用俯视的姿态去看比你渺小的人，但看着顾跃在我眼前蹲下，让我看到一个鲜活、傲气的人生生被折弯了。我伸出手想要捂住嘴，却发现手在抖。这个骄傲、张扬的人，低过多少次头？

他蹲着，弯曲着背，一张一张地把地上的粉红钞票捡起来。

看到这样的顾跃，我心如刀割，在你的心里，总会有一个人，你舍不得他难堪、见不得他难过，甚至是让别人居高临下地看着他，你都会痛彻心扉。

可是我能做什么呢？把顾跃拽起来，叫他不要捡？我什么都做不了，我唯一能做的就是，陪着他一起掉落尘埃。

两千块，20张纸，散落一地的时候看起来很多，攥在手里却忍不住觉得心虚，太薄了，薄薄的一沓。

我把顾跃拽起来，把捡到的几张钞票整整齐齐放到顾跃手里，然后我看着他。

很多电视剧的情节是，当主角被人甩钱的时候，他会接过来，朝那人的脸扔回去。

但事实是，我们扔不起。

我拽着两眼写满茫然的顾跃，头也不回地离开。

越是想要抓住的东西，越是抓不住。

我的手空了，我还因为惯性向前冲，意识到手空了的时候，我保持着前进的姿态僵住了。

“她在撒谎。”

我慌张地向后看：“谁撒谎？”

顾跃的脆弱撞进了我眼里，他抓着那沓还没放好的钞票，跌跌撞撞地走到路边，坐了下来：“她不想让我联系上我爸，或者，我爸不想让我联系上……”

怎么会，也许只是到了某个深山里，没有信号打不了电话呢？

“你亲耳听到的，他说阿姨怀孕了，叫我不要回去。他叫我不要回去，我可以不回去，我可以不回他的家，但他怎么可以让那个女人拿这种借口来敷衍我？”泪水从他的眼角溢了出来，“又不是白拿他的钱，躺在医院的那个人是我妈，是他儿子的妈啊，他怎么可以……”

无论说过多少次不对他抱有期望，嘴上怎样逞强说你们离婚的时候我就已经是没有家的孩子，但总还是在心底藏着一丝希冀。我用拙劣的方式来吸引你的注意，你看得到吗，爸爸？

“没你想得那么糟吧？”我清楚地记得，顾跃的爸爸送东西来学校时，顾跃忸怩的样子；我清楚地记得，顾跃的爸爸打电话来时，顾跃那享受着关爱却又抱怨的样子，“你爸，不会躲着不见你的。”

递过来的手机屏幕上，一张12306网站的截屏在阳光下闪烁，返程票抵达这座城市的时间是前天下午两点，火车票上的名字是——顾长行。

“你怎么会有这个？”

“票是我爸的秘书帮他从网上买的，我那天去我爸公司，凑巧看到了秘书的购票记录。”

一个前天下午已经抵达这座城市的人，手机怎么会打不通；一个前天下午抵达这座城市的人，那个女人怎么会说没看见？答案呼之欲出，却让人瞠目结舌近乎心寒，顾跃的爸爸在躲顾跃。

越是想要抓住的东西，越是抓不住。那么，已经失去的东西，要怎样假装一直拥有？

顾跃抓着手机的手，还直直地停留在半空中。

为什么没有人握住你的手，告诉你，你不是孤单一个人走？

“无所谓了，我一早就知道会是这样。他们离婚的时候，就跟我没关系了……”顾跃这样说着，收回抓着手机的手，就想往脸上抹。

我倏尔抓住了他的手腕，往前跨了一步走到他面前。

顾跃此时已经不再昂着头了，我看着他的头顶，然后说："没事，我都陪你。"

大概僵了一分钟或者更久，顾跃把头抵在我肩上："舅舅盼着我能带医药费回去，他身上背着债已经借不到更多的钱了。可我怎么回去啊？拿着这两千块？两千连一天都撑不了！我，我……"

我从来没有像今天这样痛恨自己的无能为力，尽管在人类的社会里，我还只是个没长成的小兽。可是生活啊，那些突如其来的意外啊，才不会管你是不是一个有能力抵抗突发事件的人，它只会突然地把你拖入绝境，让你在60亿人的世界里，体会孤身一人的感觉。

上好的青春，尚好的我们

第九章

PERFECT YOUTH, PERFECT US

天气预报说今天有雪，密云层层堆积着，像是不堪重负，下一刻就会垮塌。萧索的街道因为寒冷而寂静无声，行色匆匆的路人对顾跃和我投来冷漠的目光，只是一瞬又看向别处。我们看过各种热心帮助的新闻，但轮到自己陷入绝境的时候，却只得到一个漠视或怀疑的眼神。

顾跃在我的前方，长腿迈着大步，他好像无坚不摧，全然没了刚刚脆弱的神色。拐个弯，我们俩一前一后地踏入医院大门。我刚才对顾跃说，也许可以挪用我姑姑寄放在我家的红包礼金，可他斩钉截铁地拒绝了。顾跃的手插在口袋里，我知道那紧紧攥在手里的，只有两千块，连一天的药费都不够。

“跃跃，怎么样？”看到顾跃，舅舅猛地站了起来，因起身太猛还踉跄了一下，“你爸怎么说？”

顾跃微不可见地摇了摇头，手掏了掏，又顿了一下，才把口袋里的那两千块掏了出来。

他缓缓地把钱递到舅舅面前，舅舅满是希冀的眼神慢慢地沉寂了下去。舅舅深深地叹了口气，头低了低，两鬓的白发似乎更多了，他接过来，无奈地说：“能交一点是一点吧。”

顾跃的舅舅冲我点了点头。

我随着顾跃往病房里走。八十几岁的老外婆坐在床边，不停地抹泪，一只满是褶皱和斑点的手按着刘素兰正在输液的胳膊。而刘素兰闭着眼痛苦地抽搐着，嘴里说着胡话。顾跃的无坚不摧，就这样变作笑话。

“顾跃，顾跃，回血了，快去叫护士！”输液的瓶子空了，我眼见那透明的输液管被血染红，慌张地猛拍身边的顾跃。

顾跃大张着眼睛，几乎要把眼眶睁裂，他转身就往门外跑，抓着门才刹住冲劲：“护士！护士！换药！我妈回血了！护士！”

“喊什么，喊什么！这是医院不许吵，有事不知道按铃啊！”远远的走廊那头传来一个声音。

顾跃甚至忘记可以按铃，可我也忘记了，看着血液随着输液管上升，我立马把输液的控制器调到最小。

顾跃僵着脸站在门口，不知道是该继续喊还是走进来按铃。

我把铃按了。

传呼机里传来声音：“还按什么按？我都知道了，就来了就来了，催什么催！几号床？”

不是说知道了？我看着床头，忍着不耐烦把床号报了过去。

那边大概是以为自己掐断了通话，只听见有另一个护士在问：“哪个床啊，这么烦？”

“还能是谁，那个欠账没结的呗！”

我猛地回头看顾跃，他还扒着门，指尖发白。一阵叮叮当当的声音，一个胖护士把一辆推车推到病房门口。她拿着一个碟子，砰地撞到顾跃的肩膀，然后进来了。

顾跃被胖护士带得往前一冲，扶着病床的栏杆才没有摔倒，他狠狠地回头瞪着胖护士。

胖护士却没有发觉，若无其事地说：“哪个要换药？”

“这里！血液倒流都快装满一个药瓶了，你们这些护士也太不负责了吧！”我没好气地说。

护士不搭我的话茬，把针拔了，又把药换上，重新扎针，然后端着碟子离开，经过顾跃身边的时候才说：“回那么一点血没事，不要着急，年轻人！”她回头斜着眼看我：“想享受好服务？可以啊，你先把欠的医药费结清啊！我们没给你停药就已经很有医德了！”

“你什么态度？”我心里憋着一口气，胖护士大概把我当病人家属了，她的口气太不像样了，“你们这是医院吗？你别走，你说的什么话！这就叫有医德，你给我站住！”

胖护士临出门甚至还哼了一声，我实在气不过，追上去还想骂她，却被一个人挡住了。

“顾跃，你别拦着我！”

顾跃攥着我胳膊的手越收越紧。

“顾跃，疼！疼！松手！”我跳着后退两步，才看清顾跃的脸，苍白的、倔强的、不堪一击的、年轻的脸。

我们身处一个奇怪的社会，爱护你的时候，会有人对你说“跃跃还小，还在上学呢”，责怪你的时候，那些人会说“你都要毕业了，已经不是小孩子了”。因为年纪小而被人轻易原谅的一切错误，从来不是因为你年纪小，而是因为那些可以袒护你小错误、帮你善后的人，他们爱你。

“跃跃，跃跃……”

刘素兰突然拔高的声音像是惊醒了沉睡中的顾跃，他惊喜地看向病床，然而病床上的刘素兰仍旧紧闭双眼，毫无血色的脸颊显示着她的疼痛，她不断地说着胡话，一声高一声低。

因惊喜而带来的血色悉数褪去，顾跃的脸比病房沾了灰的墙壁还要白。

顾跃已经没有这样疼爱他的人了。爱他的人躺在病床上昏睡不醒，爱他的人明明前天已经抵达了这座城市却对他不闻不问。没有人对他说，顾跃你弄不到钱，我们不怪你；没有人对他说，你还小。这个少年直到几天前，从来没有这样仓皇失措，窘迫地为钱发愁过。但忽然有一天，他的天塌了，不会有人去包容他的错误，纵容他的小脾气了。生活、意外、家庭，一切都逼着他去担起了那副担子。那担子很重，也许他肩负不起，可他无法放下，他挑着的是刘素兰的命。

顾跃还小，可他已经不是小孩子了。他阴沉着脸，直直地立在病床前，像是这个病房里最后一根撑着的脊梁。

“就挪用一下我姑父生日收的那些礼金吧，我姑姑习惯月底再去存钱，我们可以先拿来应急。”我再一次向顾跃提议。我不知道那里面有多少钱，能撑多少天，但好过护士下一刻闯进来把针头拔了说要停药。

顾跃沉默着，连一个眼神也不给我。

“你就当是借，等你爸回来了，再把钱补上！”这个说法站不站得住脚，我其实也怀疑。但我始终觉得，没有哪个父亲会真的躲着自己的孩子。

顾跃眨了眨眼，脆弱尽数散去，他转头看着我，眼里又是一片坚韧，他说：“好。”

把那个装着钱和红色人情簿的手提包从家里带出来是件十分容易的事。我捂着心脏狂跳的胸口，在爸背对着我的时候，猫着腰快速往外蹿。这时候应该在学校上课的我，无论如何也不该出现在家里，棉袄里还藏着不属于我们家的钱。

顾跃在另一个巷口等着我，我揣着手提包匆匆跑过去，急急忙忙地从长棉袄的下摆抽出那个手提包，准备塞给顾跃。

顾跃的嘴唇发白，他张了张嘴试图发出几个音节，最终他只是顿了顿，简单地说："谢谢。"

顾跃没有把手提包拿过去，我也没太在意，示意他先去交医药费。我们转身准备往医院走，却看见网吧不太起眼的招牌下，站着周思捷和他的朋友。他们像是把钱花光了，刚刚从网吧里出来，他们冲着我们不怀好意地笑，又交头接耳说着什么。

周思捷嘴里嚼着槟榔："哟，这不是六中老大吗？你不是在好好学习，好好改造吗？"他发出恶心的笑声，一步步靠近，"这个时候是上课时间吧？"

高个子的男生歪着嘴笑了笑，说："我们顾老大哪里是学好，是为了泡妞吧？"说完还恶心地冲我挑眉。

我下意识地抱紧手提包，往顾跃身后缩了缩。

周思捷假装生气地推了高个子一把："滚滚滚，瞎说什么呢？人家是小情侣约会！"

高个子也不气恼，走到了我的右边向我们逼近。

"对啊，约会。"顾跃若无其事地说，他假装没有发现他们的不怀好意。

我隐隐约约觉得不对，这三个人像是想把我们包围起来。

我拽了拽顾跃的衣袖，他点了点头，又安抚地看了我一眼，下一秒我的手腕就被顾跃握住了。

"我还有点事要干，改天请你们打游戏啊！"顾跃笑着说，带着我就想往外冲，却被周思捷拦住了。

"别急着走啊！"周思捷张开手臂，另外两个人也一左一右地堵住我们，"改天干什么，就今天嘛，跟咱们大嫂一起玩玩嘛！"

"是吧，大嫂？"周思捷笑嘻嘻的，另外两个男孩也跟着贼笑。

我忌惮地看着周思捷，抱紧怀里的手提包，往顾跃背后躲了躲。

看到我躲避，周思捷反而更高兴了："大嫂，你躲什么啊！大嫂你怀里藏着什么啊，借我看看呗！"

我深知手提包借给他们看就不会回来了，躲闪得更加明显，但身后只有墙，逃也无处逃。堵在我右边的男生突然拽了我一下，我尖叫着往顾跃身后躲。

顾跃急了，完全没了云淡风轻，对着周思捷大吼："你们别动她！"

周思捷嚼了两下槟榔，斜着眼睛说："你说不动就不动？咱大嫂从家里偷拿了什么好东西，巴巴的要塞给你？顾跃，好歹兄弟一场，让兄弟看一眼都不行？"

"没什么好看的。"顾跃护着我，一下子变得凶狠，他在伺机找突破口。

"谁跟你是兄弟，你当我们不知道你们什么用意？恶心，滚开！"我看到周思捷那副装模作样的样子就觉得恶心，同样有着狭长的眼睛，他却让人觉得暴戾。

"哟？"周思捷挑眼，"又不是兄弟了？我可记得两个月前有人拿本子抽我小弟的脸，要我小弟管他叫老大，说以后大家就是好兄弟了。那时候不是很嚣张吗？顾跃！"

抽小弟的脸，我怎么听说抽的就是周思捷呢？我讥讽地对着周思捷笑，说："他那可不是把你当兄弟，是把你当孙子！"被顾跃抓在手里的手腕被他紧了紧，我知道他在示意我什么。

周思捷火大地把槟榔渣吐出来，恶狠狠地说："张媛媛你嚣张什么！顾跃自身难保了，你还给我狂？我今天看你还算顺眼，你就老老实实把你包里藏着的东西拿来，我要是高兴了，今天就不打你！"

"周思捷，你要跟我翻旧账没问题，你让她走开，她一个女的，你别跟她过不去！让她先走！”顾跃明白今天的事不可能善了了，他想尽最大的努力保我安全。

可我丝毫没有意识到，我觉得我们都还是学生，打架也只是打打闹闹，于是我更加不屑地对着周思捷喊：“滚开！凭什么给你，你以为你是谁！”我以为我在呐喊示威。

“媛媛！”顾跃猛地拽了我的手腕一下，阻止的意思十分明显。可我的话已经说出口了，我才明白顾跃是要我不要激怒他们。

周思捷喘着粗气，显然是被我的嚣张气到了：“不给我？那我还非要看看了！反正你们也是从家里偷拿出来的，丢了也不敢吭声。”另外两个小喽啰附和着，摩拳擦掌地将包围圈收拢。

顾跃回头看了我一眼，低声对我说要我找机会跑，我了然地点头，将手提包箍得更紧。

我防备地看着右边刚刚拽我那高个子，突然他上前伸手就要扯我怀里的手提包，边动手还边说：“哟，年级第一，我可不是要对你动手！”他耀武扬威地冲我做手势。

我感觉恶心极了，大声喊叫着：“滚开！滚开！”我却不能腾出手去阻拦他，我怀里还抱着那个手提包，袋子里是救命的钱！

顾跃反应过来，大喝一声：“我叫你别动她！滚开！”他一脚将那个男生踹开。男生被踹得往后退了几步，包围圈被拉开一个口子。

我还大叫着，顾跃对着我吼：“媛媛，跑！”我看了他一眼才反应过来，开始往外冲。

“揍他！”周思捷暴怒地吼叫着，紧接着又指挥高个子，说：“抓住她！”

我心里一慌，我明白这是冲着我来了，迈开腿就往外跑。可那个高个子像逗猫一样追随着，让我左右乱窜，始终没有逃出多远。相隔几米远的地方是拳打脚踢的声音和一大串脏话，顾跃自顾不暇，高个子也没了逗弄我的心思。

高个子狰狞地发出笑声，我已经退无可退了。我浑身颤抖着，看着高个子把距离越拉越近，我脑子一热就冲了过去。借着惯性把高个子撞开，然后我使尽力气往他腿上踹了一脚。

“欠揍！”高个子后退了两步，伸长手冲过来扯我的领子。

我几乎被他拽了起来：“放手！放手！”我踢打着高个子，“你放开我，松手！”

“松手？”高个子狞笑道，“踹了我还想不挨打？”

高个子空出一只手，手一挥就冲着我脸上打来，我吓得立马闭上了眼睛。

巴掌没挨，但怀里的手提包被那个人拽过去了！

不能让他抢走！我脑子一片空白，心狂跳着扑过去，拽着那个手提包死命地往自己怀里拖，甚至张大嘴对着高个子的手狠狠咬了一口！

高个子脸上的肌肉都抽搐了：“松口！你敢咬我？”

他的手把我的手腕勒死了，我仍然不松口。终于他松开了一只手，却一拳揍在了我的胳膊上，我痛得眼泪立马飙出来，嘴里咬得更狠了。

高个子松了手，猛地抬腿，一脚踹在我肚子上。我几乎是飞着倒在地上的，但手里还拽着手提包，就心安了。

“你敢咬我？我今天非得打女生了！”高个子撸起袖子向我逼近。

“啊！”一声闷响，紧接着就是一声哀号。

我和高个子同时往那边看，周思捷被顾跃一脚踹倒在地。

顾跃的眸子泛着冷光，神情是前所未有的凶狠，他猛地一脚踹在周思捷的大腿上：“我跟你说什么来着？我叫你不要动她！我让你动她！”

周思捷抱着胸缩成虾米状，一边喊疼一边躲闪，可是躺在地上的劣势让他无处可躲，只能一脚一脚地挨着。

“你刚刚骂我什么？你不是不服气吗？你不是要翻旧账吗？”顾跃几乎是每说一句话就揣上一脚。

周思捷在地上翻滚着哀号，还冲着我面前的高个子和傻站着看戏的另一人大吼：“你们俩站在边上干什么？还不动手！”

高个子看情况不对，立马把我丢到一边，跑到顾跃的后边，想要偷袭。他冲着顾跃的腰抬腿就是一脚。

“顾跃！”我的心都要从嘴巴里跳出来了，“小心后面！”但我还是眼睁睁地看着顾跃挨了一脚。

顾跃被冲击力撞得往墙边一趴，很快他又转过身来，冲着高个子的脸就是一拳：“就你们几个，就想揍我？”顾跃眼睛血红，完全是杀红了眼，“来啊！来啊！”

顾跃看起来不是在与几个人打架，他像是对着生活这个庞然大物咆哮，他高叫着示威，他怒吼着：“来啊！我不怕你！”

顾跃对着那个高个子又是一拳，这次却被高个子锁住了，高个子蹿上来抱住顾跃。顾跃被他锁住了头，一个劲朝他腹部攻击，可顾跃才给了他两拳，又被另一个人锁住。

顾跃完全被两个人困住了！我站在远处一点忙也帮不上，我想大声喊人，可是我现在怀里还揣着最见不得光的东西，我张大嘴深呼吸了几次，终于喊出来：“打人了，有人打架！”可这条巷子又长又是后巷，声音被阻隔，像是从来没发出过。

高个子和另外一个人一人锁住顾跃的一条胳膊，两人在顾跃的左右两边将顾跃钳制着，让他动弹不得。顾跃不断地往两边踹，那两人或者躲或者被踢到，但都没有放开对顾跃的钳制。

周思捷从地上爬起来，他因疼痛扶着墙慢慢走着，从一个角落拿起一把木扫帚。周思捷握着扫帚的底部，挥舞着木棍，冲着顾跃狞笑："怎么，还嚣张！"

周思捷完完全全地站起来了，他站在顾跃的前方，木棍快速抽过，带动气流发出慑人的响声。他张牙舞爪地恐吓着顾跃："你说我能不能翻旧账？我能不能教训你？浑蛋！"周思捷朝顾跃身上吐了一口痰。

木棍抵在顾跃的脸上，周思捷拿着木棍点来点去，把顾跃的脸挤得变形："顾跃！你这个垃圾，爹妈都不要的垃圾！"周思捷大吼着，一棍子抽在顾跃的腰上。

我尖叫着喊出来："不要！"

顾跃忍着痛吼出来："周思捷，你算什么男人，有种跟我单挑！"

"我为什么要跟你单挑？我就是想打你！"周思捷猛地又抽了一棍子，"听见没有，你的班长心疼了呢！"

每一棍打下去都带着呼呼的响声，抽到顾跃身上，顾跃的脸顿时变形。我跟着一抽一抽地弹动着，泪水不知道什么时候铺满了脸颊。我要疯了，我难受得要疯了。

周思捷还在挑衅："你的班长心疼了呢！我该不该停手呢？你以前不是很喜欢看我丢脸吗？不是说不能骂你妈，所以见我一次就要打一次吗？你打啊！"

棍子落在身上都是闷响。

我已经疯了，顾跃会没命的，顾跃会被他打死的！我哆哆嗦嗦地后退，忽然我踩到了半块转头。顾跃会没命的！这个念头混合着我眼前的一切，已经把我逼疯了！

疯狂的恨意突然袭上我的心头，我想我眼里一定满布着血红。周思捷高举着棍子，冲着顾跃的头准备往下挥！

“啊！”我发出一声短促的叫声，然后冲过去，手软绵绵地托着那半块砖头，我完全感受不到自己的力量。我使尽全身的力气把砖头向周思捷的后脑勺挥过去。

周思捷的棍子没有落在顾跃的头上，却掉在了地上。

我把砖头挪开，一汪血淌了出来，我看了看手指，那上面沾上了红。

“啊！”

“你们在干什么！”一个带着东北帽子的男人，睡眼惺忪地从二楼的窗口伸出一个头，对着我们大喝。

然而什么都迟了。

那一砖头之后，我脑袋就放空了。周思捷在我眼前缓缓倒下；有人用力地把我推到地上；我怀里的手提包不知什么时候被人拽走；然而我此刻被顾跃拽着，没命地狂奔。

再停下来时，我们已经跑出了三条街，来到了河边。

河水惶然打着旋儿向北流，暮色还笼罩着河岸，但远处已经亮起了路灯。公路上的汽车飞驰而过，偶尔一阵马达的轰鸣都让我心慌不已。顾跃站在距我两步远的地方，一道瓷砖的裂缝把我们分隔开，就像是天堑，我模糊地觉得有什么不一样了。

顾跃扶着栏杆大口喘着气，我随着心跳节奏大口呼吸着，谁也不敢率先开口说话。我不知道我该说什么。夜色卷起一道幕布，渐渐逼近我们所在的天空，像是灾难片里卷起百丈高的海浪，黑压压地向我们逼过来。

我平稳着呼吸却觉得自己喘不上气，我看了看自己的手掌，仿佛指缝还残存着血迹，我对着抬头看我的顾跃说：“我伤人了。”

我伤人了。

鲜血的触觉仿佛还停留在我的指尖，周思捷缓缓倒下的场景不断地在我脑海里重现，血将头发染成一缕一缕，在我大脑里不断地扩散。

我完了。

我心里清清楚楚地知道这一点。

初二还是初三那一年，学校别出心裁地带我们去参观“少管所”。就像观赏一场文艺晚会，只是地点在高墙之内。少年们，或者说少年犯们表演各种各样的节目，舞蹈、唱歌、相声，这和任何一场文艺会演没什么差别，除了他们声泪俱下的演说和饱含着后悔的劝诫。我当时嗤之以鼻，我认为我一辈子也不会遇上这样的事，我的人生，应当是光彩的，让人憧憬、让人羡慕的。

文艺会演之后，学生们离开大礼堂，我在一片唏嘘声里回头，看到了那些少年愣愣地看着我们的、渴望离开的，或者说是渴望一切都没有发生过的眼神。

如今我要变成那些看着学生们离开的人了吗？我，我要变成少年犯了？我慌张地看着那席卷而来的黑色夜幕，心里就像要被吞噬了一般压抑，我揪着衣领，一时间什么想法都没有。

顾跃攥紧我的手，咆哮似的对我说：“我刚刚说的你都听到了吗？”

“啊？”他说了什么？

他把我的手从衣领上扯下来，我发出吃痛的抽气声，他眼睛一暗，把我的衣袖捋上去，手腕到手臂一片青紫。

“该死！”顾跃小心地把袖子放下来，其实我想告诉他不必那么小心，它一直都在疼，袖子压不压着都疼。顾跃不断地咒骂着，转身就要走。

“你干什么去？”

顾跃回头看着我，眉毛似剑锋一样，狭长的眼睛里闪着寒光，像是在问我“你说我干什么去”。

我顷刻间便明白了顾跃的意图，他想去报复。我摇了摇头，举着右手对他说：“别去了，我伤人了。”惶恐占据了我全身的细胞，我战栗着想象我会有怎样的下场。

顾跃却怒不可遏：“我刚刚跟你说了那么多，你一个字也没记住？”

记住又能怎样呢？我伤人了，还能怎样呢？伤人偿命，我这一辈子，算是毁了。

顾跃抓狂了，可他与我像被分隔在了两个世界，他吼着：“你给我听清楚了！你那点力气，周思捷肯定不会有事！别管这件事了，回学校去，好好上课！周思捷不会有事，他也不敢报警！钱的事，就说是我向你借的，等我联系上我爸，就把钱补上。”顾跃抓着我的肩膀，迫使我看着他的眼睛。

说这些有用吗？我忽然就想起了顾跃在医院楼梯间里对我说的话，他说的没错。别以为你知道，别以为你懂，别以为你感同身受。其实你站在岸上，顾跃，你现在就跟当时的我一样站在岸上，伤人偿命的事，说得再多也是我的事。

我两眼盯着他却聚不了焦。我该怎么办？我还要考大学，还想念重本，我还想去上海……我脑袋里一片茫然，我木然地看着自己的右手，就因为那半块砖，我完了，所有的光明前程都跟我没关了。

一阵猛烈的摇晃把我惊醒，我看着捏着我肩膀晃动的顾跃。他却还觉得不够，恶狠狠地看着我，让我战栗，他恨不得一巴掌拍醒我，他冲着我厉吼：“张媛媛！看着我！”语气强硬到让我不由自主地听令行事。

“我叫你看着我！钱被顾跃借走了，全部拿去交了医药费，顾跃的爸爸回来后就会还钱。”

他说的话灌入我的大脑，如同在晦暗的夜空里劈下一道耀眼的闪电。

“什么事也没发生，你没有动手打人！”他引导我镇定，清空大脑。顾跃说的是“打人”。我只是打了人，打了周思捷。

夜幕已经完全盖在了头顶，带着黄晕的街灯把我面前的顾跃照得一清二楚，把他的影子拉得很长，把我照得惶然而瑟缩。

我看着顾跃，看着顾跃的影子。在这一整天里发生了很多事情。我看见过顾跃的惊慌、无助、悲伤、崩溃、绝望和自以为是的无坚不摧。我以为那无坚不摧是那么单薄，稍稍用力就会掰碎。

然而此刻这个站在我面前的人，像是帮我顶着不断垮塌的夜空，他眼睛里写着坚定，他一字一顿地告诉我：“不要怕，没事。”

好像他在，天就不会塌。

顾跃的坚定慢慢地渗透到我心里，我像是找到了主心骨。就这样，我心安了。

顾跃跟我说了很多，相信他之后我竟然也开始觉得，也许什么事都不会发生。周思捷还能在我被顾跃拽走之前逃离“事发现场”，他受伤了，但他肯定不会死！手提包里的钱不是小数目，他抢了钱，我打了人，追究起来谁都讨不了好。

周思捷不敢报警的，他不敢的，只要把姑姑的钱补回去就不会有事！

我在心里重复着顾跃说的话，呼吸渐渐平稳。我没做过坏人，我也不想因一时失手葬送我的一生！只要把姑姑糊弄过去，只要等顾跃他爸把钱补上，就什么事也不会有！

“不会有事的，不会有事的！”我把手放到嘴边呵气，手颤抖着阻挡了白气扩散的路径，我竭力说服自己、告诉自己不要慌。

“媛媛。”我抬头看了看顾跃，他的手抚着我的背，他的胸膛在我眼前放大，我被搂在了他怀里，“我不会让你有事的。”

我心里莫名一震，顾跃说这话是什么意思？

他把下巴抵在我头顶，说话时引起细微的颤动，他说：“按我说的做，万一出事了，就都往我身上推。”

他是想帮我背黑锅？不可以，绝对不可以！我挣扎着想要推开他，我想要看到顾跃的脸，然而我被搂得死死的，丝毫也动弹不得。

“按我说的做，你跟我不一样！顾长行不会不管我的！”

“不可以！人是我……”我说不出那个字，打或者杀。我还惶恐不已，怎么样劝服自己镇定都于事无补。我在害怕，可我也知道我不能让顾跃替我受过。

顾跃似乎是低着头，呼出的热气落在我头顶：“你不要管，就按我说的做。如果这事捅破了，我爸一定会想办法帮我。我和你不一样，你明白吗？”顾跃用下巴戳了戳我的头顶，似乎是笑了，“周思捷不敢捅破的！”他笃定地说，“只要你冷静下来，我们去找你姑姑，说钱是借去应急了，三到五天内我一定能联系上我爸。”

“不可以，不可以。”我摇着头喃喃地说，愤怒、恐惧、心悸，这一刻全都化作了委屈，眼泪从眼眶里汹涌流出，落在顾跃的衣服上，很快又不见了。

顾跃像是有所感觉，他拉开我们的距离，稍稍蹲下来与我对视：“我只是说万一！你冷静下来，我不会让你有事的，我也不会有事，相信我！”

灯火映在顾跃的眼睛里，我却承受不起这样的灼热。顾跃，顾跃，顾跃。我在心里呼唤着他的名字，感觉无比熨帖。我相信他，他不会让我有事，但这样的想法、这样依偎的两个人，却无端地让我觉得惶然。

“没事的。”顾跃再度把我拥在怀里，“我只是说万一，不会有万一的。”

风起，我瑟缩着躲在顾跃的怀里，他把我揽紧，我们试图用仅有的体温温暖对方。寒夜，冷气密密地从晦暗的夜空中降下来，密密麻麻地织成遮盖这大地的网。路灯还亮着，四周已经暗了，如同行驶在黑色汪洋中的一叶小舟，我们在风浪中摇晃着，凭着仅剩的灯火找寻前进的方向，却无论如何也逃脱不了那张细密的网。

回到家门口的时候，爸在修一辆山地车，旁边站着一个年轻人，似乎很着急。爸见我和顾跃一起回来，一点都不惊讶，他说姑姑来找她的手提包，要我去帮姑姑找找。

刚刚镇定下来的我又慌了神，我求救地看向顾跃，得到他一个安抚的眼神后，才静下心来。我们俩并肩往里走，想着姑姑就在家里待着，我一时竟忘记了要错开走这快垮塌的楼梯。

顾跃立刻抓着我的胳膊扶住我，黑暗里他对我说：“一会儿你别说话，让我来。”

我点头继续走。我从小就不会撒谎，也不会作弊。哪怕只是有了一个作弊的念头，我都会心虚得像做贼一样。我不会撒谎，也不敢撒谎，没有底气的事情，无论如何都不敢理直气壮地对着别人说出来。

我现在就像一个小偷，或者说一个等着被拆穿谎言的骗子，我止不住心虚，即使顾跃就在我身边。

“媛媛？我那个包你爸收在哪儿了？你姑父让我把钱存到银行去……”

刚把门推开，就看见姑姑踮着脚在够柜顶的盒子，我僵硬地冲着姑姑说：“姑姑，这是顾跃。”

姑姑回过头来，眼底闪过诧异：“怎么？带同学回来了？”

可我说完那句话后就再也不敢开口，顾跃拿手肘撞我的胳膊，我反而瑟缩着往一边靠。

顾跃僵着脸，歉疚地把我挡在后面，开始向姑姑解释：家里大人出车祸了，联系不上爸爸，舅舅要还债挤不出钱，医院说再不交费就停药，张媛媛仗义说要借钱救急……多半都是真的，只是隐瞒了半途钱被人抢走的事。怕姑姑不相信，顾跃还说可以打电话问郭主任、班主任。

“媛媛，是这样吗？”姑姑维持着自己的礼貌，没有做出任何失礼的举动，即便在几万块平白没了的情况下。

我愣怔地看着姑姑，被那慑人的目光看得有点惧怕，顾跃咳嗽了几声，我才连连说是。

顾跃又从我书桌上拿了纸笔，说要给姑姑写借条，说等他爸回来了，就立马还钱。

姑姑笑了笑，把纸笔推了推，说：“不急，你们家里的事也确实急用钱，我也相信你肯定会还钱。你妈妈现在在医院里，一天开销那么大，我那手提包里的三万块够不够啊？”

顾跃忙不迭地点头，却说：“我爸原本是出差两个星期，现在电话联系不上，但已经过去一个多礼拜了。您那些钱，应该是可以撑到我爸爸回来的。阿姨，谢谢您了，我真害怕您会立刻叫我还钱。”

“没有的事，谁家没个难的时候！当年媛媛她爸供我读书，结果工伤伤了腿，唯一的经济来源断了。那可是天都塌了的事啊，有个人帮一把也就过去了，可是那时我们没人帮，她爸的那条腿也就落下了病根。”说完这话，姑姑就看着我们，眼里含着泪光，模糊而又清晰地审视眼前的一切。我心里一惊，再一看，姑姑的眼睛里又只剩下一片伤感了。

如何不伤感？那个时候爸还没有瘸，但因没钱治疗而落下了病根，好不容易歇了几年，又因为我的出生而四处谋生，最终变成了如今这一瘸一拐的模样。我没想到姑姑会这样轻易地相信我们，在我看来我们无论如何都是不占理、心虚的那一方，不曾想顾跃与我们家极其相似的境遇勾起了姑姑心底的往事。

此刻如此感伤的姑姑说明了什么？说明她相信我们了，这个计划成功了一半，只要等顾跃联系上他爸，补上那三万块，一切就被填平了！周思捷得了三万块，他根本不敢追究我给他的那一砖头！

劫后余生的喜悦在我心里荡开，我没空管姑姑和顾跃在寒暄着什么，又打下了几万块的欠条。我心里恍恍惚惚，脑子里恍恍惚惚，看什么都不真切。没过多久顾跃就告辞了，姑姑象征性地责骂我几句没有先商量再行事的话后，就让我早点休息，也跟着离开了。

房间里只剩下我一个人，脸还僵着，后怕的感觉在脊背上蔓延，这一天甚至比半个世纪还漫长，我经历了太多，到此刻谈不上如释重负，也如同垮下去般松了一口气。

就这样蒙混过关了吗？我在房子里转了转，终于无比确定地告诉自己，已经过关了。异常紧绷的神经松懈下来后，我变得十分困倦，哈欠一个接着一个地打。

“啊！”懒腰伸到一半，往后仰的姿势扯得肚子剧痛。今天被高个子踹了一脚！我立马脱掉棉袄掀开上衣看自己的肚子，一个比拳头还大的瘀痕躺在肋骨下方。我忍不住咒骂，轻触都觉得很疼，又撩开袖子看手上的伤。

“媛媛！”

门突然被人推开了，我惊得立马转身背对着门：“啊！姑姑，你干吗？”

“我的手机忘记拿了。”姑姑笑着走到餐桌旁拿自己的手机，“你要换衣服洗澡啊？躲着姑姑干什么？到底是大姑娘了，知道害羞了。”

我手忙脚乱地把衣服放下去，生怕姑姑看到我身上的伤痕，但姑姑好像什么也没看见，她笑着冲我扬了扬手机，就把门关上离开了。

虚惊一场！我抚着胸口给自己顺气，瘫软在床上，心里回想着这让我后怕不已的一天，然后我对自己说，终于结束了。

这一天，终于结束了。

上好的青春，

尚好的我们

第十章

PERFECT YOUTH, PERFECT US

睁开眼的一刹那，烦恼像数万封邮件纷至沓来，再度涌入重新启动的大脑。我从睡梦中醒来，甩甩头，把梦中的那半块沾着血的砖头甩去。

事情已经过去三天了，如同我们预料的，周思捷不敢报警，也不敢告诉家长。一切都平静无事，顾跃的舅舅借到了钱暂时补上了医药费；顾跃联系上了他爸爸的一个合伙人，得知他爸并没有坐上回程的火车，去了一个更偏远的县城。我们只要耐心等到顾跃的爸爸从那个信号不好的县城回来，一切就可以解决。

我趴在课桌上，维持着才醒的姿势，恍恍惚惚地就看见了周思捷在我面前倒下去。顾跃一直在强调他不会让我有事，我知道，我只是止不住心慌。

“嘿！”

我惊慌地向后弹开，抬头再看，发现是被我的惊恐逗乐了的邓一。

“你最近怎么这么容易被吓到？刚刚都吓成那样了，想什么呢！”邓一蹲在我的课桌前面，手指无聊地拨弄我的文具袋。

我不知道怎样回答她，但还好她不需要我回答，她兴致勃勃地说：“我刚刚发现了一个大事件！”她一脸神秘，“你猜是什么事？”

“是什么？”我配合地回答邓一的话，教室后门传来一阵骚动。

邓一凑到我跟前，神秘兮兮地说：“刚刚有一个警察问我郭主任办公室怎么走！”

我倒吸了一口凉气，心里骇然，暗想脸上表情肯定不对劲，我立马觑了一眼邓一，还好她没有看我。我僵着脸装成什么也不知道，对这件事很漠然的模样。我偷偷观察着邓一的脸色，她在继续拨弄我的文具袋。我的心稍微松了松，我试探地问："警察？警察来找郭主任干什么？"

"谁知道呢？"邓一毫不在意地说，"我把他带到办公室门口就走了，也许是哪个学生犯了大事吧！"

我脸一白，抬头去看邓一，难道她知道了什么？这个念头几乎把我吓得肝胆俱裂。安宁了两三天，难道周思捷还是报警了？但也许邓一只是随口瞎说呢？也许真的有警察，但只是郭主任的朋友呢？我宽慰自己，但随即又想哪会有那么巧！

我越想心里越怕，邓一叫我陪她去小卖部。我点头跟着她走，等邓一进了小卖部，我就去找在食堂打扫卫生的顾跃。然而顾跃却不在食堂搞卫生，他躲在一个角落里神色焦急地按手机。

"怎么了？"

我问出这句话的同时，顾跃绷着脸警惕地快速把手机藏起来，转头发现是我，他才松懈下来。

"你呀，我还以为是郭主任呢。"

顾跃看起来一脸轻松，可他刚刚的焦急让我明白手机上的内容肯定没有他脸上表现出来的轻松。

"怎么？周思捷他们还是没来上课？"事情过去三天，而那天之后顾跃就试图打探那伙人的消息，兴许是他们商量好了，谁也没有回学校上课。有时候我也不知道我是该为他们的躲藏安心，还是该为他们的毫无消息而担心。

谁也不知道周思捷是不是还活着。

“想什么！”顾跃一巴掌拍在我头上，不重，却打散了我那些消极的念头，“又是这副表情！你那一砖头，最多让他晕几天，连缝针都不用！”

这句话顾跃对我说了好几遍，我起初是相信的，可现在……

“邓一说，刚刚有警察来找郭主任。”我吐出这句话。

“警察？”顾跃脸上有些诧异，但很快他又把那些情绪藏了起来，“警察怎么了？警察跟我们没关系啊，也许是郭主任的朋友呢？”

“你别装傻了！警察都找上门了！我们完了！我完了！”我吼出这句话时，才后知后觉地发现自己是如此的害怕。

我害怕，我提心吊胆地哄骗自己，捂着眼睛和耳朵相信顾跃的坚定，但这些随着时间的推移，渐渐让我产生怀疑。我变得多疑、恐惧，我每天走在回家路上都担心下一秒有人哭骂着要拿我抵命，回到家担心姑父会不会拿着那把巨大的刀踹开我们家大门，晚晚梦见自己拿着准考证要进考场，却被人告知有案底的人不能参加考试。

我们看到的风平浪静，就像浮在海面上的一小块冰山，好像撞上去也不会有什么损伤，但谁知道海底是不是隐藏着那座冰山的庞然面目？

“你们在干吗？”邓一举着饮料和零食站在小卖部门口冲我喊。她小跑着过来，往四周看了看，没看见有别人，才诡秘地说：“我听见比我们晚下楼的人说，刚刚郭主任带着那个警察在我们那层转了一圈！”邓一兴奋地说，“你们说，是不是有人犯了大事？”

我和顾跃僵立着，谁也不敢开口回答，甚至连对视都不敢。郭主任带着警察在我们那层转了一圈，我背上一凉，庆幸自己跟着邓一下楼了。如果没有离开，是不是就被那个警察抓出来了？

“邓一，香肠熟了，你还买香肠吗？”

远处的小卖部门口，一个女生冲邓一喊，邓一回头喊了声“就来”，然后抓着我的手，把她手上的东西塞到我怀里：“帮我拿一下！我等会儿就过来！”

邓一没入人堆。“哗啦。”满怀的零食坠地，罐装汽水在地上滚了几圈。

我忽然伸手拽住顾跃的衣摆，大叫：“什么朋友会需要把整个楼层转一遍？他们肯定是在找人，他们是在抓我们！”像是许久没有开口说话，我的嗓子莫名地疼痛，“因为我们都不在教室里，所以才没抓到人！”

“你发什么疯！”顾跃抓着我的双手，诧异地说，“不会有事的，我告诉过你不会有事的。”

我挣扎着想要推开顾跃。不会有事？开什么玩笑？我就知道顾跃会这样说，我就知道，警察都找上门了！像是黄河水奔向入海口，我心里咆哮着，如同大难临头前的心如死灰让我肆无忌惮地向着顾跃怒吼。

“我知道你说的是什么意思！等着他们找上门！他们要是说我蓄意伤人，我就倒打一耙说他们抢劫！”我急切地咆哮，眼泪纷纷扬扬，不是伤心，是绝望，“这有什么意思！两败俱伤，我以后还是连书也念不了，连毕业考也参加不了！你知不知道，我每天晚上都做噩梦，梦见周思捷死了！梦见我拿了准考证，老师却不让我进考场！所有人都进去考试了，所有人都跟我说‘张媛媛，你完了’！”

恐惧、担忧、后悔、烦闷，这些情绪都是不可抑制的。如果你问我后不后悔帮顾跃偷家里的钱，我会说不后悔，但如果你问我，后不后悔拍下那一砖头，我会说……

“你不要这样，媛媛，你冷静下来，我们不能自乱阵脚！”

顾跃说得很对，他很冷静，可我一点也冷静不下来。

“怎么冷静，什么自乱阵脚，不是你的事，你当然可以冷静，你当然不会乱！”我咆哮着冲顾跃说，并且用力地挥开他的手。

这一次，我终于从他的钳制中挣脱。我烦躁地抬头，对着他恶狠狠地说：“拍周思捷一砖头的是我，跟你一点关系都没有，你当然可以冷静！你站在岸上呢，你怎么能不冷静！你站在岸上看戏就别冲我瞎嚷嚷，你什么都不知道！”

当所有的负面情绪全面爆发，压抑在表面平和之下的暗涌，汹涌澎湃地化作最尖锐的武器，刺伤爱你的人，相骂无好言。

我的声音在空旷的食堂里来回震荡，安静下来后，一点声音都没有了，静得可怕。

我看了看顾跃，他还保持着松开我的手的姿势，他呆呆地立着，眼里满是哀伤。那双狭长的、含着星光的眼睛，此刻充满了悲伤。

“你就是这么看我的？”顾跃说话的声音很轻，却生生让我心里一骇，我伤到他了。

这个意识还没来得及让我做出反应，顾跃就动了动，如同腐朽的干尸那样动了动。

我慌慌张张地想要抓住顾跃，泪珠不断地往下掉，愧疚占据了我的心。我脑子里像塞着一团乱麻，那个警察像是一个让我失去理智的开关，让我情绪失控、口不择言地刺伤了我喜欢的人。可事实就是如此，我们最容易伤到的，往往是我们最爱或最爱我们的人。

“顾，顾跃。”我哆嗦着伸手去抓他，“我不是这个意思，我就是着急了，我，我不是这么想的。我就是害怕了。我……”

紧张和愧疚占据了我的心，泪水模糊了眼睛，可我还是哆哆嗦嗦去拽住顾跃的衣摆，不敢松手。我怕我一松手，就只剩我一个人了。

“顾跃，对不起。对不起，我不是这样想的。我，我也不知道我为什么会说出这样的话。顾跃……顾跃，对不起。”

“唉。”顾跃把我的头按下去，贴着他的胸膛，“行了，我知道。”

“顾跃，对不起。”我哭得一抽一抽的，还不死心想要抬头去看看他的脸，看看他的眼睛，看看他是不是真的已经原谅了我。

“我没事。”顾跃清冷的声音在食堂里回响，“我忘了，你没有遇到过这种事，难免会怕。没关系的，没关系的。”

道歉有用的话，还要警察干什么？已经发生了的事情，就算是“对不起”和“没关系”也无法填补伤害造成的沟壑。

也许顾跃真的不介意，我稳定情绪后他就一直在给我分析情况，他靠着餐桌，脸朝另一边。我看着他半边脸颊，心里转了几个弯，虽然我很大程度被他说服了，可是我对这样的提心吊胆厌烦透了。

“想说什么就说！”顾跃看到我欲言又止，吐出了这么句话，随即又把脸别开了。

我犹豫了一下，我想与其藏着掖着，心神难安，不如跟大人透个底，就算我是偷拿的钱，可是姑姑那天的举动说明她并不在意，说不定说了会没事呢？于是我说：“不如我投案自首吧？我心里一直七上八下，还不如告诉我姑姑……”

“你脑子有病啊！告诉他们算是怎么回事？告诉他们还说得清吗？”我的话还没说话，顾跃就站起来，居高临下地怒视我，仿佛我燃烧掉了他最后一丝耐心，“还自首，什么自首？多大点事，你有点出息好不好？”

脸上火辣辣的，我抿了抿嘴说：“我，不是……”

“什么不是？什么不是？我跟你说了那么多遍，不会有事！这才多大点事！你杀人放火了？你当时不是还有胆子在教室里冲着我吼吗？你那点胆子，就敢对我一个人嚣张是吧？”顾跃完全不容许我辩驳，他像是像被我点燃的炮仗，噼里啪啦炸个没完。

“做都做了，给我拿出点跟田甜对峙、跟我咆哮的底气来！”顾跃顿了顿，大概是明白了我想“自首”的原因，他又说，“我告诉你，张媛媛，你把你那点想法收起来，我们俩现在就是一条绳上的蚂蚱，你死我死，你活我活！你要是‘自首’了，我也完了！”

我明白顾跃的意思，如果把事情遮掩过去，私底下解决，大家就能风平浪静，相安无事；但如果我告知任何一个大人，事情就会朝着不可预估的方向越闹越大，不堪设想。

“什么自首？什么你死我活？张媛媛，你到底瞒了些什么？”

我被熟悉的声音吓得一抖，缓缓朝食堂门口看过去，姑姑正站在门口怒火冲天地瞪着我，她僵着脸，像是对我在学校里的所有作为全盘否定，她说：“我去刘素兰的医院问过了，根本没有人交医药费！说吧，你们都做了些什么？”

如果我告知任何一个大人，事情就会朝着不可预估的方向，越闹越大，不堪设想，就像现在这样。

姑姑的身后站着举着香肠的邓一，她一脸惊吓的表情看着我们，看起来像是她将姑姑带过来的。我不知道她们什么时候来的，也不知道她们到底听见了多少。可我知道，这件事不可能简单解决了。

“我问你话呢，张媛媛！你跟他做了什么？”姑姑全然没有了平日的热情、文雅，她剑拔弩张地把兵刃冲着我，像对着穷凶极恶的歹徒。

姑姑拢了拢头发，揣着白色的包，噔噔地往里走，边走边语气冒着寒意地说：“那个包里只有一万五，我说三万，你们居然也信了。我跑到你们说的医院去，你就是交了五千我也当你是做好人好事，结果医院说你们欠费一个礼拜了！”

我战栗着不知如何是好，我把手攥紧，却又觉得自己太慌张，便把手藏在背后。我被姑姑的话惊呆了，我不知道自己是应该惊讶姑姑一开始就没有相信我们，挖坑让我们跳；还是该惊讶顾跃说他舅舅借到了钱救了急，但实际却一毛也没交。

如果借到钱是顾跃为了安抚我的情绪而骗我，那他说的他爸爸去了偏远小县城，会不会也是骗我的？我震惊地看着顾跃，他却别过脸，不与我交流。

“阿姨，事情不是你想的那样！”顾跃上前一步，急切地说。

“你离我远点！”姑姑暴喝一声，“张媛媛，你给我过来！”

我还犹豫着，又听见姑姑说：“事情是怎样，我听得很清楚，也看得很清楚！自首！一条绳上的蚂蚱！你死我死！我听得还不够清楚吗？”

姑姑误会了，难道她以为这些话是顾跃在威胁我？我急忙解释说：“不是的！”

“你闭嘴！”姑姑一把将我拽过去，“你身上那些瘀青，是他打的吧？你那天在家里，吞吞吐吐看他眼色行事的样子，我难道还会不知道发生了什么？”姑姑上下审视我，“他对你做了什么？打你了？威胁你，把你拉成同伙，让你帮他偷家里的钱？”

“没有，没有！”我摇着头，急得要哭出来。

姑姑却觉得我不争气：“你说啊，你说啊！有我在这儿，你还怕什么！”

“不是，顾跃不是勒索我，他没有，是我自己主动提出来的……”我拽着姑姑的手，企图让她相信我，“我们是真的想给刘素兰凑医药费，但是半途……”

“你闭嘴！”顾跃伸手来拽我，却被姑姑啪地打下，一声清脆的响声在食堂里回荡。

“不是勒索，主动提出？那就是张媛媛主动提出要把你的钱偷走，拿去给顾跃？这可是合伙作案啊！”

这话又是谁说的？声音尖锐，怎么听着像王珍珍？可是这跟王珍珍有什么关系？她又在跟谁说话？

我回头一看，愣住的邓一已经被挤开了。大门口被穿着绿色军大衣，脖子上挂着金项链的姑父堵着，那张能让两个人并肩穿过的大门，被姑父堵得只剩一道缝隙。透过那道缝隙，我看到了王珍珍。

“我就知道你们家这些拖油瓶，一个两个都不让我省心！”姑父指尖夹着烟，指着我的鼻子破口大骂，“我辛辛苦苦、累死累活养活自己家还拉扯你们一老一小，你这个嘴欠的居然还联合别人偷我的钱？”

辱骂，像一桶红油漆泼在我脸上，我是年级第一，我品行端正，几乎没有污点，但现在我却连最后一层遮羞的皮也被扒了。屈辱，以眼泪的形式从眼眶里溢出来。

“你闭嘴！”姑姑急了，拿起餐桌上的一罐子醋就扔过去。小罐子砸在地上，姑父躲了躲，一脚踹开，王珍珍尖叫着跳开。

“我说了我会处理，你来学校干什么？你一定要把事情弄到尽人皆知才甘心，是吧？”姑姑气得嘴唇都在颤抖。

姑父脸上闪过尴尬，突然又找回了底气，他指着我，对姑姑说：“我不来，你的好侄女把我的钱都偷给一个小毛贼了！没听见吗？主动，主动提出的！”

姑姑责怪地瞪了我一眼，显然她虽然不知道发生了什么，但她已经无法不闻不问地袒护我了。但她还在帮我说话，她呵斥姑父：“你说什么呢？几十岁了，什么话该说，什么话不该说，难道还不知道？你别在这里瞎说，这是学校，有什么不乐意的，你回去说！”

还回去说什么，都把我说得这么不堪了！我们虽不是血脉相连的亲人，可姑父，你好歹也是看着我长大的。这种从骨子里渗透出来的恶意，邋遢不堪的看法，是从哪时哪刻开始，满怀着不屑任意地强加在我身上的？

姑父被辩驳得有些难堪，他闭了嘴，可王珍珍闭不了嘴。王珍珍一直站在一边看戏，姑父休战了，她正好整装待发：“做都做了，还怕别人说？”

姑父是我的长辈，是我姑姑的丈夫，他说的话我可以不耐烦、厌恶，但我不能指责，可是王珍珍跟我什么关系？她为什么一而再再而三地搅和进来？我跟顾跃发生冲突她要搀和，顾跃翻栅栏她要插一脚，现在我姑父、姑姑在说话，说我的事，她凭什么插手？她凭什么多嘴？

“关你什么事！”我已经没法对王珍珍存有什么尊敬了，“你别什么都插一脚！”

“我是老师！”王珍珍理直气壮地说。

“你给我闭嘴！你是我们班的老师吗？你教我哪门课啊？用得着你多管闲事？”我斜着眼睛，狠话一句一句往外冒。心里的屈辱，受到的诬蔑，好像只有找一个人撒气，我才能平缓下来，“要管也是我的班主任管，也是郭主任、年级组长来管，用得着你？”

我一通话说下来，王珍珍脸都气歪了。

姑父忽然抬起手来，指着我，破口大骂：“你还是学生吗？牙尖嘴利的！老师不管谁来管你？你偷家里的钱还有脸在这里嚷嚷，对着老师凶？”

“我没偷！那不是偷！”我梗着脖子，冲着姑父嚷，这是我头一次大声对他说话，可说完手心都是汗。

顾跃不知道什么时候站到我身边来了，他拽了拽我，要我不要多说。我知道他的意思，可那么多盆脏水泼在我身上，我受不了！

姑父往前迈了一步，一脸凶狠：“你说你没偷，那钱呢？”

王珍珍假惺惺地拦住暴怒的姑父，说：“不要生气，张媛媛的家长，这样，咱们去办公室，把班主任、郭主任都叫齐了，我们一起把这件事弄清楚。”

有人搭了个台阶，姑父非但没有顺着台阶下来，反而更凶悍了：“你可别乱说！我才不是她的家长，我没这种不自重不自爱的闺女！”

“成建伟，你给我闭嘴！”

“老东西，给我闭上你的嘴！”

姑姑和顾跃同时开口骂道。

即便有人维护又怎么样呢？自重自爱，这四个字砸在我的脑门上，几乎让我两眼发黑，这几个字的一笔一画都在戳我的脊梁！我是什么人？我成了什么人？我从来没有这样清晰地感受到来自世界的恶意，来自成年人世界的恶意。这几个字有多重，这是一个成年人对我下的判决书，他几乎否定了我的全部！

我待世界以天真，世界报我以残忍。

我已经木然了，我如同一块腐朽的木头，这世间还有与我相关的事吗？

“媛媛？”连名带姓地喊“张媛媛”代表了姑姑的怒气，柔声细语、小心翼翼地喊“媛媛”，这是姑姑的心虚与愧疚。

“我说错了吗？”姑父还在咆哮，但这与我这块腐朽的木头无关了，“她难道不是……”

顾跃看着我，表情变得纠结、混乱，不忍和心疼溢满他的眼眶，他不想把我搅进来，此刻却成了一汪浑水：“老东西，我叫你闭嘴！”他一脚踢在餐桌上，铁桌腿发出刺耳的声音。

姑父的牛脾气也上来了，他不管不顾地抬腿也朝着餐桌踹了一脚：“叫我闭嘴？你偷了我的钱，还叫我闭嘴？你们两个贼！”

“我们不是贼，我没有偷你的钱，我打了欠条！”顾跃不能忍受这样的诬蔑，他几乎是扯着嗓子在喊。

“你说是借就是借？我还说你是偷是骗呢！我不管你是怎么把钱弄到手的，总归是被你弄走了！我现在不要求别的，你把钱还回来！你还回来，我就相信不是偷！”姑父斩钉截铁地说。

可我们上哪弄得到钱呢？钱被周思捷抢走了，我怎么弄回来？我找上门去，然后人家就揪着我追究我打人的责任？我被姑父的话唤醒，各种思绪蜂拥，哪个念头看起来都像是可以实施，但又好像哪个都可以把我拖入深渊。我乱极了。

不只我乱了，顾跃也乱了。

他能说什么？他不可能曝出钱被抢走的事实，追究起来，最先受过的是我！他的吞吞吐吐，却被姑父当作了心虚。

姑父张狂地吼道：“说不出话了吧？钱肯定是被你们花了！我真不知道你爹

妈是怎么教出你这种社会败类的！”

顾跃虽然理直气壮，可我们要隐瞒的东西打死也不能说，他只能含糊其辞。顾跃犹豫却依旧嚣张：“我会还钱的！一万几千块，我还从来不放在眼里，等我爸回来了，我立马叫他拿给你！”

“哈！好大的口气！等你爸回来？我怎么知道是不是等到了你携款潜逃？送派出所，我一定要把你送到派出所去！”姑父完全不相信顾跃的话，甚至说，“只要你现在能把钱拿出来，别说你妈病了要治病，就是你妈死了，这笔钱我送给你当帛金！”

“我让你瞎说！”顾跃冲过去，扑在像一座山一样的姑父身上，两人扭打起来，四周的人发出尖叫和吆喝声，场面乱了。

“成建伟，你要是现在不停手，老娘就不管你了！”姑姑大喝一声，终于喝止了姑父。顾跃却不罢休，又猛地踹了两脚。

“顾跃，是吧？他说错话我给你道歉，但你要是还不停手，那我就真的报警了！”姑姑已经破罐子破摔了。

顾跃听到这话，也只能不甘心地停手了。

“小兔崽子，我要报警，我要报警！”姑父还在一边嘟嘟囔囔。

姑姑却完全没有搭理他，她冲着王珍珍说：“这位老师，麻烦你带我们去下你们的办公室，我想这些事，还是在办公室里解决比较好。”

王珍珍显然很乐意姑姑这样说，立马引着姑父往外走。我们已经吸引了很多来小卖部的学生，其实家丑早已传开了。

我抓住姑姑的胳膊，乞求的意思不言而喻。刚刚姑父的话我听得很清楚，一万五，只要我们能拿出一万五，这场风波就能平息！一个疯狂的念头在我脑子里逐渐构成，它越来越清晰，我看着这个混乱的局面，没有比这个办法更能够解决问题的了！姑父要的无非就是钱，我把钱给他，这不就完事了吗？

“媛媛，怎么了？”姑姑以为我还因为姑父说的那些话而难过，连语气也格外小心翼翼，“是有什么话要跟姑姑说吗？”

我微微点点头，声音细得快要听不见：“姑姑，我能单独跟你说吗？”

姑姑瞥了一眼姑父，我也趁着王珍珍招呼着姑父往外走的时候，给顾跃使了个眼色。顾跃看到了，仍旧向外走，脚步却慢了下来。

姑姑犹豫地停下了脚步，等姑父已经骂骂咧咧走出食堂门口了，她转身握住我的手，关切地说：“你姑父都是瞎说的，回家姑姑要他给你赔礼道歉，你别计较这个。姑姑知道你不是这样的人，但你姑父脑子不好使非要闹大。你告诉姑姑，是不是这个顾跃抓着你什么把柄，威胁你去做这些事？是不是他还让你在外头做违法的事？还是他……你……”姑姑语气转急，停顿却又恰好没说到重点。

我没心思思考姑姑到底要说什么，我反手握住姑姑，直视着姑姑的眼睛，想最直接地把我的认真传递过去，我说：“姑姑，事情有点复杂，一时半会儿我也解释不清。我和顾跃要是跟你们去了办公室，那我和他就完了！”

“什么完了？有什么你不能跟我说的？难道你们……”

我顾不上去解开姑姑的误会，或者说我压根没时间去了解姑姑误会了什么，我说：“姑父不就是想要那一万五吗？我们把那一万五拿回来，这样就说得清了。姑姑，我和顾跃都不是小偷。我，我以后会跟你解释的，你要相信我！”

说完，我松开了姑姑的手，往后退了两步，大喊：“顾跃，铁栅栏，跑！”

食堂的小巷子可以穿过寝室铁门绕到铁栅栏那边，我们可以从那边逃出学校！只要把通往寝室的铁门反锁，他们就只能绕个圈从教学楼那边绕过来抓我们，那个时候，我们跑都跑了！

我计划得周密，刚刚我和邓一就是从铁门那边过来的，铁门肯定没锁。我大脑急速运转，就像充血了一样，我心里只有一个念头，你不是要钱吗？我把钱给你！

我转身往后跑，顾跃听到我的声音也毫不犹豫地跳到餐桌上，从餐桌上跳过去。我们的动作很迅速，动静也很大，但也许姑姑是吓蒙了，等我们蹿出食堂，快要抵达寝室的铁门时姑姑才爆发出一声尖叫："你们干什么？"

脚步声跟得很近，我听到姑父和王珍珍在问怎么了时，那个声音大喊道："快从教学楼那边绕过去！他们把铁门反锁了！"

我和顾跃相视一眼，两人都很诧异，我们刚抓着铁门没来得及反锁。然而我们俩抬头，就看见邓一站在食堂门口将所有人引开。

门锁住了，其他人也骂骂咧咧往反方向跑。邓一突然冲到铁门前，压低声音急促地喊道："顾跃！把你的手机给我！"

顾跃还在犹豫，邓一急了，尖着嗓子喊："快点给我！他们就快过来了！"

顾跃二话不说把手机从栏杆缝隙递过去，邓一快速地按了一串数字，铃声从她裤口袋里传出来。邓一从口袋里掏出一把钱，红的绿的都有，连着手机一起塞过来："拿着！拿着！我不知道你们准备去哪里搞一万五，但这里至少有五百！媛媛没有手机，我会给你们发消息，保持联系！"

"邓一……"我愣愣地看着她，我不知道何时我有了一个可以在这种时刻依旧相信我的……朋友？这两个字，几个月前我连想都不敢想。

"别磨蹭了！也别问我为什么！"邓一果决地说，"你已经跟我说过谢谢了，快走吧！"

转身没有泪水掉落的速度快，可我已经没有时间感慨，原来敞开心扉会受到攻击，同时也会收获美好和信任。我快速向外跑，冲到铁栅栏前，借着顾跃的帮助爬上去，然后跳下铁栅栏，死命狂奔。

我看了看身边的顾跃，又回头看了看那个逐渐缩小的穿校服的人影，原来不知道什么时候，我已经有了同伴。这番感慨，犹如千帆过尽。

我和顾跃冲下长坡，上了一辆停在路边的摩托车，我坐在顾跃后边，大声冲着摩的司机喊："去地铁站！"

我带着顾跃冲上地铁，奔跑带来的舒畅和心跳加速带来的愉悦让我畅快地笑了出来。等我笑够了，车厢里的大半人已经把我当成了神经病。

"你笑什么？"我对顾跃说，他完全没有焦急和忧虑，甚至都没有怀疑我的所作所为，他嘴角甚至还挂着傻笑。

顾跃伸手弹了一下我的脑袋，说："你笑我不能笑啊？"

我嘿嘿地傻笑了一下，跳起来也要弹顾跃的头。可他却不老实，躲躲闪闪，我差点摔倒了，他才一把拽住我。他离我很近，近到我几乎能看到他校服的每一条纹路。

"呵呵。"他在我头顶轻声地笑，"我笑，你终于能放心大胆地不把这事当回事了！"

我耳朵一痒，缩了缩脖子，这个动作却引得顾跃笑得更厉害了。

的确是顾跃说的这样，我脑子里有一个念头，而我现在又在地铁上，我觉得这一切很快就能解决，甚至说我已经脱离了这一切。因此之前困扰我的种种烦恼，都算不上烦恼了！

那些东西都不值一提！我异常高兴地对顾跃说：“我们去上海吧！”我从领口拽出那块玉佩，“我们去上海找我妈妈！咱们拿了钱，星期天再赶回来，算起来我们也就是逃了今天下午的最后两节课！”我眉飞色舞，这个念头让我想想都莫名高兴，“只要把钱还给他们，我看他们还有什么话说！”

顾跃看着我笑，我怪不自在地低下头，装模作样去掏顾跃的口袋：“手机拿出来，看看最近的一趟车是几点。”

现实很骨感，用手机查到的去上海的车有很多，但我们身上所有的钱加上邓一塞给我们的钱，凑到一起刚刚够买一张高铁二等座。

“要不，我自己一个人去好了？”我犹犹豫豫地说，可顾跃的表情并不像是会认同我一个人去的样子，于是我又说：“咱们钱不够，不如你在这边等我，我明天回来了就马上来找你！”

我信誓旦旦地对着顾跃作保证，可他只是直愣愣地看着我。

莫名地，我的脸像火在烧，我心虚了：“那咱们钱不够，能怎么办？”

忽然广播开始报站了：“火车站到了，请下车的乘客携带好随身物品……”

“你不是想要坐……”我指着喇叭傻傻地说。

顾跃伸出手，一把拽住我，门一开，扯着我就往外走，他不容辩解地说：“那就坐普通列车！”

最后我们买到了两张最快去上海的硬座票，14个小时后抵达上海。

我倚着车窗，看着窗外，其实已经什么也看不到了，刚刚还有两三处灯火，现在全是无边的夜了。这节车厢很空，虽然有几个人，但也睡了。

我们在黑夜里穿行，奔向一个对我们来说还是一片空白的城市，就像是去探索一张新的地图！我前所未有的亢奋，一直不愿入眠。

顾跃的脸被黑色的车窗映着，我忽然大胆地直接看向他的眼睛，问："你看我干什么？"

他倚着靠背，慵懒地眯着眼，把玩着手机，神情放松得像是下一秒就要入梦，我被他盯得奇怪了，他才说："是你在看我。"

"明明是你在看我！"

顾跃笑，狭长的眼睛里闪着温润的光："你不看我，怎么知道我在看你？"

我烦他这样耍无赖，正要跟他争两句，手机的屏幕又亮起来了，来电显示是郭主任。融洽、恬然的气氛一扫而光，我忽然就感觉到了寒夜的冷。手机早已调成了静音，我们没有谁去理会这个电话，从下午到现在已经来了很多通电话了，甚至岳辉、高岳霖都打了过来。

我缩了缩肩膀，感到一阵寒凉。外面扑簌簌地响，不断有东西落下来，一团白色棉絮般的东西撞在我面前的车窗上，下雪了。

雀跃的苗头刚刚冒出头，就被无情地拍回了岸边。

顾跃注视着我，他笑着，脸上是前所未有的轻松表情："他们问起来，就说是我撺掇你跑的，反正你就跟小狗似的，逗一逗就跟着跑。"

"滚！"我没好气地说，心情好了很多。

"我说真的，咱们把钱给了他们，他们肯定还是要问的。就说连夜去找我爸了！到时候让我爸做个伪证，事也就过了。"顾跃严肃地说。

我讶异，顾跃的爸爸看起来不像是会这样纵容孩子的人："你爸可真行，连撒谎都帮你。"

顾跃咧开嘴笑了，他看着窗外，看着远方，又像是看着久远的回忆："我爸……”他像是发出一声梦呓，“可好了。”但只是一瞬，那个沉溺在美好回忆里的顾跃，立马惊醒，他干脆利落地说：“反正，这事我背了，顾长行一点事也不会让我有，最多就是转个学，晚一年参加毕业考。”

他说得很笃定，语气就像帮我背这个黑锅反而能让他因祸得福，他换了个姿势坐着，又说：“反正有你这个学霸在，说不定晚一年参加毕业考，我还能考得更好呢！”

我也笑了：“那还真说不定，不过我这个家教可贵了！”我刚说完，手机屏幕又亮了。

两人再度沉默，过了一会儿，他不耐烦地把手机丢到我怀里，说：“烦死了，你拿着吧！”

手机在黑夜里一闪一闪，雪花扑簌簌往车窗上撞，冰冷彻骨的寒风袭击了这辆在夜色里前行的列车，我和顾跃瑟缩着，依偎入眠。

手机屏幕似乎是经过焦急而漫长的等待，但都没有等到被接通的那一刻，它死灰一般沉寂了。熄灭前的那一刻，屏幕上写着——邓一。

“不好意思，如果你只能提供名字和年龄，没有任何身份信息、电话号码的话，我是很难给你找的。”大堂前台小姐歉意地说，“何况，你说的时间都隔了好几年了。”

我欺瞒了顾跃，中山路179号兰顿酒店，这是七年前我妈给我寄包裹时，邮件上面的地址，我甚至连一个电话号码都没有。可现在我无法欺瞒了，我甚至不敢回头看顾跃的脸。

我尴尬地想是不是要这样放弃，还是打个电话问问姨妈。另一个前台小姐突然插话了："你说的那个名字有点耳熟，你再说一遍，我好像记得一点。"

我简直欣喜若狂。我趴在前台上，恨不得贴到这个人的脸前："陈凤娇，你记得吗？陈凤娇，耳东陈，凤凰的凤，娇娥的娇！"

"陈凤娇？"她一字一顿地说，若有所思地回想着，"这名字听着好耳熟啊！小蕊，刑总老婆是叫什么凤娇吧？"

我失落地低头，刑总的老婆，大概只是同名同姓吧。我还没听那个叫小蕊的怎么回答，一个孩童清脆的声音在我的后方响起："妈妈？"

那个叫小蕊的说，刑总的老婆以前就是在酒店工作，后来怀孕了，就辞职了。我向小蕊道谢，告诉她那位刑总的老婆应该不是我要找的人。小蕊笑了笑正想要跟我说些什么，视线却越过我，和我后方的人打招呼："陈姐，来找刑总吃午饭啊？"

我默默地转身看顾跃，他脸上什么表情也没有，我伸手去拽他的衣袖，说："对不起，顾跃，我们可能要白跑一趟了。"大堂的门被人推开了，一阵穿堂风把我的热血全吹冷，我见不到妈妈了。

一只大手压着我的头，我抬头一看，顾跃安慰我："没事，就当是说走就走的旅行好了！"

我扑哧一笑，这哪是说走就走的旅行，分明是说走就走的逃亡。

"妈妈？妈妈！"孩童的母亲久久没有回应她，她已经不耐烦了。

"媛媛？"孩童的母亲声音胆怯，带着难以置信。

我僵住了，那个声音更大了，似乎是确定了什么："媛媛，是不是你？"

"邢乐！到爸爸这儿来！"一个男人从电梯里出来，对着孩童喊，小女孩脆生生地喊了一声"爸爸"，大笑着冲过去。男人抱着小孩，很快来到了女人面前：“怎么了，老婆？”

我僵着脖子转过头，一个衣着光鲜、气质优雅、带着温润气息的女人正难以置信地盯着我，她眼眶里的泪水在打转。她旁边站着一个西装革履的男人，怀里还抱着一个娇小可爱的女孩。

她是陈凤娇？我脑海里满是已经相信了的质疑，她是，可她不是我珍藏在记忆深处的、冲着我温柔微笑的妈妈。

“她是你哥哥的大女儿吧？”男人给女儿擦手，一边温和地笑着对我点头。

我们在圆餐桌前坐着，女人正热络地对我说着什么，听到这个，她愣了愣，然后嗔怪地对男人说：“我们家那么多亲戚，你记得谁啊！”

我沉默，刚刚男人问起的时候，女人介绍我，说我是老家来的亲戚。

“你是谁啊？”小女孩奶声奶气地问，乌溜溜的眼睛盯着我，可爱极了。

“我……”我却不知道该怎么回答她。

女人却对着小女孩说；“邢乐，你不可以这么没有礼貌哦。这是姐姐，你要管她叫姐姐！”

“快叫姐姐！”女人说。

姐姐？没错啊，我是她姐姐，同母异父的姐姐。

小女孩的眼睛看着好熟悉，眉毛皱起来的时候可爱又秀气，这双眼睛我看了十几年，每天照镜子会看见，梦见女人的时候也会看见。

“姐姐，你好！”小女孩脆生生地喊，绽放一个微笑。

我扯着唇角笑，我说：“你好。”手一颤，筷子差点滑落。

身边的这个女人是我记忆里的样子，却又不是。那时候我们蜗居在菜市场里，闹哄哄、臭烘烘，可女人每天都把自己拾掇得很干净，她有着恬然的笑，她看起来很美。现在她依然很美，却不是那种简单、朴素，我摸得着的真实的美。现在的她精心保养，优雅得与这座城市如出一辙。

我不知道记忆里的和现在的，哪个才是真正的她，但她已然与那座菜市场无关了。

我握着筷子胡思乱想，忽然右边的顾跃碰了我一下，我茫然地抬头，随着他示意的方向看过去。男人大概也就四十出头，却和我同样四十出头的爸爸截然不同，男人看起来斯文、讲究，俨然是精英的模样。

男人给小女孩夹了一只虾，把刚刚的话重复了一遍："你们是过来玩还是怎么？既然来了，就多玩几天。"

"不，不用了。"

我说完这句话，陈凤娇明显失落了，她顿了顿，抽出一张纸给小女孩擦嘴巴。

我接着说："我们是过来比赛的，下午，下午就要回去，明天还有课。"

也许是练出来了，我张口就把谎话说了出来，两个还穿着校服，甚至没有一个背包的学生，怎么可能是来玩的？

"跑到上海来参赛？那可真了不起，你读几年级啊？"男人接着问。

陈凤娇给小女孩喂了一勺饭，她看着我，眼睛里似乎深藏着什么，她说："要毕业了吧，我都有快十年没有见过你了。"

她记得？我鼻子忽然有点酸，说："是的，学校特批的名额，来参加在上海举办的决赛。我看离回去还有点时间，就过来看看你，碰碰运气。"

我说得艰难而又庆幸，我没有她的电话，没有她的地址，有的只是几年前收到的一个我背下来的邮件地址。见不到了，也就白来了。我是为了那一万五而来，可我坐在这里，已经不是为了那一万五了。是为了我疯长了将近十年，被我美化得近乎偏执的思念，又或者说信念。

陈凤娇有一瞬间眼里腾出了热气，像是不好意思，像是愧疚，她低着头拿着勺子在小碗里鼓捣："好，好，一眨眼都这么大了。"

她没有叫我的名字，也没有点出是在说谁，可我的心一下就软了，她是我的妈妈。即便她已经脱胎换骨，拥有了崭新的、美好的生活；即便她已经与那个菜市场一刀两断，她依旧是我分别快十年的妈妈。

忽然小女孩嘀嘀咕咕说了一句什么，男人和她相视而笑，这三个人看起来就是电视广告里的模范家庭，整个包间都洋溢着幸福的味道。好像自带柔光灯，一切看起来都是温馨、柔和的。而我和顾跃所在的地方是冷清的、无言的，甚至是多余的。他们看起来太和谐了，气氛不自觉地就在我们之间分割出一条天堑。

我无法用语言去形容这一切，我就像是陈凤娇人生的阴暗面。每个人都会有阴暗面，可她现在向着阳光，看起来妥帖又和谐，仿佛她的人生本该是这样。

男人担心冷落了我们，起身夹了一筷子鱼："别光吃饭，吃点菜，不够再点啊！"

"她不吃鱼！"筷子快落到我碗里时，陈凤娇喊了一句，伸着小碗，接过了那一筷子鱼。

"乐乐也不吃鱼！"小女孩突然铆足了力气喊。

男人逗弄小女孩，说："鱼聪明，吃了鱼，人也会变聪明！"

小女孩不高兴了，噘着嘴巴说："鱼那么聪明，怎么还会被人吃？这说明鱼笨！"

场面一下就欢乐了，男人和她笑得前仰后合，她甚至连眼泪都笑出来了。

我和顾跃应景地笑了几声，我看着她取笑她的女儿，心中五味杂陈，她还记得我不吃鱼。

她连眼角的泪水都没擦掉，转头看我，泛着泪光的眼睛让她看起来格外柔和，那些深藏的慈爱从眼底深处折射出来，她说："你还记得吗，你小的时候，也说过这样的话，和乐乐说得一模一样。你那时候为了不吃鱼，花招百出，说的全是歪理……"

她说到一半，眼睛里全是对往事的怀念，她眼底的光发自十年之前，没有间隔地投射到我身上，却已经是十年以后。

她记得，她都记得，有些东西就像光一样，从发出那日开始就从没停止过，只是我与她隔得太远了，早已感受不到那光的温度。我战栗着，这份母爱遍及我全身，与我十年来执着寻求的一模一样，却也不一样了。她还端坐在我的左侧，我却无法和她亲密如昔。

小女孩坐在她的左边，正一口一口地吃着饭。一个服务员端着一盆热汤进来，从她和我之间上菜。我伸手夹菜，小女孩前倾着身体，伸手去够小点心。热汤里的勺不知怎的就翘着往后一倒，热汤溅了出来。

"宝宝，小心！"她喊出来的同时，把那把掉下来的汤勺往远离小女孩手的方向拨。

"乒乒乓乓"的响声几乎是一瞬间结束，她护着小女孩，急切地问："怎么样？有没有烫着？"小女孩懵懂地看着她，摇了摇头。

我的手背被热汤烫红了一片，被她拨过来的勺正好打在关节上。疼，不及心里疼；烫，没有五脏被灼烧烫。压抑很久的泪水，原本是应该边喊着妈妈，边扑进她怀里时留的泪水，此刻悄无声息地落在玻璃桌上。

我来不及躲开，来不及缩手，我所有的反射神经在她喊出“宝宝”的那一刻，让我回头看着那个曾经管我叫宝宝的人，可她叫的不是我。

于是我看见了，我虽然已经承认，虽然已经认清，却依旧难已接受的一幕，我看见她用自己的手挡开危险，保护她的小孩。她的全身心，已经全部挂在那个小女孩的身上了。不是取代，不是多余，她依旧爱我，她依旧记得我的点点滴滴，但那些都属于我的过去了。我一直爱她，可我已经不在她全身心呵护的范围里了。

十年，我们已经踏上了不同的道路；相交，却不能填充我们空白了的十年。

最快为我做烫伤处理的，是顾跃。他几乎是顷刻间就把一杯冷水倒在了我的手背上，再把湿毛巾敷在我手上，握着我的手，冲着服务员喊“洗手间在哪儿”。

但最后陪我去洗手间处理的，是她。她满脸的歉疚，连看都不敢看我，可帮我处理烫伤时，她的眼皮也跟我的抽气声一下一下地跳。

她怕疼，特别怕我疼。小时候我喜欢疯玩疯跑，因为摔倒，夏天时膝盖上几乎没有一块好肉。她每次帮我处理伤口时，眼皮吓得一跳一跳的，我吸凉气，她也吸凉气。我说宝宝不疼，可她说，妈妈疼。

我抬着另外一只手，摸上了她的脸，她颤了颤，一瞬间僵硬，然后平缓下来。

我说：“我不疼。”

她的泪水几乎是在抬头看我的一瞬间就掉了下来，她没有说妈妈疼，她说：“宝宝，对不起……”

挥手告别，我们转身走进了高铁站。刚到上海的时候，我和顾跃只剩下一百来块，如果找不到妈妈，连回去的票都买不起。离开的时候，我怀里揣着她强行塞给我的五千块。

她在洗手间里抱着我哭了很久，一直说着对不起，时间仓促她一直在问我过得好不好，然后又重复地说对不起。我摸着她的头，一直说："我不疼。"

我还会遇上很多困难，我还会摔很多跤，可我已经不怕疼了。即便没有你替我疼，可我已经有了一些不管是遇到什么困难和险境都会站在我身边的人。

我不怕疼，因为我已经有了怕我疼的人。我扬起一个源自心底的、轻松的微笑，看着我身边的顾跃，我说："顾跃。"

"嗯？"他转头看我。

"没什么，叫着玩！"我冲他笑。

他抬手摸了摸我的脑袋，回应我笑容。

"我妈，刚刚问我是不是遇到了什么困难。"我们站在站台上，我眺望着列车来的方向说，"但我没说。"

"哦。"顾跃应了一声，表示知道了。

"你不问我为什么？"

我回头看顾跃，列车呼啸着进来，在我们面前停稳，他笑了，然后说："车来了。"

我跟着顾跃踏进车厢，许久才又笑了。

因为我不想把她卷入菜市场这个泥潭。

……

“我们不能一辈子待在菜市场！待在这儿，我们就完了，一辈子都完了！”

“媛媛，妈妈要去上海，等妈妈站稳了脚跟，就把你接过去。”

“媛媛，你以后努力读书，考到上海去念大学。这样，就可以永远地离开这个菜市场了！”

……

我们在座位上坐定，列车就要开动了，我最后看了一眼上海这座城市。这座城市留下了我的妈妈，我的妈妈，她已经永远地离开了那个菜市场，我不想再把她拖进来，拖进那种糟糕又散发着恶臭的生活。

我坐在可以往后调节的座椅上，比来时舒适了不少。我无聊地翻看着列车上的杂志，忽然口袋里传来了嘀嘀的响声，手机提醒快要没电了。

把手机掏出来才发现只剩下2%的电量了，我解锁，未接来电和短信爆满。我随手点开邓一的短信，在一连串“你们怎么不接我电话，你们怎么不回我短信”的最顶端一条，文字框里写着——

那个警察又来找郭主任了！我偷听到那个警察说“送进医院，已经重伤不治”。到底是怎么回事，怎么还有人死了？你们把谁打死了？你们倒是回我消息啊！

重伤不治？周思捷死了？

“怎么了？”

我抬头看着从厕所回来，越走越近的顾跃，哆哆嗦嗦地抬手，将手机举起来。等到顾跃走到我面前，准备接手机的时候，手机发出最后一声悲号。

顾跃拿过手机，看了看一片漆黑的屏幕说：“没电就没电了吧，正好睡一觉。”

顾跃安然地在我身边坐下，然后装模作样地用杂志充当被子，盖在身上。我看着闭上眼睛的他，大脑一片空白，一个字也说不出来。

急速撞击胸腔的心脏，仿佛一瞬间把我拉回漫无边际的黑暗。恐惧让我想要张嘴呼救，然而最后一盏灯，已经熄灭。

过了多久，或许只是一瞬，顾跃把眼睛眯成一条缝，偷看我的动静，但我毫无动静。

我已经吓傻了，周思捷重伤不治？我，我伤人了？巨大的冲击力猛击我的意识。

“你怎么脸色这么难看？手机怎么了？你怎么了？”顾跃见我不对劲，转过身来问我。

我握着手机，慌张却又带着怀疑：“顾跃，我们打个电话给邓一吧？”

顾跃深深地看了我一眼，去前后座找人借手机。

假的吧，邓一骗我的吧？此刻我恨不得将躲过此生所有劫难的运气全放到这一次侥幸上。也许只是为了骗我们回去而说出的谎话呢？我带着怀疑拨通被我记下来的号码，几乎是刚拨通，电话就被人接听。我惊吓得连呼吸也忘记了。

“邓一？”我提心吊胆地问道。

“张媛媛。”

我瞪大眼睛看向顾跃，是郭主任！

“顾跃，我不知道你们去了哪里，但这样落荒而逃事情是不会解决的。你们回来，我们都在学校办公室里等你们。我们坐下来，好好把事情说清楚。你们还小，还有大好的青春，不要做傻事！”

仓促间挂了电话，我脑海里都是郭主任的话——你们还小，还有大好的青春，不要做傻事。

我不知道怎样向顾跃说出邓一的短信，我抱着极大的侥幸心理希望这一切都是假的，都是郭主任为了唬我们回去，而让邓一说出的谎言。可如果不是，如果是真的，那些大好的青春，我也就没有了。

重伤不治，应该是刑事案件吧？我这样想着，列车快速驶入隧道，我的天黑了。

我们回到了学校大门口，昨天我们才恣意、张扬地逃走，不过一天，我们又狼狈、糟糕地回到原点。我看了顾跃一眼，他像是传递勇气般向我笑了笑，抓住我的手说："不要怕。"

我点了点头，视死如归的豪迈勇气在我身体里激荡。这一切，不过那样。我是张媛媛，不是年级第一、学校之光的张媛媛，我是有血有肉的张媛媛。

顾跃拉着我的手，走在我前面。太多漫长的时间，我都一个人这样走过来了，可如今有了一个会牵着我的手，将我护在身后的人。我的眼睛忽然被泪水模糊，心却逐渐变得坚定。

几个月前我是一个为了毕业考而生的机器，我只有一个信念是考去上海，我活着的全部力量是为了摆脱人生前十几年被菜市场染黑的命运，脱离这段不堪的背景。我自傲，也自卑。

可是眼前这个人，从我与他发生冲突开始，他便慢慢进入我的生活，他一点一滴地改变了我。他教会了我敞开心扉，他教会了我散发善意与人做朋友，他教会了我怦然心动。我这一副躯壳，慢慢地被赋予了血肉，我学会了笑，学会了相处，我解除了隐藏在心底最扭曲的执念，我成了有血有肉的张媛媛。

这样一个人，这样一个我喜欢的人，现在挡在我的前面，有着势如破竹的勇气想要为我遮挡一切风雨，免我惊，免我忧。他是个裹着尖刺的好孩子，不应该为了我毁掉刚刚走上正轨的人生。

顾跃想要率先进入办公室，我将他拖到我身后。我们俩走在空无一人的走廊上，他莫名其妙地盯着我，我的心忽然就舒畅了。

像是听见了开花的声音，我示意他低头，然后踮脚飞快地在他嘴唇上轻啄了一下，我说："我喜欢你！"

可我不能把你拖入烂泥。陈凤娇离开了我，人生变得美好，我不能让你，因为我而变得糟糕。杀人偿命，我得去承担我应该承担的一切了。我喜欢你，十几年来第一次拥有的像花儿怒放一般的心情，怕不说就再也没有机会说了。我喜欢你，可我不能拖累你。

我转身，丢下傻愣的顾跃，冲进了办公室。我对着办公室里的所有人喊："是我做的，都是我做的！"

办公室沉寂了几秒，一个人冲到我面前。

"啪！"一个耳光扇在我脸上，声音清脆得几乎办公室外面都能听到。我的脸被那一巴掌扇得朝向另一边，一片火辣。

"你！"爸脸上一片通红，眼睛因上火而浑浊不堪，"你逃学，你夜不归宿，你跟人离家出走！"爸气得手都在抖，他扬起手，哆哆嗦嗦。

我僵硬地转过头，办公室里坐满了人，人来得出奇的齐。郭主任、政治张老师、王珍珍、姑父、姑姑、爸，甚至连顾跃的爸爸顾长行都来了。看到顾长行的时候，我还出神地想，原来顾跃没有骗我，他爸真的快回来了。

“离家出走就离家出走吧，都被人看到了，都传遍学校了，还装什么。”王珍珍跷着二郎腿坐在椅子上，鄙夷从没有像今天这样明显。

我歪着脖子朝王珍珍看去，我不明白她在说什么。

“你别乱讲，我管女儿，不关你的事！”爸硬气地对着王珍珍吼回去。

“我为什么要乱讲？张媛媛是众目睽睽之下拉着顾跃跑的没错吧？他们班的田甜亲眼看见顾跃把她抱上陡坡，两人从铁栅栏钻过去逃了，老师、家长堵都没堵住。”王珍珍气定神闲，二郎腿一抖一抖的，手还挥舞着，恨不得做个“张媛媛与顾跃双双离家出走”的现场报告。

这话还真有人听进去了，姑父嗤笑地看着我，说：“老张家的好闺女，这么点大就搞这一套，和你那个水性杨花的妈一个德行！”

“你闭嘴，别说话！”姑姑给了姑父一手肘。

爸侧着身子，从未有过的严肃在他的眼睛里积聚：“媛媛，你是我的女儿，你说不是，爸爸就相信你！你告诉爸爸，是不是？”

爸从来都是和蔼的，即便是后来家里条件不好，他对我也都是笑着的，从没有这样认真、强硬过。酸楚蔓延上我的心头，我给爸带来骄傲却一次也没有让他在表彰大会上出现过，可明天起，爸大概要以我为耻了。

“不是，我们去找……”

王珍珍腾地站起来，指着我的鼻子说：“你说不是？放学后留下来跟顾跃卿卿我我假装补课的是不是你？上次没穿校服，穿着顾跃校服进来的是不是你？”

“是，但我们不是卿卿我我，是真的在补课。”我站直了，急急忙忙地辩解，手甚至都在挥舞着，试图让办公室里的人相信我的话。

王珍珍怎么会让我辩解，她尖锐地打断我的话："你已经承认了！难道你敢说做这些的不是你？哈，没想到啊，上次你差点和顾跃打起来，现在倒在一起了。"

"打起来？"爸似乎是联想到了什么，他看着我说："上次让你晚上跑出去送药，说是给和你打了一架的同学，是不是就是这个顾跃？"

"爸？"爸不相信我？

我盯着爸，希望他还是站在我这边的，可他厉声质问："是不是他？"

我默认。我还能说什么？连爸也不相信我了。

"我打死你！"爸一张脸瞬间苍老了，他的手举在半空中，"我怎么养出你这么个东西！我，我该死啊！我该死啊！"

爸懊悔又自责，老泪从枯黄的脸颊滑过，四十出头的爸，瞬间苍老得像是六七十的老头。我一夜未归，爸找了我多久呢？我再也忍不住了，我哭着对爸说："爸，我错了，你打我吧！你别怪自己，我错了，我错了！"

连日来的紧张和焦虑没有冲垮我，我却在爸的眼泪里分崩离析。我做了什么，我做错了什么，会让我的父亲这样痛苦自责地哭泣？

"哈，真相大白了吧？是我们的年级第一不自珍不自爱，偷了家里的钱，还和人离家出走。"王珍珍嘲讽地说。

这次没有谁替我反驳了，好像尘埃落定，判决已下。然而爸这一巴掌没有落下来，一个人忽然把我往后一拽，挡在我身前。

"不是她的错，你别打她。"顾跃淡淡地对我爸说，"我骗了她，钱是我威胁她去偷的，也是我拉着她逃跑的。"

姑姑像是看到了一线生机，她冲过来质问顾跃："她身上的伤，是不是你……”

“是！”顾跃想也没想就承认了，“别怪她，都是我害的。你们要拿我怎样？大不了我退学就是了！”

姑姑却被顾跃的这话吓着了，她倒吸了一口凉气：“你威胁她？你恐吓她？你还对她做了什么，你做了什么！一句大不了退学就够了吗？”姑姑说不下去了，她哽咽着，冲上来抱住我，捶打着我的背，边哭边骂。

“我打死你！”一个男人从办公室的最里面冲了出来，对着顾跃就是一脚。

“啊！”我尖叫着看着顾跃被踹到一边。

“爸？”顾跃捂着肚子，难以置信地瞪大了眼睛，可他等来的却是顾长行的第二脚。

“谁给你的胆子？谁给你的胆子？”顾长行边打边吼，“我以为你和别人打架不过是几个男生精力旺盛，可你做了什么？你对着人家小女生做了什么？我踢死你！”

头一次，顾跃看到他爸时，眼里是惊喜和委屈。顾跃褪去了在我面前成熟、有把握的样子，对着顾长行展露出隐藏在心底的委屈和脆弱，他几乎是用哭腔喊出来的：“你怎么才回来啊？你怎么才回？我妈都快死了！”

顾长行大概是仓促间被叫来处理顾跃的事，甚至没人告知他刘素兰出了车祸，他愣住了：“你说什么？你妈怎么了？”顾跃聪明，跟着他爸学得老练事故，轻易不会在别人面前展露脆弱的一面，可现在顾跃能够在大庭广众之下快哭出来，可见事情有多大。

我却安心了，顾跃的爸爸回来了，刘素兰的命也就有了保障，顾跃也该没事了。我在爸爸和姑姑的怀抱里安然地闭上眼睛，这样我要是进了少管所，也能安心了。

可偏偏还是有人不放过我们。王珍珍尖着嗓子喊："你妈病了你就骗人、偷钱、勒索人家，还把人家小姑娘身上弄得青青紫紫的？你妈病了你就能做这些？哼，钱偷都偷了，还这么理直气壮！"王珍珍双手叉腰，一副审判长的模样，轻易定夺我们的生死。

"我算是明白了。"王珍珍的话再一次被姑父听进去了，"偷了我的钱，还对着我喊打喊杀，你爹妈不知道管教，我把你送到派出所去管教！"

"王珍珍，你给我闭嘴！你十几年前破坏人家家庭被人撞破，遭了打，别时时刻刻以为是刘素兰揭发你。你自己品行不端，别时时刻刻跟条狗似的，逮着刘素兰就咬！也别以为所有小姑娘都跟你一样不自爱！"

哪里来的声音，这个办公室里已经混乱极了。爸自责地淌着泪，说着自己该死；姑姑抱着我骂我脑子不清白，问我怎么会做这种事；王珍珍和揭发她的张老师泼妇般对骂；顾跃哭骂着问他爸怎么才回；顾长行一脸悔恨连声追问刘素兰怎么了；姑父念念叨叨说要把顾跃送进派出所……

声音太多，反而像没有声音一样了，你不知道该听哪个，你不知道哪个是自己发出的。我又一次经历了这样混乱的局面，上一次我还能轻而易举地化解，但这一次已成了死局，张媛媛的死局。

我看着爸，悔恨的泪水扑簌簌地往下淌。我从来不是个好女儿，我以为我可以让他骄傲，我可以不让他操心，所以我什么事情都不允许他碰。我想其实他知道我嫌弃他，我嫌弃他是个瘸子，我嫌弃他没有一份体面工作，我嫌弃他给我丢脸，我嫌弃他穷。他每一次费尽力气捧给我他最好的，得到的却是我的不屑一顾。然而这一刻，我如此让他丢脸的这一刻，他却紧紧抱着我，从未想过放手。

够了，这就够了。我一一看过去，爸、姑姑、顾跃，甚至是现在不在这儿的邓一、岳辉、高月霖，有过这么多给我温暖的人出现，这就够了。

我的世界是鲜活的，充满了缤纷的色彩，我微笑着，什么都不怕了。直到一抹黑色闯入，一个穿着警服的人出现在办公室门口，他对着一直不声不响的郭主任说："郭庆军！"

我的死局，我知道我该亲手来结束这一切了。

我看了看自己的右手，拿着砖头砸周思捷脑袋的右手，让周思捷重伤不治的右手，我对着办公室里的所有人说："是我砸的，人是我砸的。"

上好的青春，

尚好的我们

第十一章

PERFECT YOUTH, PERFECT US

我坐在靠墙边的地上，这个房间很狭小，我丈量过，20步就可以把它走完。南面的墙上，有一个小小的窗户，阳光从那儿照在我的身上，可以让我感受到片刻的温暖。这个房间禁锢了我的自由，连呼喊也不会有人听见。

被关进这间房子的时候，我想了很多。我在想，如果再给我一次机会，我还会不会向顾跃提出挪用那一万五。我的答案还是会。可如果有人问我，我还会不会拿起那块砖头，拍向周思捷的后脑勺。我不知道，也许会，那一刻的恐惧、心里的愤怒和对顾跃的担心都超出了大脑对我肢体的掌控。

但现在想，或许我会换一种方法，一种不会让自己沦落到今天这个地步的方法，把周思捷推开；在巷子里大声呼救；或者在周思捷挥下第一棍的时候就跑到外面去找一个大人。哪一个都能让我避免落到现在这个境地，可我选了最笨的那一个，于是我得到了最惨烈的结局。

脚步声在外面响起，钥匙的响声格外清脆，这也许预示着我可以暂时地从这里出去。是有什么人来探望我了吗？

果不其然，钥匙插进了那个困住我的大铁门的门锁里，旋转，然后门被拉开，门口的那个人直直地看着我。

我漠然地抬起头，然后不屑一顾地转过头。

“你那是什么眼神！”那个人问，一脸怒容，仿佛要追究我对他的无理，

“出来吧！”

哼，我心里发出一声冷哼，慢慢地站起身，拍了拍身上的灰尘。我往外走，踏出铁门的那一刻，阳光普照，恍如隔世。

我迎着刺眼的光，终于流下了泪水。很多次我都没有说，可我心里知道，我后悔，我后悔自己一时失手葬送一生……

一根戳在我脑袋上的手指头把我唤回了这个世界，我歪着头看着“牢头”。“牢头”一脸无可奈何地看着我，戳了戳我的头，说：“你这是什么奇怪的表情，你又在胡思乱想些什么呢？”

我眺望着远处的城市，极其严肃地说：“设想我坐牢的情景。”

“牢头”看了看那间狭窄的杂物室，一巴掌拍在我脑袋上，虎着脸说：“张媛媛，你给我靠谱点！别一脑子都是你伤了人之类的暴力场景，就你这小鸡仔般的力气，你伤得了谁？”

我昨天闹了一场很大的乌龙，那句“是我砸的，是我砸的”，把所有人都吓得变了脸。我把所有事情都说了出来，包括邓一告诉我的周思捷已经重伤不治。可当我说完这些，那个警察却说：“我说的重伤不治，是随时可能重伤不治，说的是郭庆军的兄弟，闹崩了的兄弟。”

我把目光转向郭主任，郭主任在我的希冀里点了点头。偌大的惊喜迅速袭击了我，狂喜在我的脑子里爆炸。看到顾长行时我就知道这件事与顾跃没有关系了，刘素兰的医药费也不用着急了，反而只剩下我，一砖头把人脑袋砸开花的我。周思捷重伤不治，我什么也赔不起，唯有一条命。可我听见了什么？这一切居然是一场乌龙！

虚惊一场，我背上满是冷汗。我忽然想，这世上再也没有比虚惊一场更美的词语了，经历了一场动荡，面对一个以为必死的结局，却起死回生般安然无恙。

即使是面对着今天的阳光我依旧心有余悸，若青春里的所有动荡都只是虚惊一场，那该多好？但还是别再有动荡了，只这一场我已经惊心动魄。

顾跃还虎着脸看我，他对昨天我隐瞒了他那则短信息和冲进办公室妄图一人承担的举动十分生气。

我无视他的脸色，踹了他一脚："你还生什么气，要不是你出去接你爸的电话没有抵住铁门，我也就不会被反锁在杂物室里了。"

"我说的是这个吗？"顾跃不怒反笑，一副要跟我追究到底的样子，然而片刻后他又颇为尴尬地说，"你昨天那是什么意思？"

我一心只关注自己想知道的事情，说："你爸打电话跟你说了什么？"刚刚顾跃接到电话，点头嗯嗯地应答了一阵，忽然脸色变得极为不好意思，他慌慌张张松开撑着铁门的手，跑到远处接电话去了。

顾跃变得更别扭了，却装出什么也没有的样子，把我推开："没说什么，我爸说他把外公欠的钱都还了，还给我妈交了医药费……"

"就这样？"我好奇地看着顾跃，昨天我把我们为什么会去偷拿那笔钱的理由说了出来，没说得特别仔细，只是把医院里的情形、那个女人的态度说了个大概。顾长行几乎是听着听着就蹲了下去，他比顾跃更不了解刘素兰这些年的事。这个比顾跃还高的男人，听着我描述的已经简化了的，顾跃走投无路的场景，他蹲在地上，憋红了脸，缓了半天才说出一句"跃跃，好儿子"。

"还给我道了歉。"顾跃坦然地说出了这句话，"说要找个时间好好吃顿饭，好好聊聊。"他现在的表情，就像是那天他在列车上一闪而过的那个怀念的表情。我想他爸确实如他说的“可好了”。这个曾经用针锋相对、惹是生非来博取爸爸关注的少年，在家庭破碎之后，终于找到了与父母相处的方式，明白了自己从未被任何人离弃，他们还都爱着他。

一只手蒙住了我的眼睛，我猝不及防地后退，却被另一只手按住了。

“又是这样的眼神。”似乎是一声叹息。

什么？我懵懂着，不明白顾跃在说什么。我想掰开顾跃捂住我眼睛的手，但下一秒他就松开了。我和顾跃面对面，距离隔得很近，他低着头，我仰着脸，好像再近一点，他就能触碰到我的鼻尖。

“那天在走廊上，你就是用这种眼神看着我。”顾跃按着我的肩膀，直视我的眼睛。

我有些心慌，忽然就想起顾跃对我说的一句话“别用这样的眼神看着我，我不需要你的同情，别拿这种可怜我的眼神看着我”。我还记得顾跃说这话时，自己那种心脏要炸裂的感受，他连解释也容不得我说，就那样落荒而逃了。可这样的眼神并不是同情啊。

像是为了看得更仔细一点，顾跃慢慢地向我靠拢，他说：“你说你喜欢……”

我的脸发烫，我这才意识到他说的是昨天我在走廊说的那句话。

看着离我越来越近的顾跃，我只听得到怦怦的心跳声……

“这可是六楼啊！我一个人提两桶水爬六楼，你们俩躲在上面谈情说爱，这也太不公平了吧！”

突如其来的声音吓得我立刻倒退了几步。

顾跃转过身去，对着那个发出声音的人喊：“周思捷，你不说话没人当你是哑巴！也不想想全校都放假了，我们还在天台擦这些烂桌子是谁害的？”

“这怪我吗？”周思捷放下水桶，摸着后脑勺说，“你们俩全好好的，我可是脑袋开了花的啊！”

“对啊，躲在家里企图拿红花油和创可贴糊弄过去的伤口。”顾跃讥讽道。

我扯了扯顾跃的衣袖示意他别说了，面对周思捷，我还是有些愧疚，周思捷的伤并没有顾跃说得那么轻。

周思捷一开始是准备拿红花油和创可贴糊弄过去，血止住了，他妈头一晚没有回去，第二天发现的时候，也就瞒不住了。他妈带着他去医院缝了三针，因为轻微脑震荡，他赖在家里让他妈照顾了好几天。周思捷总是打架，他妈也没觉察出什么不对劲，甚至还因为他的安分而感到欣慰。接到郭主任的电话时，他妈才反应过来，周思捷哪里是安分，他分明是心虚。

“我怎么知道你们那么大胆，拿着一两万元在外面跑！那两个家伙一看我倒下了就慌了神，再一看包里那一沓钱，立刻丢到我身上，说跟他们无关就跑了。”周思捷摸着脑袋哀叹自己交友不慎。

很多事，开始的时候只是因为好玩或者无聊，想给对方一个教训，但收不了场的时候才发现，一开始就错得离谱。

周思捷的妈妈在接到电话后，立马从床底下翻出了被周思捷藏得严严实实的手提包，揪着周思捷的耳朵赶到了学校。和姑姑担心人家会要追究我打伤人一样，周思捷的妈妈也担心我们会追究周思捷抢劫。

周思捷抢了钱而我没有砸伤他脑袋，我砸伤他脑袋而他没有把钱抢走，这两件事如果只发生了任意一件，我们都不可能平心静气地与对方在同一个空间里好好相处。没有人愿意当坏人，你乐意放我家孩子一马，我也不会一定要把你家孩子送进派出所。除了大家不愿意两败俱伤之外，归根究底是因为都觉得我们还小吧。

因为还小，因为年少无知，我们会因为冲动而做出一些后悔莫及的事。有的时候能侥幸逃过一劫，有的时候却因一次失手葬送青春。人生会有多少次劫后余生？青春禁得起多少次虚惊一场？我们今天还能站在这里说万幸，但有多少人真的就从此不幸？

我看了看自己的右手，它差点就真的让我变得不幸，但还好，还好我们都只是虚惊一场。

像是心有灵犀一般，右手被另一只手握住。我顺着那只手往上看，顾跃一脸的不悦，却把手握得更紧。

我抿着嘴唇笑了，若我连一丝冲动也没有，也就不会遇到这个叫顾跃的男生了。

“喂！开始擦桌子好吗？我是被郭主任罚做清洁的，不是来看你们卿卿我我的！不要欺负我单身好吗？”周思捷又在瞎叫嚷了，“年级第一，谈恋爱是会影响学习的！别忘了你爸答应我妈，说让你帮我补课……”周思捷在顾跃凶狠的瞪视下悻悻地改口，“不说了行吧，不说了不说了。我都懒得看你们，我进去看看杂物室！”

说完，周思捷一副不忍直视的表情摇头晃脑地往杂物室里走。

顾跃看了我一眼，眼里满是戏谑和狡黠之色。

我退了退，与顾跃合力把杂物室的铁门重重地关上，然后大笑着往楼下跑。空留周思捷被关在杂物室里，拍着铁门大喊：“你们干什么？你们关什么门？放我出去！放我出去！来人啊，放我出去！”

周思捷悲惨的哀号在学校上空盘旋，顾跃抓着我的手飞速地往楼下狂奔，我们大笑着，得意不已。

我们还小，还有上好的青春。

新书街

本年度锦年最值得期待的重磅新作

《青鸟飞过荆棘岛》

即将全国感动上市！

除独家定制微情书集外，
另一赠品也已揭晓——
限量定制版精美折纸：书中女主纸飞机同款。

封面以实书为准

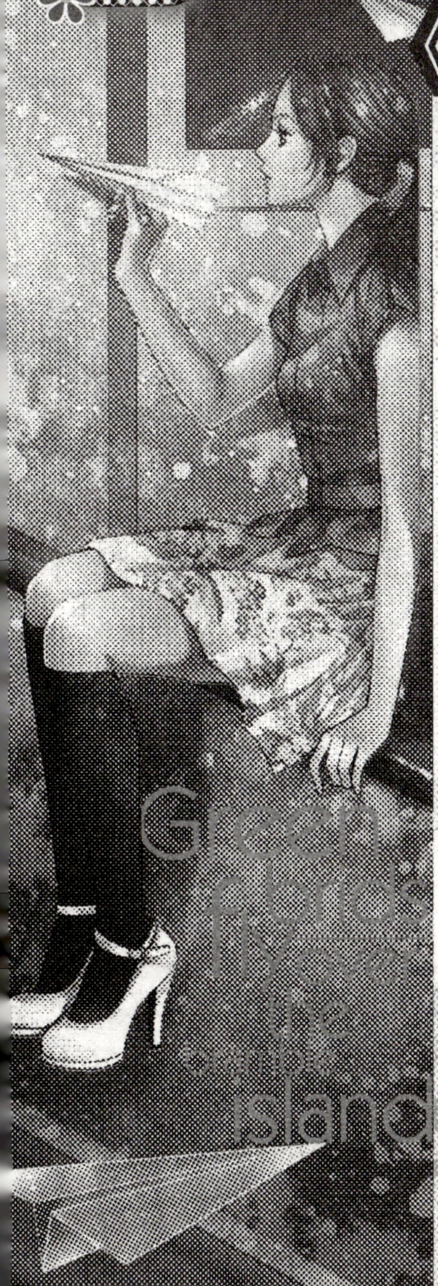

第2轮
新书活动
蓄势待发

容菜菜先给大家做个预告

参与方式

读者使用《青鸟飞过荆棘岛》随书附赠的折纸，运用自己的想象力折出作品，用相机或手机拍下折纸成品，传上微博，并@merry-锦年@魅丽优品@我素菜菜酱。

奖品设置

从参赛作品中选出的优秀作品，将有机会获得**锦年旅行带回的神秘礼物以及签名新书。**

想要获得锦年的神秘礼物和签名新书的话，就快快关注@merry-锦年@魅丽优品@我素菜菜酱吧。大家记得关注哦！

新书街

如何迅速升级成白富美

暑假到了！默默地摸摸口袋，发现全部家当只剩下100块……

只有100块还能好好当“白富美”吗？

小编迅速翻遍我们的新书，

然后发现……

答案居然是肯定的！

第一步 STEP1

在成为“白富美”之前，必须先摆脱穷光蛋的命运！

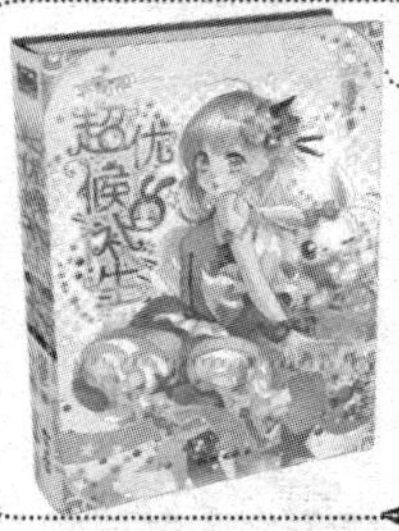

《超优候补生》 草莓多 著

任性刁蛮的大小姐亚米一夜之间变成了穷光蛋，还被自称来自外星的丑玩偶欺骗，落入恐怖的“短时间内强刷好感度”地狱。

关窗1分，擦地板10分，关心同学50分，和人争执扣1000分，被诬陷扣10000分！

唯一脱离地狱的方法是成为超级受欢迎的歌手。

想逃跑？会被十万伏特电流袭击哦！

超级热血的少女搞笑励志成长游戏，正式启动。

啊？超自然能力？

好像超出预期了……可不是每个人都能碰到“短时间内强刷好感度地狱”的……再搜索一下！

《微甜三次方》 草莓多 著

总觉得自己是天底下最不幸的阴沉少女蓝小叶“捡”到一个自称是守护精灵的仙子玩偶，本以为会得到魔法庇护，从此将万事如意，获得幸福，可天上真会掉馅饼吗？

“善意之手”须达到100%，否则就会倒大霉？

如果不能在一周内发现“美化之眼”的练习方法，考试将永远得零分？

还有“义真之言”“纯真之心”等奇怪的称号代表的又是什么呢？

闯过了重重关卡，当蓝小叶终于解开心结时，却震惊地发现所谓的守护精灵背后的真相……

你说这个是获得魔法守护的？

都一样啦！

反正，获得了魔法守护，我们还会穷吗？ 如果还不行，敬请期待……

*未出版书籍 以实书为准

《凉涩花之梦》 草莓多 著

花梨为了博得关注，声称认识最年轻的国际舞蹈家结凛，却被同学要求拿出证明。

就在花梨吹牛的真相即将被揭开时，结凛竟然真的出现在她面前。

与他同时出现的，还有一个超级可爱的Q版小王子玩偶。

小王子玩偶声称自己是受到诅咒的神界王子，而花梨是能解开诅咒的契约者，解开诅咒的办法就是花梨永远不能说谎。如果说谎，将遭受十万伏电击的惩罚。

是继续说谎抓住虚假的友谊，还是诚实面对不愿回忆的过去，勇敢地重新接受残酷的挑战？

青涩甜美的成长烦恼交织如梦似幻的“魔幻奇缘”，将奏出怎样的命运篇章？

第二步 STEP2

既然现在已经起死回生，摆脱了穷光蛋的命运，
我们就有底气追求生活质量啦！
比如说帅哥……

《妖孽少爷别惹我》 草莓多 著

这个世界上，是不是有另一个我，过着我想要的生活？

因为一份双子变身契约，两个“奈奈”开始了奇妙的互换身份之旅……

跆拳道黑带九段、人称“女流氓”的浅千奈摇身一变，成了宫家大小姐！可是，千金大小姐也不是那么好当的，绑架、相亲，一个不落地悉数上演，美梦一瞬间变成噩梦！更可恶的是，还有大少爷伊藤月每天变着花样来纠缠，简直太过分了！

呜呜，说好的平凡女生超梦幻华丽逆转情节呢？为什么现实和理想差了那么多？

这简直就是另类灰姑娘勇闯上流社会的爆笑血泪史啊！

什么？不喜欢“霸道少爷”款？（小心“小白”会打你们哦！）
没问题，我们还有另一种口味！超高智商，学霸必选！

《呆瓜学霸认我吧》 草莓多 著

这个世界上，是不是有另一个我，过着我想要的生活？

宫里奈在见到另外一个“自己”时就知道，两个“奈奈”的变身游戏要开始了！

褪去大小姐的华服，“女神变女流氓”的宫里奈在平民学院里简直如鱼得水！

只不过，这三天两头就有“仇家”找上门是怎么回事？

“女流氓”浅千奈的历史遗留问题简直让人头大啊，这一切就交给本小姐处理好了！

木讷憨厚却有亲吻癖的邻居“学霸”、狂野不羁的街头少年、阳光正派的学生会会长，美少年们，通通拜倒在本小姐的脚下吧！

第三步 STEP3

有了帅哥，当然我们自己也要跟上啦！
外貌……呃，既然只有100块，就不要想什么整容了
但是没关系！
我们可以修炼自身，做一个 气质的美少女！

《许你向未来》 宅小花 著

一见钟情之后，往往没有太好的结局。

生活不是童话，但许晴嘉却始终坚信，只要努力一点，再努力一点，就能得到自己想要的……最起码，方竟能多看她一眼，也算是好的。

始终不愿放手，究竟是那一抹执念，还是永不放弃的希望？

她只知道，有时候上帝总会在绝境中赐予惊喜。

《我们须将独自怀念》 宅小花 著

性格冲动、天性善良的少女郑夏天，为了好友陆双双，和校花陈珂针锋相对，甚至不惜和陈珂结仇，最后却害好友毁容。三年后，因为内疚而改变的郑夏天，重遇当年和陈珂交好的少年顾泽一，渐渐揭开了当年事情的真相，这才发现背叛她的，恰恰是她一直觉得对不起的好友陆双双。

有些人因为爱情而背叛了友情，也有些人因为友情而放弃了爱情。在背叛与信任之间，我们做出怎样的选择，就会让我们成为怎样的人。

嘘……有些事，就让它随着时间，化为永恒不变的记忆吧。

就连花漾少女教主——宅小花都转型了！
你们还在等什么？

有了丰富的内涵，哪怕“颜值”实在跟不上，也没什么好怕的！ 不是有美图软件嘛！

你想不想来一场
奇妙的恋爱之旅？
有松松软软的草莓蛋糕，
有能变出高贵王子的奇异魔法
嘘，你看，他来了！
角色演习

小洛姐姐施展了一个魔法，
现在你们要完成以下步骤，
才能见到自己的王子哦！

1

你遇到自己喜欢的人，会选择什么样的方式对待？

A. 大大方方表白。
B. 默默陪在他身边。
C. 试探一下对方是否也喜欢自己。
D. 害怕去面对，怕对方不喜欢自己。

2

然而他也是喜欢你的……

A. 主动提出交往。
B. 心照不宣地守在他身边。
C. 寻求适合表白的契机。
D. 哎呀，好羞涩哦！

3

然而他喜欢的另有其人……

A. 那又怎样？不影响我喜欢他啊！
B. 没关系，他总会被我感动的。
C. 他居然喜欢别人？是不是我哪里不够好？
D. 呜呜呜……他不喜欢人家！

4

如果有一天你发现你们之间有隔阂了……

A. 你根本没在意有隔阂的问题。
B. 默默地做他喜欢的事情，让他看到你的好。
C. 一定要说出来，不然心里憋着难受。
D. 怎么办？我感觉和他的感情要破裂了……

5

如果有一天你们濒临分手……

A. 居然敢跟我分手？
B. 发现问题，解决问题。
C. 到了这个地步，即使痛苦也要分开。
D. 大醉一场，然后大哭一场，一笑了之。

安利A

王子类型：严齐《你是我回忆里的风景》

你的角色是：柯灵。跟严齐般配指数为85%。你是一个对待爱情很热情很专一也很固执的人，严齐这一类的男生会很容易注意到你的热情、你的固执，并会被你吸引。你偶尔大大咧咧，需要这么一个细心可靠的男生来保护你和照顾你哦！

安利B

王子类型：许泽安《你是我回忆里的风景》

你的角色是：莫默。跟许泽安般配指数为95%。你是一个安静并且喜欢默默付出的人，要同样跟你一样安静温柔的男生才会注意到你的付出。并且，你足够善解人意，他跟你在一起不会很累。你们生活在一起，恬淡的生活会让你们格外幸福呢！

安利C

王子类型：陆宇风《你是我回忆里的风景》

你的角色是：夏沐雨。跟陆宇风般配指数为98%。你有一点小脾气，过得也很随意，自尊心也很强。陆宇风这种外表看起来洒脱自在，但是很懂女孩子心思的人最适合你。他会在你要发脾气的时候，及时察觉你的情绪并巧妙地化解。你这样骄傲的小公主，必须有高情商的男生来收服你啊！

安利D

王子类型：宁涛《你是我回忆里的风景》

你的角色是：叶小蓓。跟宁涛般配指数为85%。你是个头脑很简单的单纯小女生，只要能欺负他，你就已经很高兴了。宁涛这类男生就可以让你随便欺负，因为他特别宠你。这么甜蜜又有主见的男生，你怎么会不喜欢呢！

女王季きれい 重磅来袭！！

——如果《有你的年少时光》中的女孩子都是女王，那么你会是哪一款呢？

来，跟着小洛姐姐手指的方向，让我们往下一步一步走，直到找到属于我们自己的漂亮王冠和礼服，成为让全世界都敬仰的女王大人！

准备好了吗？
燃烧吧，女王们！

我的季节，我做主！

Question · 1

你收到来自森林魔法师的一张邀请函，要你参加森林舞会。这个时候，你会选择以下哪一件礼服？

A.华丽礼服： 这样才配得上我的高贵。

B.素白礼服： 要淑女一点。

C.个性礼服： 适合自己才最重要。

D.可爱礼服： 我的世界我做主，哼！

Question · 2

你到了舞会上，发现舞会还没有开始，这个时候你会怎么办？

A.四处走走： 快看，那里有帅哥！

B.安静地坐着： 好无聊，慢慢等吧。

C.和熟人聊天： 啊，终于看到认识的人了。

D.找点心： 饿死啦！饿死啦！我要吃！哼！

Question · 3

有服务员经过，不小心撞了你一下，你的礼服被溅上了酒水，这个时候你会怎么办？

A.骂他：你知不知道，你破坏了我的好心情！

B.没关系：我去洗手间擦擦就好了。

C.满脸通红地掉头就走：羞死人啦！

D.心疼：哎呀，人家最喜欢的裙子呢！

Question · 4

上台阶时，你的高跟鞋不小心掉了一只，这个时候你会怎么办？

A.脱掉另一只：本女王随时都有自信！

B.拜托男士帮忙：先生，麻烦你了。

C.尴尬：今天运气不太好……

D.兴冲冲地去捡：哎呀，鞋子掉了。

Question · 5

你看见主人出来了，发现他是你喜欢的王子。可他周围围了一群女孩子，这个时候你会怎么办？

A.走过去：用气势秒杀她们！

B.优雅地一笑：端起酒杯，隔空与王子碰杯。

C.耐心等待：我的王子人气真的很高呢。

D.不小心摔倒：哎呀，王子，人家好痛，你快过来嘛……

Question · 6

舞会结束，王子要送你回家啦！在浪漫又充满童话氛围的森林里，你想跟王子说些什么呢？

A.今天的感慨：嗯，这个舞会还行吧，还算符合我的口味。

B.关心的话：王子殿下，你今天累吗？

C.并肩不语：哎呀，安静的暧昧，让人脸红心跳呢！

D.关于点心：我跟你讲，那个××特别好吃，特别美味！

锵锵锵！快来掀开神秘的面纱，看看你们是哪一种女王吧！！

代表人物：张静《有你的年少时光》

你很有自信，什么都喜欢冲在前面，并且表现得很好。你永远是个想要得到更多赞美和认可的女王。你觉得，你就是个站在食物链顶端的人！可是很多时候，我们要顾及一下身边人的感受呢。如果你对每个人都很尊重，都很细心，那么所有人都会拜倒在你的王冠之下啦！

代表人物：林素心《有你的年少时光》

你也是一个自信的女王，但你不会大张旗鼓地表现出来。你知道适当地体现自己，不会盲目冲动，会恰到好处地展现自己最美的时候。这样的你，会吸引很多异性哦。可是，在面对不尽如人意的事情时，你可能没有办法选择，这个时候，你就要问问身边人的意见啦。

代表人物：姜颜《有你的年少时光》

有人说亲和的人不适合当女王，其实这可不一定。能掌握分寸、不矫揉造作的你，对待每个人都真心实意的你，很容易就能取得大家的信任。可是你的内心深处，还是很缺乏安全感的。所以，好好修炼自己吧，让自己拥有强大的内心，这会让自己和身边的朋友具有更大的优势呢。

代表人物：安小晓《有你的年少时光》

你是个天真开朗的乐观派，虽然性格大大咧咧、糊里糊涂，很多事情都无法做得特别优秀，但是你对待朋友非常仗义，所以你的小缺点并不会影响你的大优点！而且，小小的失败并不会把你击垮，但是你也会承受不了太大的伤痛。为了未来，为了王子，冲锋吧，菜鸟女王！

新看街

夏小桐的夏日厨房②

世界这么大，我想去尝尝

嘉宾：魅丽优品暖（dou）萌(bi)作者 夏桐
魅丽优品才情小天后 锦年

菜菜酱：哈，又到了夏桐的夏日厨房时间，今天她会给咱们带来什么美食呢？大家是不是很期待呀？（别啰唆了）今天菜菜还请来了咱们的人气小天后锦年，大家热烈欢迎！

@merry-锦年：我来串场啦，大家好。

@merry夏桐：欢迎欢迎！

菜菜酱：好了，接下来是夏大厨时间。夏桐，快来介绍今天的美食吧！（星星眼）

@merry夏桐：不知道上次的甜品，大家有没有学会呢？喝起来是不是很sweet？

@merry-锦年：（举手）我学会了！很好喝！

菜菜酱：啊，原来锦年也看我们的节目啊！

@merry-锦年：当然，我可是夏大厨的忠实粉（ji）丝（you）！

@merry夏桐：那么这一期，就做一道锦年喜欢吃的菜吧。

菜菜酱：好呀好呀！

@merry夏桐：今天做的是夏日小清新——虾仁芦笋，很健康也很简单的一道菜。

@merry-锦年：嗯，我拿小本子记一下。

@merry夏桐：

食材：虾仁、芦笋、大蒜、淀粉、盐。

步骤：1.芦笋切段，大蒜切片。

2.切好的芦笋焯水。

3.虾仁加入料酒、盐、淀粉拌匀。

4.锅里放油，加蒜片炒香，放入虾仁稍炒，马上放入芦笋。

5.加少许盐和水、淀粉，快炒出锅。(食谱来自网络)

@merry夏桐：然后，清新又美味的虾仁芦笋就出锅啦！

@merry-锦年：用到了我喜欢的虾仁！嗯，今晚回去就试试看。

菜菜酱：我也好喜欢呢。时间过得好快，又到了新书预告的时候，夏桐，该你啦！

@merry夏桐：已经有好长时间没出新书了……但接下来的几个月，会把这些日子累积起来的新书都上市，大家记得关注啊！

八卦茶话屋

编辑部大八卦

——《七寻记》VS《蓬莱之歌》

夏日天高云淡，一早上小编我叼着包子，刚踏进编辑室的大门，一支圆珠笔唰地从头顶飞过，我好像嗅到了战斗的气息……

【大喇叭】（手里攥着一本书，如一头愤怒的狮子）：卡卡薇这作者不错，我觉得这本《蓬莱之歌》，你必须得看！

【八卦妹】（连忙凑过来）：哇！这是新书啊！这个作者以前还写过《暗·少年之木偶店》《当星光没有光》《那年我们的秘密有多美》啊，销量简直如黄河之水天上来，泛滥不停……她特别擅长奇幻和少女题材，作品多见于《花火》《萤火》《微微》《爱格》《许愿树》等畅销杂志，还多次被杂志推荐为人气作者呢。

小编我咽了咽口水：你这成语是怎么用的？你是怎么混进编辑室的啊？真是值得深思……

【淡定哥】：哼，这些小女生的作品，我才没兴趣呢。不过，有一个人例外，沧海镜的《七寻记》，我建议可以看看。情节丰富，文笔优美……我妹妹在家抱着那本书，看得都不想睡觉。嘿嘿，作者似乎还是个美女……

【大喇叭】：卡卡薇长得更美！她的少女奇幻文，不仅励志，冒险推进路线也紧凑，架构清晰，正能量充沛！你看看这些主角的名字，夏沫、苍术、师走、华意、雪藏……多好听！

淡定哥朝某人投去鄙夷的目光，叹息着摇摇头。

【淡定哥】：肤浅！名字好听管什么用？它人气高吗？卖得比《七寻记》好吗？有《封印之书》《悠莉宠物店》那些好看吗？你倒是说出几个理由，凭啥去买啊？

小编我默默地退到了墙角。一波刀光剑影即将来袭，请围观群众注意躲避，以免误伤！

【大喇叭】（挽起袖子，颇有打架的气势）：第一，看到这封面了吗？清新薄荷绿，设计独特，买！第二，友情、正义、亲情、冒险、奇趣，在整个故事中发挥得淋漓尽致，买！第三，百鬼斋、不归胡同、红月中学旧校舍、契约街以及迷岛的冒险，这一个个扣人心弦的情节，你不看，包你后悔！《蓬莱之歌》青春又阳光，必须买！

【八卦妹】（一把抱住大喇叭大腿，痛哭流涕）：啊啊啊……喇叭姐，土豪，我们做朋友吧！

大喇叭一脚踢开八卦妹，等着淡定哥“不服来战”。小编我蹲在角落画圈圈：好暴力，好可怕……不要瞟，不要看……

【淡定哥】（不服气）：反正市面上火热的同类型作品多了，凭什么它会火？我不信。

【大喇叭】：凭它是一本不可错过的好书！凭卡卡薇呕心沥血的创作态度！好了，淡定哥，明天我有点忙，你的牛肉粉，我就不帮你捎带了。

【淡定哥】（不淡定了，一下扑过去，扯住大喇叭）：不要啊！你知道我有“起床癌”，不帮我带早餐，我会饿死的！呜呜呜……我去买，去买，成不？我口袋里还有省下来的38块救命钱……

【大喇叭】（得意地仰天大笑）：啊哈哈哈……这还差不多！

小编45°忧伤看天，窗外依旧天高云淡，编辑室里总是风雨不定，编辑室的八卦太多，版面有限，省略我三万八千字……有机会，我们再买包瓜子，唠唠嗑吧！

女王们的巅峰大PK

——你最喜欢哪个女主角？

最近热度很高的《花千骨》《小时代》《左耳》《栀子花开》，小编追剧、追电影，追得可是心潮澎湃啊。当然，网上不乏批评之声，不过，小编才不管这些唾沫星子横飞的口水党呢，演员漂亮就是硬道理！嘿嘿嘿……（羞涩捂脸）

好啦！言归正传，小伙伴们快买好瓜子，搬好小板凳，抢坐前排！看这些女王们大PK吧！嘻嘻……

【最霸道可爱的女主角—言蹊】

她是霸道又可爱的芭蕾舞者，怀揣着舞蹈梦想，在遭遇诸多现实障碍时，仍然不放弃，勇敢向前闯。电影《栀子花开》，用轻喜剧的方式，讲述一群年轻人的青春，自成风格，故事简单而搞笑。女主角这么甜美又嚣张，爱她，你怕了吗？哈哈，一二三，让我们大声唱起来：“栀子花开呀开……”（摸着良心说，你现在是不是正盯着图中的“喋喋”大帅哥在流口水？）

【最清新的小耳朵，哦！NO！女主角—李珥】

最惹人怜惜的小耳朵，内向不起眼的小耳朵，一个让我们都爱的小耳朵。在文字女巫的故事里，李珥代表着纯洁、善良和美好。十七岁，张狂不羁的年纪，一群年轻人经历着疼痛的青春，李珥陪伴着他们轰轰烈烈地成长。在电影《左耳》里，小耳朵清新脱俗的面容，更是让人印象深刻。说起来，看到这样的小耳朵，小编都想抱回家养一只啊……

【最神秘最纠结最叛逆的女主角——沈安雁】

她是最傲娇的“毒舌”女王，她是最深情的叛逆小公主，她也是超人气青春作家陌安凉故事里让人心疼的沈安雁。一段复杂的四角恋追逐战，让人无限唏嘘。身陷于亲情、友情的情感旋涡中，这场众多纠葛的青春爱恋将何去何从？

成长只是一场狂欢，绚烂璀璨后，逃不过曲终人散。在横冲直撞的青涩年华里，我路过你的世界……唉，总有那么一个人，是心头难以愈合的伤疤，需要用漫长的时光来忘记。

真实的成长记录，难忘的年少时光，深沉的疼痛青春！小编掩面感伤中。说起来，你们是不是很好奇女主角长什么样子呀？嘿嘿，这可是个秘密，你们自己想象女主角沉鱼落雁、闭月羞花的面容吧！（捂脸）

暗黑系天后陌安凉，倾情巨献《我路过你的世界》，正在上市热销中。厚厚的散发着清香的青春成长小说，一点都不比饶雪漫的《左耳》差，全国各大书店都摆得满满的，大家快去买吧。请备好纸巾，自主观看。

不要问我故事有多精彩，自己去买书！不要问我女主角有多惹人爱，自己去买书！啦啦啦……

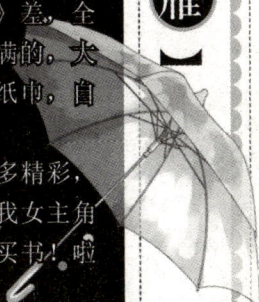

【最“邻家大姐姐”的女主角一 林萧 】

“小时代”系列里，帅哥靓女一大堆，林萧可称得上是浮华中的涓涓细流，她担任《M.E》杂志执行主编的私人助理，是个典型的文艺女青年，喜欢文学，重视友情，性格温和，有点孩子气，很佩服好友顾里和同事kitty。林萧的身上有每一个平凡女孩子的影子，因此，她就像邻家大姐姐一般！（你们都盯着图中帅帅的冬冬看，是怎么回事啊？）

【最悲惨的萌物！哦不，女主角一 花千骨 】

花千骨的经历可称得上一部血泪奋斗史啊！她是世间最后一个神，也是百年难得一见的天煞孤星，自小体质特殊，被妖魔缠身，遇上白子画，从此走上了一条悲惨的不归路。一百零一剑、八十一根销魂钉、十六年的囚禁……经受了各种虐待，她可是赚足了读者、观众们的眼泪。哎哟，不说了，小编拿着小手绢，先去哭一会儿。

看到这么多漂亮的女主角，小编可是眼前桃花朵朵开啊。你们最喜欢哪个女主角呢？小编对**《我路过你的世界》里的神秘女主角沈安雁**最感兴趣，容我去挖一挖她的身家背景吧，哈哈哈……（狂笑着走开）

花八与少年

尊上，你的命中注定是……

——“Desitny魔法”系列之霍建华任意cos＆PK秀

尊上，你的小骨来啦！

尊上，请和我一起弹琴吧！

尊上，我的剑术练得怎么样？

尊上……

随着电视剧《花千骨》的热播，小果的朋友圈都被“尊上”白子画和霍建华给刷屏了！

又是一月广告季，小果冥思苦想写不出来的时候，刷起朋友圈，对着“尊上”扮演者霍建华帅气的脸庞，忍不住花痴……呃，是联想起来。

既然霍建华这么火，不如小果让霍建华来COS一番新系列的几个花美男？

尊上，你命中注定，这个月要属于小果啦！

一所以鸢尾花为象征的普通学院，却隐藏着不为人知的惊天大秘密！

从异次元世界而来的美男们，聚集在艾利学院的流光城堡，正带着自己的“一纸契约”，寻找命中注定的魔法主人！

浪漫轻氧系美少女作家松小果，奉上超华丽的浪漫校园奇幻新系列——

废柴魔法师+古代皇族少年+外星球王子+花界继承人的豪华组合炫酷来袭！

可是，这么华丽的组合，谁能撑得住？

没关系，让《花千骨》里的冰山美男“尊上”白子画——霍建华，用他演绎的角色告诉你！

废柴魔法师　鲁西法

出身魔法世家的魔法少年，最擅长的是将事物变成粉红色棉花糖，一旦失败，自己会被魔法炸到。虽然有了这项技能，但为了取得正式的魔法师资格，仍然勤奋练习。他的性格比较单纯，说话直率，容易得罪人，所以经常不说话，看上去很冷漠。

P　K　角　色

《金玉良缘》　金元宝

同样是出身世家，含着金汤匙出生，地位也很超然。看上去非常冷漠，不屑于任何客套，感觉是个很难相处的人，但是内心跟鲁西法一样，非常柔软。只是，这需要深入接触才会发现。如果要进入他们的世界，就要有接受“毒舌”或者火爆脾气的决心，你受得了吗？

古代皇族　天一凤

来自中国古代的皇族，拥有崇高的地位。即使在现代，也是这群异次元美男们的精神领袖。表面是个斯文有礼的男生，喜欢穿一身白色，实际上却是个深藏不露的武功高手，即使其他人使用超能力，也难以对付他。

P　K　角　色

《花千骨》　白子画

同样是身负重任，只不过天一凤背的是家国天下，白子画的责任是仙界人间。他看上去超凡孤傲，甚至有一点冷漠，其实，他把自己仅有的温柔和爱都留给了那一个人。天一凤也一样，脱去金光闪闪的“皇子”身份，他把只属于天一凤的感情也都留给了自己的魔法主人。如果遇到他们，一定要等到他们脱去“面具”，露出真正的自己。

外星球王子　诺恩

来自遥远的萨特星球的王子。外表是典型的外国吸血鬼长相，实际上是个爱吃辣椒，只吃素的大胃王。他的超能力是类似机器猫的任意门，只要他的手推开门，就会瞬间进行地址转换，只是，永远到不了门原本通向的地方。

P K 角 色

《倾世皇妃》　刘连城

同样是外表俊美、身份显赫的王子，同样是不安于现有生活的异类。刘连城把自己的感情都托付给了楚国公主马馥雅，执着得近乎偏执。而诺恩则把自己的热情都投入到了『吃』里，对食物特别是辣椒非常执着。两人都是至情至性之人，对自己看中的，都会投入百分之百的精力。

花界继承人　花千叶

是花界的花主继承人。外表柔弱、精致，但是内在性格很『爷们』，属于『外在精致内在糙』的类型。能听懂花的语言并操控它们，所以知道学校的所有八卦。为了改变自己柔弱的形象，养成了粗鲁的行为习惯，却因为形成了反差，被大家追捧。

P K 角 色

《战长沙》　顾清明

是民国时期大佬的独生继承人，有一颗爱国之心。因为长相文弱和身份问题，尽管想上战场，却总是被隔离在前线之外。跟花千叶一样，为了改变既有的状况，戴上了冷静理智的面具，掩盖自己敏感骄傲的心。两人都属于外表太好看以至于容易被忽略内在的人，却都用自己的实际行动，佐证了自己『爷们』的个性。

看了霍建华的角色cos秀，对即将登场的异次元少年们是不是有了一定的了解呢？

不管是会变棉花糖的魔法师鲁西法，还是古代皇族天一凤，又或是外星球王子诺恩和花界继承人花千叶，他们身上的秘密可不光这一点！

一切的答案，都会在接下来的“Destiny魔法系列”中揭晓。

当当当！

第一部《琥珀流光魔法雪》即将上市，废柴魔法师鲁西法即将找到他的魔法主人！

那么他的秘密到底是什么呢？

嘘，书里告诉你哦！

广告已经写完，

尊上，等等我……

让我们一起去梦里约会！